文史哲學集成

吳椿榮著

字詞類編

文史哲出版社印行

國家圖書館出版品預行編目資料

字詞類編 / 吳椿榮著. -- 初版 -- 臺北市：文史哲, 民 103.10
頁; 21 公分（文史哲學集成;663）
ISBN 978-986-314-222-5（平裝）

1.漢語詞典

802.326　　103020760

文史哲學集成　663

字詞類編

著者：吳椿榮
出版者：文史哲出版社
http:// www.lapen.com.tw
e-mail：lapen@ms74.hinet.net
登記證字號：行政院新聞局版臺業字五三三七號
發行人：彭正雄
發行所：文史哲出版社
印刷者：文史哲出版社
臺北市羅斯福路一段七十二巷四號
郵政劃撥帳號：一六一八〇一七五
電話886-2-23511028・傳真886-2-23965656

實價新臺幣四〇〇元

中華民國一〇三年（2014）十月初版

ISBN 978-986-314-222-5　　00663

字詞類編 例言

一、丙戌、丁亥間，僕先後撰就默菴隨筆初、續編。初編以吾人生活攸關之字詞為撰寫範圍，分星體、時令、年齒、稱謂、冠服、文房四物、珍寶、樂器、家具雜器、茶酒油糧、南北乾貨、禽畜、水鮮、蔬果、花木與蟲豸等十六卷、二五五則（含附錄廿四則）。顏曰：字詞類編。

二、本書文字力求簡潔、扼要，釋義、舉例務求兼顧周延。凡所徵引，皆逐一注明出處。遇有必要，另酌加附注文字、圖表。

三、撰者學識謭陋，一本讀書養性原家教之庭訓，勉成斯編。魯魚之誤，必在所不免，尚乞閱者方家不吝指正。

字詞類編 目次

附：稱己稱人用字（詞）

卷五、冠服

卷十四、蔬果

卷十五、花木

卷十六、蟲豸

卷一、星體

一、日

通稱太陽。詩衛風伯兮：「其雨其雨，杲杲①出日。願言思伯，甘心首疾。」說文：「日，實也。太陽之精不虧。」北齊蕭慤（？—？，北朝齊、隋間人）和崔侍中從駕經山寺：「雲表金輪見，巖端畫拱明。」南宋陳允年（？—？，南宋末、元初間人）掃花遊雷峰落照詞：「看倒影金輪，遡光朱戶。」清姚鼐（一七三二—一八一五）歲除與子潁登日觀觀日出作歌：「地底金輪幾及丈，海右天雞才一唱。」太陽，太陽系（**Soler system**）的中心天體，屬恆星，統率九大行星及其衛星、小行星與若干慧星而自成一系。與地球平均距離一四、九六〇萬公里，直徑一三九萬公里，為地球的一〇九倍，體積為地球的一三〇萬倍，質量為地球的三三萬倍，平均密度 **1.4g/cm^3**。太陽是一顆熾熱的氣體球，表面溫度約攝氏六千度，愈向內部溫度愈高，中心約攝氏一五〇〇萬度。由氫核聚變成氦核的熱核反應產生巨大的能量，以幅射方式，自內部轉移至表面，而發射及於宇宙空間。肉眼看到的表面層稱為「光球」，光球上面是「色球」，其最外層稱「日冕」，而在色球與日冕間，尚有一「過渡層」，這幾層組成太陽的大氣。太陽也在自轉，其周期在日面赤道帶約二十五天，兩極區約三十五天。

太陽與地球幾乎由同樣的化學元素組成，但比例有差異。太陽上最豐富的元素是氫，其次是氦、還有碳、氮、氧與各種金屬。總而言之，太陽相當穩定，但其大氣層卻處於局部激烈運動中。最明顯的是太陽活動區中黑子群的出沒、日珥的變化與耀斑的爆發等。

人體眉梢與目外眦後約一寸許的凹陷處，稱太陽穴②，是經外奇穴（簡稱奇穴），於此穴外針灸，主治頭痛、目赤痛等症。

①明亮貌。文心雕龍物色：「杲杲為出日之容，瀌瀌擬雨雪之狀。」

②太陽亦為人體經脈名。素問陰陽離合論：「太衝之地，名曰少陰。少陰之上，名曰太陽。太陽根起於至陰，結於命門，名曰陰中之陽。」

二、月

月球。說文：「月，闕也。太陰之精。」通稱月亮，恆指其明亮部分，故稱。語出唐李益（七四八—八二七年？）奉酬崔員外副使攜琴宿使院見示：「庭木已衰空月亮，城砧自急對霜繁。」柳宗元（七七三—八一九）感遇詩之一：「坐使青天暮，小星愁太陰。」清李光庭（？—？乾隆中葉至咸豐初人，自署甕齋老人）鄉言解頤月：「月者，太陰之精。然舉世鄉言無謂太陰者，通謂之月亮。唐李益詩……以『繁』對『亮』，言其光也。相習不察，遂若成月之名矣。或曰月兒。」閩南漳泉與臺灣等地，亦稱「月娘」，取其陰柔之美，因有斯名。

月球為地球的衛星，與地球平均距離三八四、四〇一公里①。本身不發光，因反射太陽光，才為吾人肉眼看見。直徑三、四七六公里，約為地球的四分之一，質量為地球的八一・三分之一，密度為水的三・三倍②，重力為地球的六分之一③。磁場屬偶極場，強度約為地球的0.3×10^{-5}倍。自轉周期與繞地球轉動的周期相等，均為二七・三日④，故恆以同一面對著地球。月球上無水，基本上沒有大氣，表面大氣壓力1.3×10^{-10}**pa**；可能存在某些帶電塵埃質點與偶而出現的揮發物。月表面溫度變化急劇，赤道處正午攝氏一二七度，夜最低降至攝氏負一八三度。月面凹凸不平，其較平坦的部分稱作（月）海⑤，另有環形山⑥、月面輻射紋⑦與山系等結構。公元一九五九年（民四八）月球探測器拍攝到月球背面的照片。月球被一層毛石與土壤覆蓋著，遍野分布數十公尺大的各種岩石。月震比地震小，但深層月震較多。一九六九年七月廿日美阿波羅十一號太空船首度載人登陸月球成功，並在月球上安置儀器、攜回岩石、月壤等樣本、照片。從此，人類對月球有更系統、更深入地認知。

騷客雅士，賞月觀星、翫月思情、藉月抒懷之作，自古至今，多不勝數。因此，月之異名、別稱，滿目琳琅。如：玉盤、玉鏡、玉鑑、玉輪、玉蟾、玉蟾蜍、玉兔、玉宮、金鏡、金蟾、金魄、金精、銀蟾、桂花（華）、桂堂、桂殿、桂輪、桂魄、桂蟾、桂宮、玉弓……。

唐李白（七〇一—七六二）古朗月行：「小時不識月，呼作白玉盤。」北宋蘇軾（一〇三六—一一〇一）陽關詞中秋月：「暮雲收盡溢清寒，銀漢無聲轉玉盤。」

唐鄭谷（八五一？—？）春夕伴同年禮部趙員外省直詩：「冰含玉鏡春寒在，粉傅仙闈月色多。」元許謙（一二七〇—一三三七）題延月樓詩：「晻靄稅駕紅塵息，玉鏡飛空天地白。」

唐方干（八〇九—八八八？）月詩：「桂輪秋半出東方，巢鵲驚飛夜未央。」北宋梅堯臣（一〇〇二—一〇六〇）次韻答王景彝聞余月下與內飲詩：「仰頭看月見新鴻，形影雙飛玉鑑中。」金元好問（一一九〇—一二五七）衛州贈子深節度詩：「平分玉鑑漁村晚，四望黃雲寡婦秋。」

唐駱賓王（六二七？—六八四？）在江南贈宋五之問詩：「玉輪涵地開，劍匣連星起。」李商隱（八一三？—八五八）碧城詩之三：「玉輪顧兔初生魄，鐵網珊瑚未有枝。」

南朝梁劉孝綽（四八一—五三九）林下映月詩：「攢柯半玉蟾，裛葉彰金兔。」唐李白初月詩：「玉蟾離海上，白露濕花時。」玉蟾，亦指月光。北宋孫光憲（？—九六八年）更漏子詞：「扃繡戶，下珠簾，滿庭噴玉蟾。」

唐褚載（？—？，會昌光化間人）月詩：「星斗離披煙靄收，玉蟾蜍耀海東頭。」

傳說月中有白兔，因稱月為玉兔。唐韓琮（？—？，貞元、咸通間人）春愁詩：「金烏長飛玉兔走，青鬢長青古無有。」

唐姚合（七八一？—八四六）詠鏡：「好是照身宜謝女，嫦娥飛向玉宮來。」李賀（七九〇—八一六）天上謠：「玉宮桂樹花未落，仙妾採香垂珮纓。」

唐李賀七夕詩：「天上分金鏡，人間望玉鉤。」杜牧（八〇三—八五三）寄沈褒秀才詩：「仙桂茂時金鏡曉，洛波飛處玉容高。」

唐令狐楚（七六六—八三七）八月十七夜書懷：「金蟾著未出，玉樹悲稍破。」滿月，其影燦爛如金，故稱金魄。唐沈佺期（？—七一三年？）和元舍人萬頃臨池翫月戲為新體：「玉流含吹動，金魄度雲來。」李白古風十九首之二：「圓光虧中天，金魄遂淪沒。」

初學記卷一引河圖帝覽嬉：「月者，金之精也。」唐陳陶（八〇三？—八七九）旅泊塗江詩：「斷沙雁起金精出，孤嶺猿愁木客歸。」明湯式（？—？元末明初人，永樂間仍健在。）小梁州題梧月堂套曲：「滿月清空，金精光射玉壺水。」

古神話謂月中有蟾，後因稱月為銀蟾。唐白居易（七七二—八四六）中秋月詩：「照他幾許人腸斷，玉兔銀蟾遠不知。」北宋李中（？—？開寶間仍健在）思朐陽春遊感舊寄柴司徒詩之四：「紅袖歌長金斝亂，銀蟾飛出海東頭。」

北周庾信（五一三—五八一）舟中望月詩：「天漢看珠蚌，星橋視桂花。」唐韓愈（七六八—八二五）明水賦：「桂華吐耀，兔影騰精。」南宋范成大（一一二六—一一九三）好事近詞：「何待桂華相照，有人人如月。」

北宋蘇軾八月十七日天竺山送桂花分贈元素詩：「月缺霜濃細蕊乾，此花元屬桂堂仙。」清黃景仁（一七四九—一七八三）秋夕詩：「桂堂寂寂漏聲遲，一種秋懷兩地知。」

元薩都刺（約一二七四—一三四五？）和馬伯庸除南臺中丞以詩贈別：「桂殿且留修月斧，銀河未許度星軺。」清陳維崧（一六二五—一六八二）百字令己未長安中秋詞：「低鞾冰綃，深藏桂殿，不放姮娥出。」

唐李涉（？—？長慶初仍健在。）秋夜題夷陵水館詩：「凝碧初高海氣秋，桂輪斜落到江樓。」北宋張先（九九〇—一〇七八）燕歸梁詞：「去歲中秋玩桂輪，河漢淨無雲。」清陳維崧念奴嬌乙巳中秋用東坡韻寄廣陵諸舊游詞：「月明如此，問江山今古幾多陳迹；誰把桂輪今夜裏，碾破楚天新碧？」

唐駱賓王傷祝阿王明府文：「嗟乎！輪銷桂魄，驪珠毀貝闕之前；斗散紫氣，龍劍沒延平之水。」王維（七〇一—七六一）秋夜曲：「桂魄初生秋露微，輕羅已薄未更衣。」蘇軾念奴嬌中秋詞：「桂魄飛來光射處，冷浸一天秋碧。」北宋周邦彥（一〇五六—一一二一）南柯子咏梳兒詞：「桂魄分餘暈，檀槽破紫心。」明徐渭（一五二一—一五九三）宴遊西郊詩：「鈎彎遲桂魄，流曲擬蘭亭。」

傳說月中有桂樹、蟾蜍，故有桂蟾之稱。唐盧照鄰（六三四？—六八六？）贈益府裴錄事詩：「朝看桂蟾晚，夜聞鴻雁度。鴻度何時還？桂晚不同攀。」

南朝梁沈約（四四一—五一三）登臺望秋月詩：「桂宮裹裹落桂枝，早寒淒淒凝白露。」明高啟（一三三六—一三七四）會客成均館因戲呈宋學士詩：「白兔如嫌桂宮冷，走入杏花壇下井。」清洪昇（一六四五—一七〇四）長生殿聞樂：「恰纔奉姮娥口勑親傳點，請娘娘到桂宮花下消炎⑧。」

唐李賀南園詩之六：「尋章摘句老雕蟲，晚月當簾挂玉弓。」明楊慎（一四八八—一五五九）塞垣鷓鴣詞：「秦時明月玉弓懸，漢塞黃河錦帶連。」⑨

今人鄧國光、曲奉先合編中國歷代詠月詩詞全集（河南文藝出版社、民九二、一）計收錄先秦至民初古近體詩三、六〇六首、唐迄清詞一、四四九闋。

①亦作三八四、四〇〇〇公里（中文百科大辭典，百科文化民七三）。月球與地球之最遠距離四〇六、七〇〇公里、最近距離三五六、四〇〇公里。

②平均密度 **3.36g/cm^{-3}**。

③表面重力加速度 **1.62m/sec^{2}**。

④公轉周期：對恆星空間，七日七時四三分一一・五秒；對太陽，二九日十二時四四分二・九秒。平均公轉速度一・〇二公里／時。

⑤看上去比山地為暗，伽利略（Galileo Galilei, 1564-1642）稱之為「海」，遂沿用至今。事實上，月球表面無水，這些區域不是海而是平原。其最大者名風暴洋，面積達五百萬平方公里；雨海、靜海、澄海、雲海、豐富海……面積亦甚可觀。

⑥呈環狀，故名。四周高起，中間平地上又常有小山。月球正面直徑大於一公里的環形山約有三十萬座以上。大部分環形山可能由隕星撞擊所形成；小部分則可能因火山爆發所造成。

最大的一座環形山，經命名為克拉維斯（Clavius）直徑約二三六公里。

⑦環形山向四周輻射長且寬的條紋。可能是環形山曾經大規模爆發所留下的殘跡。爆發時噴出的物質掉落月球表面便成為粉末狀，經陽光照射便發亮。有學者認為係由隕石撞擊向四周飛散的小物質堆積而成。哥白尼環形山等延伸成之輻射紋最為顯著，最長者達三千公里。滿月之日，最適合觀測輻射紋。

⑧意謂解熱。

⑨玉弓，指彎月，即弦月。亦用以喻婦女小腳。清汪懋麟（一六三九—一六八八）姑蘇競渡曲之三：「欲識真珠裙帶動，凌波一對玉弓來。」

三、三光

日、月、星合稱三光。莊子說劍：「上法圓天以順三光，下法方地以順四時，中和民意以安四鄉。」東漢班固（三二—九二）白虎通封公侯：「天有三光日月星，地有三形高下平。」東晉葛洪（二八三—三六三）抱朴子仁明：「三光無象者乾也，厚載無窮者坤也。」唐元稹（七七九—八三一）有酒詩之四：「何三光之并照兮，奄雲雨之冥冥。」

又，日、月、五星亦合稱三光。史記天官書：「衡、太微、三光之廷。」司馬貞索隱引宋均曰：「三光，日、月、五星也。」

又，禮記鄉飲酒義：「賓主，象天地也；介僎，象陰陽也；三賓，象三光也。……立賓以象天；立主以象地；設介僎以象日月；立三賓以象三光。……」鄭玄注：「三光，三大辰也。」孔穎達疏引爾雅：「大辰，房、心、尾也。」

卷二、時令

一、四季

春、夏、秋、冬合稱四季。一年分四季，三個月為一季。東漢桓譚（？—？約於西漢成帝永始至東漢光武帝建武間人，年七十餘卒。）新論：「五聲各從其方，春角、夏徵、秋商、冬羽、宮居中央而兼四季。」唐白居易陵園妾詩：「四季徒支妝粉錢，三朝不識君王面。」張蠙①（生卒年不詳。晚唐至後唐間人）詠瀛山詩：「四季多花木，窮冬亦不凋。」

春，陰曆正月至三月間。一名青陽，又稱發生。尸子仁意：「春為青陽，夏為朱明。」漢書禮樂志：「青陽開動，根荄以遂。」唐潘孟陽（七六四？—八一五）元日和布澤詩：「青陽初應律，蒼玉正臨軒。」明何景明（一四八三—一五二一）發京邑詩之三：「青陽藹廢墟，春氣感鳴禽。」近人郭沫若（一八九二—一九七八）新詩嘆逝：「可是恨冬日要別離？可是恨青陽久不至？」唐錢起（七一〇？—七八二？）春郊詩：「東風好作陽和使，逢草逢花報發生。」舊唐書僖宗紀：「屬節變三陽，日當歲首，乃御正殿，爰命改元，況及發生，是宜在宥。」

夏，陰曆四至六月間。一名朱明，又稱長羸、長贏。漢書禮樂志：「朱明盛長，敷與萬物。」西晉潘岳（二四七—三〇〇）射雉賦：「於時青陽告謝，朱明肇授。」南朝梁蕭統②（五〇一—五三一）錦帶書十二月啟中呂四月：「節屆朱明，晷鍾丹陸。」唐劉禹錫（七七二—八四二）代謝端午賜物表：「朱明仲月，端午佳辰。」清孫枝蔚（一六二〇—一六八七）惜夏詩：「我餞朱明後，無衣暗自傷。」立夏節，又稱朱明節。兩漢皇帝例於立夏之日迎夏神于南郊，唱朱明歌，故有此稱也。北齊劉晝（？—？後主天統中卒）新論履信：「夏之得炎。炎不信，則卉木不長；卉木不長，則長嬴之德廢。」樂府詩集隋五郊歌徵音：「長嬴開序，炎上為德。」明歸有光（一五〇六—一五七一）史稱安隗素行何如：「故卒之太和回斡，勃焉盎焉，變而為朱明長嬴之氣。」清龔自珍（一七九二—一八四一）祭程大理于城西古寺而哭之詩：「家公肅肅公跌宕，斜街老屋長嬴天。」

秋，陰曆七至九月間。一名白藏，又稱收成。秋于五色為白，序屬歸藏，故稱。尸子仁意：「秋為白藏，冬為玄英。」南朝梁蕭統玄圃講詩：「白藏氣已暮，玄英序方及。」周書武帝紀下：「今白藏在辰，涼風戒節，厲兵詰暴，時事惟宜。」唐魏徵（五八〇—六四三）五郊樂章白帝商音：「白藏應節，天高氣清，歲功既阜，庶類收成。」爾雅釋天：「春為發生，夏為長嬴，秋為收成，冬為安寧。」郭璞注：「此亦四時之別號。」

冬，陰曆十至十二月間。一名玄英（元英），又稱安寧。爾雅釋天：「……冬為玄英。」邢昺疏：「言冬之氣和則黑而清英也。」唐魏徵道觀內柏樹賦：「涉青陽不增其華，歷玄英不減其翠。」北宋秦觀（一〇四九—一一〇〇）代賀皇太后生辰表：「考曆占星氣應元英之候，……。」

①蠙字象文。族望清河（今河北清河），家居江南。幼穎慧能詩，與許棠（八二二—？）、張喬（？—？）、周繇（？—？）交，時號「九華四俊」。舉乾寧二年（八九五）進士。渠工詩，全唐詩錄張詩一卷（卷七〇二）；生平事蹟散見于新唐書藝文志四、唐詩紀事卷七〇、郡齋讀書志卷一八、唐才子傳校箋卷一〇、十國春秋卷四四。明胡應麟（一五五一—一六〇二）詩藪云：「唐詩之壯渾者，終於此。」

②即世所稱昭明太子。

二、各月

一月　正月。端月。正，ㄓㄥ。歲之首月。白虎通三正：「夏以孟春月為正，殷以季冬月為正，周以仲冬月為正。」始曰端。禮記禮運：「人者，天地之心，五行之端也；……」鄭玄注：「端，始也。」荀子正論：「一物失稱，亂之端也。」又，首曰端。孟子公孫丑上：「惻隱之心，仁之端也；……」注：「端者，首也。」莊子齊物論：「仁義之端，是非之塗，樊然殽亂，吾惡能知其辯。」唐韓愈梨花下贈劉師命詩：「今日相逢瘴海頭，共驚爛漫開正月。」紅樓夢第二〇回：「彼時正月內，學房中放年學。」史記秦楚之際月表：「（秦）二世二年端月……」司馬貞索隱：「二世二年正月也。秦諱『正』，故云端月。」前蜀杜光庭

（八五〇—九三三）普康諸公主為皇帝修金籙齋詞：「今以時當端月，節遇正陽。」北宋孔平仲（？—？，治平二年進士）孔氏談苑端月：「仁宗朝，王珪上言，請以正月為端月，為與上名音近也①。」

二月 花月。令月。南唐李後主（九三七—九七八）憶江南詞：「多少恨，昨夜夢魂中。還似舊時遊上苑，車如流水馬如龍，花月正春風。」事物異名錄歲時二月引明彭大翼山堂肆考：「二月曰仲陽，曰令月。」

三月 嘉月。寎月。西漢王褒（？—？約天漢、黃龍間人）九懷危俊：「陶嘉月兮總駕，搴玉英兮自脩。」南朝宋謝惠連（四〇七—四三三）西陵遇風獻康樂詩：「成裝候良辰，漾舟陶嘉月。」李周翰注：「嘉月，謂其春月也。」北宋張先天仙子公擇將行詞：「看花歲歲比甘棠，嘉月暮。東內路，只恐帶將春色去。」爾雅釋天：「三月為寎②。」郝懿行義疏：「寎，本或作窉……然則窉者，丙也，三月陽氣盛，物皆炳然也。」清錢謙益（一五八二—一六六四）杜大將軍七十壽序：「寎月廿二日為懸弧之旦。」

四月 余月。梅月。爾雅釋天：「…四月為余。」注：「四月，萬物皆生枝布葉，故曰余。余，舒也。」詩小雅小明箋：「四月為除。」疏：「爾雅除作余。」前蜀貫休（八三二—九一二）寄王滌詩：「梅月多開戶，衣裳潤欲滴。」南唐李廷珪（？—？）藏墨訣詩：「避暑懸葛囊，臨風度梅月。」南宋趙希鵠（？—？，太祖九世孫）洞天清祿集古琴辨：「掛琴不宜著壁……梅月須早入匣，以厚紙糊縫，安樓之陰涼處。」

五月 蒲月。皋月。舊俗端午之日，懸菖蒲、艾草等于門首，用以避邪。因稱五月為蒲月。爾雅釋天：「……五月為皋。」郝懿行義疏：「皋者，釋文或作『高』同。高者，上也。五月陰生，欲自下而上也。」

六月 暑月。且月。暑月即夏月，相當小暑、大暑間時段。南齊書州郡志下：「漢世交州刺史每暑月輒避處高，今交土調和，越瘴獨甚。」左傳襄公二一年：「重繭衣裘。」孔穎達疏：「暑月多衣，所以示疾。」明張居正（一五二五—一五八二）論邊事疏：「暑月非虜騎狂逞之時，料無大事，請寬聖懷。」爾雅釋天：「……六月為且。」郝懿行義疏：「且者，次且③，行不進也。六月陰漸起，欲遂上、畏陽，猶次且也。」

七月 瓜月。涼月。左傳莊公八年：「齊侯使連稱管至父戍葵丘，瓜時而往，曰：『及瓜而代。』」注：「蓋以瓜熟之時，而使之往戍，與之約曰：『明年及瓜熟之時，則遣代。』」史記齊世家：「瓜時而往，及瓜而代。」集解引服虔曰「瓜時，七月。及瓜謂後年瓜時。」詩豳風七月：「七月食瓜，八月斷壺。」事物異名錄歲時七月引南朝梁元帝纂要：「七月曰首秋、初秋、上秋、肇秋、蘭秋、涼月。」

八月 桂月。壯月。農曆八月，桂花盛綻，故稱。事物異名錄歲時八月：「提要錄：『八月為桂月。』」爾雅釋天：「……八月為壯。」郝懿行義疏：「壯者，大也。八月陰大盛。」金石萃編唐阿史那忠碑：「乘壯月以控弦，候朔風以鳴鏑。」

九月 菊月。玄月。農曆九月，菊花開放，故稱。事物異名錄歲時九月：「九月為菊月。」清周亮工（一六一二—一六七二）又與高康生書：「菊月三日，纜解水逆，重九日甫行三百餘里。」近人魯迅（一八八一—一九三六）彷徨高老夫子：「今敦請爾礎高老夫子為本校歷史教員。……夏曆菊月吉旦立。」國語越語下：「至於玄月，王召范蠡而問焉。」韋昭注：「爾雅曰：『九月為玄。』」東晉郭璞（二七六—三二四）江賦：「陽鳥爰翔，于以玄月。」初學記卷三引南朝梁元帝纂要：「九月季秋……亦曰玄月。」唐韋應物（七三七？—？）冬至夜寄京師諸弟兼懷崔都水詩：「玄月生一氣，陽景極南端。」

十月　陽月。良月。西漢董仲舒（約前一七九—前一〇五）雨雹對：「十月，陰雖用事，而陰不孤立。此月純陰，疑於無陽，故謂之陽月。」後漢書馬融傳：「至于陽月，陰慝害作，百草畢落，林衡戒田，焚萊柞木。」唐章孝標（？—？，元和前後人）次韻和光祿錢卿之二：「同期陽月至，靈寶祝葭灰。」清錢謙益蔚村溫如陳翁八十壽序：「蔚村溫如陳翁，孝廉確菴子之父也。今年陽月，春秋八十。」左傳莊公一六年：「公父定叔出奔衛，三年而復之……使以十月入，曰：『良月也，就盈數焉。』」古人以盈數為吉，數至十則小盈，故以十月為良月。後遂以之為十月之代稱。東晉陶潛（三六五—四二七）和郭主簿之二：「檢素不獲展，厭厭竟良月。」北宋歐陽脩（一〇〇七—一〇七二）延福宮開啟密詞：「寒律正時，適臨於良月。」

十一月　葭月。辜月。葭，ㄐㄧㄚ。蘆葦之未秀者曰葭。十一月異稱葭月（呂紳家禮大成卷三、諸橋轍次大漢和辭典卷九）。爾雅釋天：「……十一月為辜。」郝懿行義疏：「辜者，故也。十一月陽生，欲革故取新也。」

十二月　臘月。涂月。臘，ㄌㄚˋ。歲末曰臘。因臘祭而得名。恆與「伏」相對。西漢楊惲（？—前五六）報孫會宗書：「田家作苦，歲時伏臘，亨羊炮羔，斗酒自勞。」唐元稹酬復言長慶四年元日郡齋感懷見寄詩：「臘盡殘銷春又歸，逢新別故欲沾衣。」史記陳涉世家：「臘月，陳王之汝陰，還至下城父。」唐駱賓王陪潤州薛司空丹徒桂明府游招隱寺詩：「綠竹寒天筍，紅蕉臘月花。」涂，ㄔㄨˊ。爾雅釋天：「……十二月為涂。」晚清俞樾（一八二一—一九〇七）羣經平議爾雅二：「十一月為辜，十二月為涂。辜之言故，涂之言除也。一歲至此將除去故舊而更新矣，是以十一月謂之故，十二月謂之除也。」李慈銘（一八三〇—一八九四）越縵堂讀書記漢敦煌太守裴岑紀功碑跋：「光緒游桃之歲涂月，同年孫叔茀吏部持此本過余，屬為審定。」

①北宋仁宗諱禎，「禎」與「正」（ㄓㄥ），音近。

②ㄅㄥˇ。

③ㄘˋ ㄐㄩ。猶豫不進貌。唐柳宗元宥蝮蛇文：「其頸蹙恧，其腹次且。」清方苞（一六六八—一七四九）答申謙居書：「聞僕避客，次且而不進。」

三、干支

天干、地支合稱干支。

甲、乙、丙、丁、戊、己、庚、辛、壬、癸謂之天干。子、丑、寅、卯、辰、巳、午、未、申、酉、戌、亥謂地支。干前、支後，二者配對，用以紀年。一輪迴，正好六十年（10×12÷2）稱一甲子。天干、地支各有別稱：

天干	陽歲 太歲	地支	陰歲 太陰
甲	閼逢	子	困敦
乙	旃蒙	丑	赤奮若
丙	柔兆	寅	攝提格
丁	強圉	卯	單閼
戊	著雍	辰	執徐
己	屠維	巳	大荒落
庚	上章	午	敦牂
辛	重光	未	協洽
壬	玄黓	申	涒灘
癸	昭陽	酉	作噩
		戌	閹茂
		亥	大淵獻

閼逢 ㄧㄢ ㄈㄥˊ。一作「焉逢」。爾雅釋天：「大歲①在甲曰閼逢。」淮南子天文訓作「閼逢」。史記曆書作「焉逢」。

旃蒙 ㄓㄢ ㄇㄥˊ。爾雅釋天：「大歲……在乙曰旃蒙。」史記曆書作「端蒙」。

柔兆 爾雅釋天：「大歲……在丙曰柔兆。」淮南子天文訓：「辰在丙曰柔兆。」注：「在丙，言萬物皆生枝布葉，故曰柔兆也。」史記曆書作「游兆」。

強圉 ㄑㄧㄤˊ ㄩˇ。爾雅釋天：「大歲……在丁曰強圉。」強，亦作「强」。史記曆書作「彊梧」。

著雍 ㄔㄨˊ ㄩㄥ。亦作「著雝」（ㄩㄥ）。爾雅釋天：「大歲……在戊曰著雍。」淮南子天文訓：「午在戊曰著雝。」明郎瑛（一四八七—？）七修類稿天地一歲月陽名：「（太歲）在戊曰著雍。戊在中央，主和養萬物也。」

屠維 爾雅釋天：「大歲……在己曰屠維。」淮南子天文訓：「未在己曰屠維。」史記曆書作「徒維」。

上章 爾雅釋天：「大歲……在庚曰上章。」淮南子天文訓：「申在庚曰上章。」注：「言陰氣上升，萬物畢生，故曰上章也。」

重光 ㄔㄨㄥˊ ㄍㄨㄤ。爾雅釋天：「大歲……在辛曰重光。」淮南子天文訓：「酉在辛曰重光。」注：「在辛，言萬物成熟，其光煌煌，故曰重光也。」

玄黓 ㄒㄩㄢˊ ㄧˋ。爾雅釋天：「大歲……在壬曰玄黓。」淮南子天文訓：「戌在壬曰玄黓。」注：「在壬，言歲終包任萬物，故曰玄黓也。」史記曆書作「橫艾」。金元好問（一一九〇—一二五七）冬至制名詩：「玄黓之冬客須城，問平之年纔五齡。」榮按：在此，玄黓指壬子年也。

昭陽 爾雅釋天：「大歲……在癸曰昭陽。」淮南子天文訓：「亥在癸曰昭陽。」注：「在癸，言陽氣始萌，萬物合生，故曰昭陽也。」北周庾信三月三日華林園馬射賦：「歲次昭陽，月在大梁。」

困　敦　ㄎㄨㄣ ㄉㄨㄣ。爾雅釋天：「大歲……在子曰困敦。」淮南子天文訓：「困敦之歲，歲大霧起，大水出。」注：「困，混；敦，沌也。言陽氣皆混沌，萬物牙蘖也。」

赤奮若　爾雅釋天：「大歲……在丑曰赤奮若。」史記天官書：「赤奮若歲：歲陰在丑（按：當斗、牛二宿之位），星居寅（按：當尾、箕二宿之位）。」淮南子天文訓：「太陰在丑，名曰赤奮若，歲星舍尾、箕。」

攝提格　爾雅釋天：「大歲在寅曰攝提格。」史記天官書：「攝提者，直斗杓所指，以建時節，故曰攝提格。」索隱：「太歲在寅，歲星正月晨出東方。」李巡云：「言萬物承陽起，故曰攝提格。格，起也。」（陳遵嬀中國天文學史第三編第十一章）

單　閼　ㄔㄢˊ 一ㄢ。爾雅釋天：「大歲……在卯曰單閼。」史記天官書：「單閼歲，歲陰在卯、星居子。」索隱引李巡曰：「陽氣推萬物而起，故曰單閼。」西漢賈誼（前二〇〇—前一六八）鵩鳥賦：「單閼之歲兮，四月孟夏，庚子日斜兮，鵩集予舍。」清惲敬（一七五七—一八一七）祭張皋文文：「單閼之舉，子罷予解，北上折翼，嗷於中野。」

執　徐　爾雅釋天：「大歲……在辰曰執徐。」陸德明釋文引李巡曰：「執，蟄也。徐，舒也。言蟄物皆敷舒而出，故曰執徐也。」漢書禮樂志二：「天馬徠，執徐時，將搖舉，誰與期？」明唐順之（一五〇七—一五六〇）雁訓：「執徐之歲，有雁集于顧

大荒落 舍人第，舍人筮之得小過焉。」又作「大荒駱」、「大芒落」、「大芒駱」。爾雅釋天：「大歲……在巳曰大荒落。」史記天官書：「大荒駱歲：歲陰在巳、星居戌。」又曆書：「祝犁大芒落四年。」張守節正義引姚察曰：「言萬物皆熾盛而大出，霍然落之，故云荒落也。」又，「彊梧大荒落四年。②」索隱：「強梧，丁也。大芒駱，巳也。」

敦牂 ㄉㄨㄣ ㄗㄤ。爾雅釋天：「大歲……在午曰敦牂。」郝懿行義疏：「占經引李巡云：『言萬物皆茂壯，猗那其枝，故曰敦牂。』史記曆書：「商橫敦牂後元元年。」張守節正義：「孫炎注爾雅云：敦，盛也。牂，壯也。言萬物盛壯也。」

協洽 ㄒㄧㄝˊ ㄑㄧㄚˋ。爾雅釋天：「大歲……在未曰協洽。」郝懿行義疏：「協洽者，占經引李巡云：『言陰陽化生，萬物和合，故曰協洽。協，合也；洽，和也。』孫炎云：「物生和洽含英秀也。』」淮南子天文訓：「太陰在未，歲名曰協洽……協洽之歲，歲有小兵，蠶登稻昌，菽麥不為，民食三升。」高誘注：「協，合；洽，合也。言陰欲化，萬物和合。」

涒灘 ㄩㄣ ㄊㄢ。爾雅釋天：「大歲……在申曰涒灘。」呂氏春秋序意：「維秦八年，歲在涒灘。」高誘注：「歲在申名涒灘……涒灘，誇人短舌不能言為涒灘也。」陳奇猷校釋引譚戒甫曰：「涒、灘為雙聲聯綿字，亦為漢代方言。」史記曆書：「橫艾涒灘始元元年。」張守節正義：「孫炎注爾雅云：『涒灘，萬物吐秀傾垂之貌也。』」

清錢大昕（一七二八—一八〇四）十駕齋養新錄慈雲嶺石刻：「杭州慈雲嶺石壁，有吳越鐫字八行，文云：『梁單閼之歲，興建龍山，至涒灘之年，開慈雲嶺。』」

作噩 ㄗㄨㄛˋ ㄜˋ 爾雅釋天：「大歲……在酉曰作噩。」釋文：「噩，本或作咢。」淮南子天文訓作「作鄂」。高誘注：「作鄂，寒落也。萬物皆陊落。」

閹茂 ㄧㄢ ㄇㄠˋ 爾雅釋天：「大歲……在戌曰閹茂。」淮南子天文訓：「太陰在戌，歲名曰閹茂。」唐賈曾（？—七二七）餞張尚書赴朔方序：「閹茂次年，仲夏貞閏，拜手東洛，馳軺北闕。」清魏源（一七九四—一八五七）皇朝經世文編敘：「……則鰓理于邵陽魏君默深，告成于道光六年柔兆閹茂之仲冬也。」

大淵獻 爾雅釋天：「大歲……在亥曰大淵獻。」郝懿行義疏引李巡云：「言萬物落於亥，大小深藏，屈近陽，故曰淵獻。淵，藏也；獻，近也。」

①即太歲。

②彊，通「強」，讀作ㄑㄧㄤˊ。又，「強」，亦作「强」。

四、太歲

我國古天文學假設的星名，與歲星相應。又稱歲陰、太陰①、蒼龍。舊曆紀年所用值歲干支之別名。如逢甲子年，甲子即是太歲；乙丑年，乙丑即是太歲，以此類推，至癸亥年為一循環。地支有方位，太歲因而亦有方位。歲星即木星，簡稱歲。古人認為歲星十二年一周天（實際為一一・八六年），因將黃道分為十二等分，以歲星所在的部分，作為歲名。但歲星運行的方向自西向東，與將黃道分為十二支的方向正相反，為避免此一不便，假設太歲作與歲星實際運行相反的方向運動，以每年太歲所在的部分來紀年。如太歲在寅稱攝提格，在卯稱單閼…等。後來更配以十歲陽，組成六十干支，用以紀年，始於春秋時代，此一紀年法曰歲星紀年。又因相信太歲是凶神，故以太歲所在為凶方，忌興土木、遷徙……。土風錄云：「術家以太歲為大將軍，動土遷移者必避其方。」舊時，民間諸多禁忌由此而生②。

值歲之神，亦稱太歲。北魏道武帝（三八六—四〇九）已立神歲十二（即十二尊太歲神）專祠。春明夢餘錄：「明洪武七年甲寅，令仲春秋上旬擇日祭『太歲』。」又，「嘉靖十一年別建太歲壇，專祀『歲』。」③

①淮南子天文訓：「太陰在四仲，則歲星行三宿。」高誘注：「太陰在卯酉子午四面之中也。」

②四象中東方七宿之象。史記天官書：「東宮蒼龍。」一作「青龍」。後漢書律曆志三：「青龍移辰，謂之歲。」淮南子天文訓：「天神之貴者，莫貴于青龍。」角、亢、氐、房、心、尾、箕組成龍象，稱東方七宿。

③本則，參考爾雅釋天、淮南子天文訓、史記天官書、論衡難歲等撰之。

五、二十四氣

古曆法根據太陽①在黃道②上的位置，將一年劃分為二十四個節氣，稱二十四氣。二十四個節氣表明氣候變化與農事季節，為我國農曆之特色。農曆平年，每月有二（節）氣，月初稱節氣，月中之後稱中氣。閏月③則無中氣。茲將四季、二十四氣與陽曆月日列表如后：

四季別	節氣名	陽曆（公曆、西曆）	陰曆（農曆）	備注
春	立春	二月三—五日	正月節	
	雨水	二月十八—廿日	正月中	
	驚蟄	三月五—七日	二月節	
	春分	三月廿—廿二日	二月中	
	清明	四月四—六日	三月節	
	穀雨	四月十九—廿一日	三月中	
夏	立夏	五月五—七日	四月節	
	小滿	五月廿—廿二日	四月中	
	芒種	六月五—七日	五月節	
	夏至	六月廿一—廿二日	五月中	
	小暑	七月六—八日	六月節	
	大暑	七月廿二—廿四日	六月中	

秋	立秋	八月七—九日	七月節	
	處暑	八月廿二—廿四日	七月中	
	白露	九月七—九日	八月節	
	秋分	九月廿二—廿四日	八月中	
	寒露	十月八—九日	九月節	
	霜降	十月廿三—廿四日	九月中	
冬	立冬	十一月七—八日	十月節	
	小雪	十一月廿二—廿三日	十月中	
	大雪	十二月六—八日	十一月節	
	冬至	十二月廿一—廿三日	十一月中	
	小寒	一月五—七日	十二月節	
	大寒	一月廿—廿一日	十二月中	

①日，通稱太陽。說文：「日，實也。太陽之精不虧。」三國魏曹植（一九二—二三二）洛神賦：「遠而望之，皎若太陽升朝霞。」

②我國先民認為太陽繞地而行，黃道即想像中的太陽繞地之軌道。漢書天文志：「日有中道，月有九行。中道者，黃道，一曰光道。」

③指陰曆閏月而言。

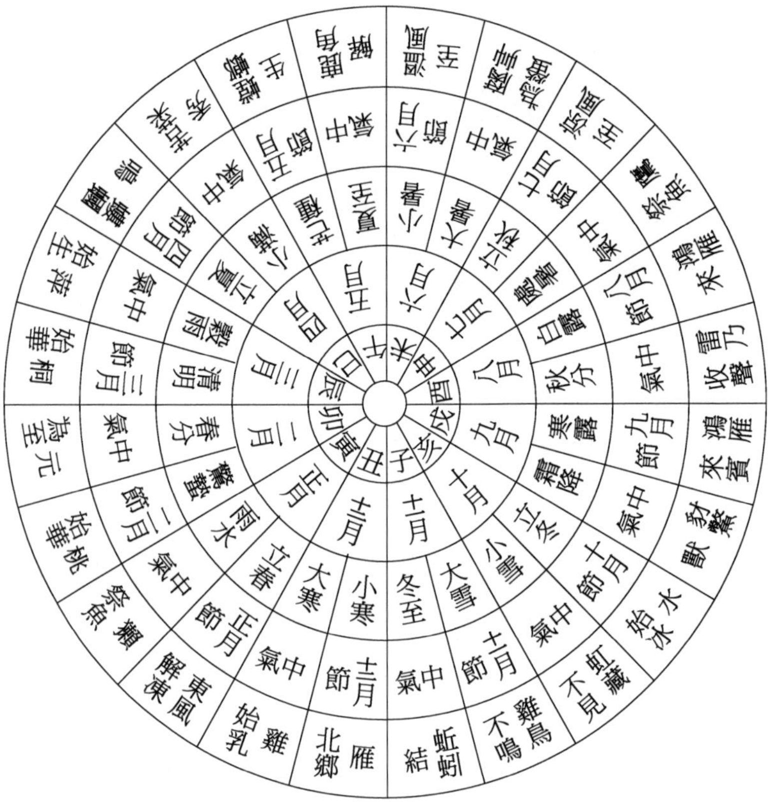

二十四氣圖（運氣易覽）

資料來源：據禮記月令。

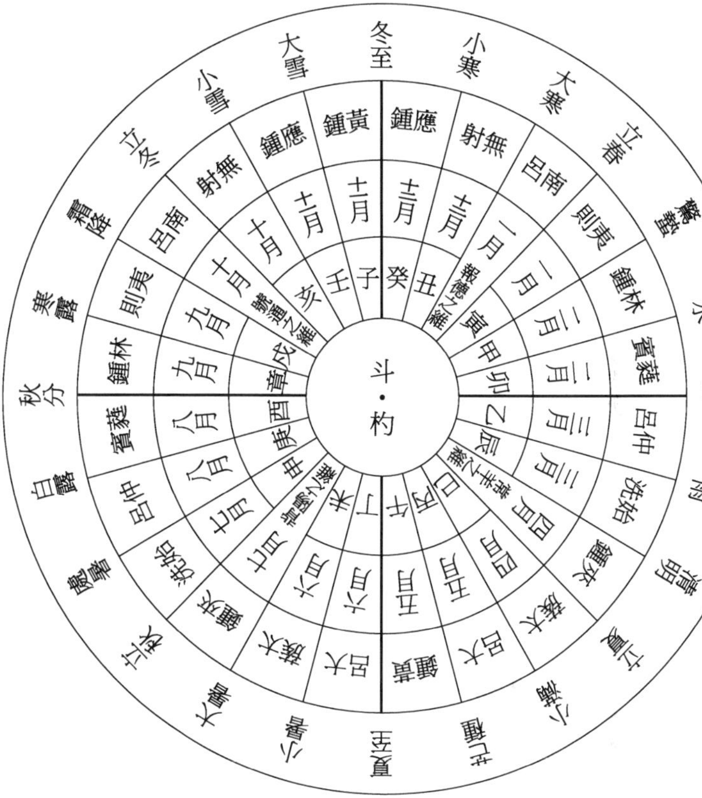

北斗運行與二十四節氣圖

六、二十四番花信風

即花信風。古人認為應花期而來的風，故稱。又作「二十四番花信」、「二十四番風信」與「二十四番風」。自小寒至穀雨，凡四月，共八節氣，一百二十日，每五日一候，計二十四候，每候應以一種花的信風。每氣三番：

小寒　梅花、山茶、水仙。
大寒　瑞香、蘭花、山礬。
立春　迎春、櫻桃、望春。
雨水　菜花、杏花、李花。
驚蟄　桃花、棣棠、薔薇。
春分　海棠、梨花、木蘭。
清明　桐花、麥花、柳花。
穀雨　牡丹、酴醾、楝花。

南朝梁宗懍（？—？，卒年六十四）荊楚歲時記、南宋程大昌（一一二三—一一九五）演繁露花信風、明王逵（？—？）蠡海集氣候類等主此說。

明楊慎二十四花信風引梁元帝纂要謂：每月有二番花信之風，一年有二十四番花信風也。

南宋范成大聞石湖海棠盛開詩之一：「東風花信十分開，細意留連待我來。」元喬吉

（？—三四五）小桃紅指鐲曲：「花信今春幾番至。見郎時，窗前攜手知心事。」近人郁達夫（一八九六—一九四五）夢醒枕上作翌日寄荃君詩之二：「昨夜星辰昨夜風，一番風信一番空。」元袁華（一三一六—？）水調歌頭宴顧仲瑛金粟影亭賦桂詞：「記錢塘，朝載酒，夜藏鈎。青衫斷腸司馬，消減舊風流。三百六橋春色，二十四番花信，重會在蘇州。」南宋周煇（一一二七、作一一二六—？）清波雜志卷九：「江南自初春至首夏有二十四番風信，梅花風最先，楝花風居後。」元顏子俞（？—？）清平樂留王靜得詞：「尊前不盡餘情，都上鳴絃細聲，二十四番風後，綠陰芳草長亭。」

七、四離四絕

春分、夏至、秋分、冬至之前一日，謂之四離。立春、立夏、立秋、立冬①之前一日，謂之四絕。昔時星相術士以為大忌之日。詳協紀辨方書②卷六，茲從略。

①春分、夏至……立冬，均節氣名。

②乾隆四年（一七三九）清廷官修。都卅六卷，供術數家用以占卜時日吉凶陰陽宜忌之依據。

八、一元

元，甲文作「」、金文作「」、小篆作「」。甲文與金文字形略同。金文元，

从二从儿、二為古「上」字、儿即「人」字。人之上為元，亦即人之上者為首，故作「首」解。小篆元，从一从兀，一、數之始，兀表高而上，有無與倫比意，凡無與倫比之初，曰元，故其本義作「始」解。（說文繫傳）。

關尹子二柱：「先想乎一元之氣，具乎一物。」意謂：宇宙初形成時，天地不分之混沌狀態。後遂用以泛指事物之始。漢書董仲舒傳：「春秋謂一元之意，一者萬物之所從始也；元者，辭之所謂大也。」

又，古代紀年，曾以一元為計算單位，詳三統曆。又，一元猶言天下、全國。晉書赫連勃勃載記：「我皇祖大禹……疏三江而決九河，夷一元之窮災，拯六合之沈溺。」

元，亦作為貨幣單位。元寶一枚為一元。清袁枚（一七一六—一七九七）答孫補山相公書：「捧到國寶一元，照人若雪。」光緒間，我國始鑄銀幣，其一枚，正稱一圓，通稱一元。

九、三元

元，詳一元茲從略。三元，有多義：

一、指元旦，農曆正月初一。是日為年、月、日之始，故稱。初學記卷四隋杜臺卿玉燭寶典：「正月為端月，其一日為元日……亦云三元。」注：「歲之元、時之光、月之元。」南齊書武帝記：「緣淮戍將，久處邊勞，三元行始，宜沾恩慶。」亦稱「三朔」。

二、唐人稱農曆正月、七月、十月之十五日為上元、中元與下元，合稱三元。唐詩紀事卷三

三、三廬拱①中元日觀法事詩：「四孟逢秋序，三元得氣中。」清趙翼（一七二七—一八一四）陔餘叢考卷三五：「……其以正月、七月、十月之望為三元日，則自元魏始。」

天、地、人合稱三元。唐王昌齡（六九〇—七五六？一作六九八—七五七）夏月花萼樓酺宴應制詩②：「土德三元正，堯心萬國同。」鄭餘慶（七四六—八二〇）享太廟樂章：「三元生命，四極駿奔。」

四、古術數家以六十甲子配九宮，一百八十年一周始，第一甲子稱上元，第二甲子稱中元，第三甲子稱下元，合之為三元。晉書苻堅載記下：「從上元人皇起，至中元，窮於下元，天地一變，盡三元而止。」北周庾信道士步虛詞：「中和煉九氣，甲子謝三元。」十六國春秋：「……盡三元而止。」

五、道家謂天、地、水為三元。晉書潘尼傳：「三元迭運，五德代微，黃精既亢，素靈乃暉。」集仙錄：「張道陵龍虎山修三元默朝之道，……。」雲笈七籤卷五六：「夫混沌分後，有天、地、水三元之氣，生成人倫，長養萬物。」陔餘叢考卷三五：「道家有所謂天、地、水三官者，歸震川集有三官廟記云：『其說出于道家，以天、地、水為三元，能為人賜福、赦罪、解厄，皆以帝君尊稱焉。』」

六、昔科舉取士，鄉、會、殿三試連捷，且皆名列第一者，詡之為三元，亦即解元、會元、狀元之合稱。青瑣高議：「大丞相王會青州解元、南省省元、殿前狀元，楊學士寘開封府解元、南省省元、殿前狀元。本朝太平百餘年，文物最為隆盛，數路得人，推進士為上第。天聖三元，纔三人耳。」書言故事科第類：「解省殿皆魁，曰三元。元者首也。」另，趙升朝野類要卷二亦有類似記載，茲從略。

七、明制，稱殿試賜進士及第者，一甲三名—狀元、榜眼、探花為三元。狀元事略正統十年乙丑科：「商輅字弘載，一字尚質，云云。及長，與其師洪士直宿學舍中。輅夢有提人首三顆投之，覺而語洪。洪曰：『吉夢也。』果三元應之。」明李東陽（一四四七—一五一六）壽少保商先生七十詩：「本朝科甲重三元。」明史選舉志二：「三試第一，士人豔稱為三元。」袁業泗（？—？，萬曆前後人）盧州三元閣記：「按盧州盧狀元肇讀書處，云云，一郡士夫同心捐助，三元閣不日成矣。」另參陔餘叢考卷二八。

①生卒年不詳；元和間嘗與元、白等唱和，隱居稱蓬壺客。

②詩題一作夜月花萼樓酺宴應制。

十、二十四時

有二義：

一謂二十四節氣（二十四氣）。淮南子天文訓：「十五日為一節，以生二十四時之變。」

一指一日（一天）的時數。古以地支分一日為十二時，每時再分「初」、「正」。清錢大昕十駕齋養新錄卷十七二十四時：「一日分十二時，每時又分為二：日初、日正，是為二十四小時。而選擇家以子初為壬時，丑初為癸時，寅初為艮時，卯初為甲時，辰初為乙時，巳初為巽時，午初為丙時，未初為丁時，申初為坤時，酉初為庚時，戌初為辛時，亥初為乾時。今時憲書：寅、申、巳、亥月，宜用甲、丙、庚、壬時，卯、酉、子、午月，宜用艮、巽、坤、乾時，辰、戌、丑、未月，宜用癸、乙、丁、辛時是也。予在都門，游法源寺，見遼舍利函記，後題甲時。」又云：「戒壇寺見遼法均禪師碑，後題乾時。又，遼石幢二，其一題庚時、一題坤時。潭柘寺見金了公禪師塔銘，亦題庚時。蓋遼、金石刻，多用斯語。武盧谷撰授堂題跋，載西嶽題名，有天有大中祥符五年題名云：「閏十月二十五日卯禧四年某月日巳後午前丙時豎立。又，北嶽廟後四剋乙時，是宋石刻亦有之。後讀舊唐書呂才傳，言若依葬書，多用乾、艮二時，則隋、唐以前，已有此稱。又考晉書載：魏太史令許光議，黃初二年六月，加時未，日蝕。黃初以為加辛強。又，二年七月，日加壬，月景蝕。景即丙字，避唐諱，改。是以干命時之證也。」又云：「三年正月，加時申北，日蝕。十一月，加時西南維，日蝕。言申北、言西南維，而不言坤，則知以乾、坤、艮、巽代四維，魏、晉以前，未有此稱矣。」

十一、重五

農曆五月初五日，稱重五。即端午節。又作「重午」。重，讀作ㄔㄨㄥˊ。南宋王楙（一一五一—一二一三）野客叢書重三：「今言五月五日重五，九月九日重九。」明袁宏道（一五六八—一六一〇）和伯修家字：「京師盛重午，所在競繁華。」清姚鼐（一七三一—一八一五）祭侍潞川文：「重五泛舟，萬夫呼躁。」北宋李之儀（一〇四八—一一二八）南鄉子端午詞：「小雨溼黃昏，重午佳辰獨掩門。」宋史劉溫叟傳：「明年重午，又送角黍、紈扇。」清王應奎（？—？）箬包船紀事詩：「重午暨中秋，廟門搴靈旗。」

十二、重月

農曆閏月稱重月。重，讀作ㄔㄨㄥˊ。清厲鶚（一六九二—一七五二）閏三月三日同人集湖上續修褉效蘭亭詩體：「重三復重月，一唱還一酬。」

卷三、年齒

一、嬰孩

嬰，ㄧㄥ。金文作「」、小篆作「」。此字，甲文闕。小篆嬰：从女、从賏，亦从賏聲（賏讀作ㄧㄥ），乃兩貝連成之飾物，為古女子所常用者，故其本義作「頸飾」解（說文）即今所稱項練是也。今所行者為別義，作名詞用，始生小兒曰嬰。北史長孫盧傳：「使嬰、弱、眾孤，得蒙存立。」孩，ㄏㄞˊ。小篆作「」。甲文、金文均闕此字。小篆孩：从子、亥聲。本義作「小兒笑」解（說文）。乃謂小兒歡笑，故从子；又以小兒笑時，其聲亥亥，故从亥聲。孩，今多行別義。小兒曰孩。墨子明鬼：「殷紂賊誅孩子。」嬰孩，屬同義複詞。謂幼兒。列子天瑞：「人自生至終，大化有四：嬰孩也，少壯也，老耄也，死亡也。」唐方干送道人歸舊巖詩：「目覩嬰孩成老叟，手栽松柏有枯枝。」北宋蘇軾種松得徠字詩：「山僧老無子，養護如嬰孩。」初生幼兒曰嬰兒。老子：「我獨泊兮其未兆，如嬰兒之未孩。」唐李肇（？—？，卒於開成元年前）唐國史補卷中：「竟陵僧有于水濱得嬰兒者，育為弟子。」北宋蘇軾虔州崇慶禪院新經藏記：「嬰兒生而導之言，稍長而教之書。」幼兒亦稱嬰兒子。墨子公孟：「夫嬰兒子之知，獨慕父母而已。」韓非子顯學：「夫嬰兒不剔首則

腹痛，不搯痙則寖益。剔首搯痙必一人抱之，慈母治之，然猶啼呼不止，嬰兒子不知犯其所小苦，致其所大利也。」

附：娃

娃，本義作「美貌」解（玉篇），故美女曰娃。漢書揚雄傳上：「資娵娃之珍髢兮，鬻九戎而索賴。」顏師古注：「娵、娃皆美女也。」小孩、兒童亦曰娃。近人章炳麟（一八六九或一八六八—一九三六）新方言釋言：「今通謂小兒為小鼃子……俗或作娃。」

二、襁褓

ㄑㄧㄤˇ ㄅㄠˇ。亦作「襁緥」、「襁葆」。葆，通「褓」。本意謂背負嬰兒所用寬帶與包裹嬰兒所用被巾。列子天瑞：「人生有不見日月，不免襁褓者，吾既已行年九十矣。」後用于借指嬰幼兒。西漢賈誼新書數寧：「髮子曰：『至治之極，父無死子，兄無死弟，塗無襁褓之葬，各以其順終。』」北宋黃庭堅（一〇四五—一一〇五）寄耿令幾父過新堂邑作詩：「白頭晏起飯，襁褓語嘔啞。」近人蘇曼殊（一八八四—一九一八）斷鴻零雁記第二十六章：「余自襁褓，獨媼一人憐而撫我，不圖今已長眠。」

三、髫齡

ㄊㄧㄠˊ ㄌㄧㄥˊ。幼年。唐王勃（六五〇—六七六？）四分律宗記序：「鈞抱顯於髫齡，蘭芬凝於丱齒。」清鈕琇（？—一七〇四）觚賸酒芝：「梅村甫髫齡，亦隨課王氏塾中。」髫幼、髫年、髫歲、髫齒、髫髻、髫稚、髫穉，皆用以指稱幼年。髫初、髫時，指幼年時期。

四、弱冠

ㄖㄨㄛˋ ㄍㄨㄢˋ。古，男子二十歲為成人，初加冠，因軀體猶未壯，故稱弱冠。禮記曲禮上：「二十曰弱，冠。」孔穎達疏：「二十成人，初加冠，體猶未壯，故曰弱也。」後人遂稱男子二十歲或廿餘歲者為弱冠。漢書敘傳下：「賈生矯矯，弱冠登朝。」西晉左思（二五二？—三〇六？）詠史之一：「弱冠弄柔翰，卓犖觀羣書。」唐劉知幾（六六一—七二一）史通自敘：「洎年登弱冠，射策登朝，於是思有餘閑，獲遂本願。」北宋錢易（九六八—一〇二六）南部新書癸：「章幼時為照所重，言其官班位望，過於其父，章弱冠，父為娶妻李氏女。」明高啟顧榮廟詩：「弱冠游洛師，已蒙南金賞。」

五、及笄

禮記內則：「（女子）十有五年而笄。」鄭玄注：「謂應年許嫁者。女子許嫁，笄而字之，而未許嫁，二十則笄。」笄，ㄐㄧ。髮簪。後因稱女子年滿十五為及笄。舊唐書后妃傳下女學士尚宮宋氏：「（庭芬）生五女，皆聰惠……年未及笄，皆能屬文。」清和邦額（？—？）夜譚隨錄吳喆：「女年甫及笄，有容色。」

六、壯年

男子三十為「壯」，即壯年。禮記曲禮上：「人生十年曰幼學；二十曰弱冠；三十曰壯，有室。」壯年，多指三四十歲時期。南朝宋袁淑（四〇八—四五三）效古詩：「勤役未云已，壯年徒為空。」唐劉禹錫薦處士嚴毖狀：「未逢知己，已過壯年，汨沒風塵，有足悲者。」南宋陸游（一一二五—一二一〇）縱筆詩之三：「壯年行出塞，晚歲病還家。」明史王慎中傳：「壯年廢棄，益肆力古文，演迤洋贍，卓然成家。」

七、盛年

多指青壯之年言。漢書張敞傳：「今天子以盛年初即位，天下莫不拭目傾耳，觀化聽風。」東晉陶潛雜詩之六：「求我盛年歡，一毫無復意。」李公煥注：「男子自二十一至二十九則為盛年。」

附：英年

盛壯之年曰英年。明高啟馬援詩：「漢庭豈少英年將，衰老南征苦自求。」清顧炎武（一六一三—一六八二）與王山史書：「既足英年好學，今在尊府，朝夕得領訓誨。」袁枚隨園詩話卷三：「漸看豪氣籠人上，不料英年似夢中。」

八、耆

ㄑㄧˊ。古稱六十歲曰耆。禮記曲禮上：「人生十年，曰幼學；……六十曰耆，指使。……。」荀子致士：「耆、艾而信，可以為師。」注：「五十曰艾，六十曰耆。」

九、老

七十歲之人曰老。禮記曲禮上：「七十曰老，而傳。……。」文獻通考戶口考：「晉以六十六歲以上為老，隋以六十歲為老，唐以五十五歲為老，宋以六十歲為老。」老，意謂年歲大。與「幼」、「少」相對。詩小雅北山：「嘉我未老，鮮我方將。」楚辭九章涉江：「余幼好此奇服兮，年既老而不衰。」對年長者尊稱老，亦屬敬辭。詩小雅十月之交：「不憖遺一老，俾守我王。」唐張祜（七九二?—八五三?）偶題詩：「惟恨世間無賀老，謫仙長在沒人知。」周禮地官司徒：「鄉老，二鄉則公一人。」鄭玄注：「老，尊稱也。」

十、耋

亦作「耊」，ㄉㄧㄝˊ。八十曰耋。詩秦風車鄰：「今者不樂，逝者其耋。」毛傳：「耋，老也；八十曰耋。」

十一、耄

ㄇㄠˋ。年老。高齡。古稱七十至九十歲者。詩大雅板：「匪我言耄，爾用憂謔。」毛傳：「八十曰耄。」又抑：「借日未知，亦聿既耄。」毛傳：「耄，老也。」禮記曲禮上：「八十、九十曰耄。」左傳隱公四年：「衛國褊小，老夫耄矣，無能為也。」杜注：「八十曰耄。稱國小已老。」西漢桓寬（？—？宣、昭間人）鹽鐵論孝養：「七十曰耄。耄，食非肉不飽，衣非帛不暖。」唐韓愈劉統軍碑：「臣耄且疾，宜即大罰。」

「老」、「耋」、「耄」等字，皆有年長、高齡等義，所指稱年歲不一、且酌有重疊。

十二、期頤

百歲曰期頤（ㄑㄧˊ ㄧˊ）。禮記曲禮上：「百年曰期頤。」鄭玄注：「期，猶要也；頤，養也。不知衣服食味，孝子要盡養道而已。」孫希旦集解：「百年者飲食、居處、動作，無所不待于養。方氏慤曰：『人生以百年為期，故百年以期名之。』」東晉葛洪抱朴子自敘：「夫期頤猶奔星之騰烟，黃髮如激箭之過隙，況或未明而殞籜，逆秋而零瘁者哉！」唐李華（七一五—七六六）四皓銘：「抱和全默，皆享期頤。」南宋陸游初夏幽居詩之五：「余生已過足，不必到期頤。」近人郁達夫代洪開榜先生祝梁母鄧太夫人八秩大慶詩：「好待期頤觴詠日，重摩銅狄話滄桑。」

卷四、稱謂（敬）詞

數千年以來，漢語稱謂之多之繁，是任何一種人類語文所少見者，如此紛繁複雜的稱謂詞，其形成的變因多元，是悠久歷史長流與環境變遷、沉積的「結果」。不分雅俗，大體可歸納為正名、異名、代稱、喻稱、單稱、合稱、美稱、賤稱、謙稱與尊稱等十類。此處，僅就對他人親屬為主，舉述部分迄今仍適用之尊稱、敬稱等實例。

「令」有多義：㈠秦漢時期，規模大的縣，其行政長官稱令。漢書百官公卿表上：「縣令、長，皆秦官，掌治其縣。萬戶以上為令，秩千石至六百石。」㈡歷朝中央最高行政機關其首長稱令，如：尚書令、中書令、御史臺令……。㈢美、善曰令。詩大雅卷阿：「如圭如璋，令聞令望。」令加於稱謂詞之上，即成敬稱，多用于稱對方的親屬。如：令祖父、令祖母、令伯、令叔、令姑母、令姑丈……。

一、令尊、令嚴

適用于尊稱他人之父。唐李公佐（？—？，約大曆、長慶間人）南柯太守傳：「王曰：『前奉令尊命，不棄小國，許令次女瑤芳奉事君子。』生但俯伏而已，不敢致詞。」南宋陳叔方（？—？）潁川語小卷上：「世俗稱謂，多失其義，惟以令尊稱父，以內稱妻，尚可通。」明湯顯祖（一五五〇—一六一七）牡丹亭冥誓：「明日敬造尊庭，拜見令尊令堂。」昔，尊稱他人有地位的父親為「令尊大人」或「令尊老先生」，今已不多用。又，「令尊人」、「令尊翁」與「令尊」屬同義詞。「令尊」間亦作「令嚴」。尊稱他人已去世的父親，或稱「令先君」或稱「令先子」或稱「令先尊」不一。自稱「家父」、「家嚴」，「家先父」、「家先君」……。

二、令堂、令慈、令萱

尊對方之母。元鄭光祖（？—？，約一三三〇前辭世）傷美香第三折：「這聲音九分兒是你令堂。」清陳確（一六〇四—一六七七）祭祝開美文：「閏月初二，實葬令慈，初五役竣，諸作允釐。」「令堂」，一作「令萱」。昔，稱有身份者之母，或「令堂老夫人」、「令堂太夫人」或「令堂老太太」不一。尊稱他人已作古之母，曰「令先堂」、「令先慈」皆可。自稱「家母」、「家慈」，「家先母」、「家先慈」……。

三、令外舅、令岳、令岳翁

尊稱他人的岳父。南宋陳叔方潁川語小卷上：「……然稱他人妻之父，曰丈人則未穩，惟曰令外舅可也。若云令岳，鄙謬甚矣。」儒林外史第十二回：「三公子大笑道：『我亦不解你令外舅就俗到這個地位。』」二刻拍案驚奇卷廿二：「前日恐怕你當真胡行起來，令岳叫人接了家去，只說嫁了。今住的原是你令岳家的房子。」兒女英雄傳第卅九回：「老爺一面換帽子，一面向褚一官道：『令岳怎的這等高興，從今日就作起壽來？』」古今小說卷廿七：「許公又道：『賢婿常恨令岳翁卑賤，以致夫婦失愛，幾乎不終，今日下官備員如何？』」

對己妻之父①敬稱外舅、外父。孟子萬章下：「舜尚見帝，帝館甥于貳室。」東漢趙岐（？—二〇一）注：「謂妻父曰外舅。」太平廣記卷一〇一引續玄怪錄韋氏子：「韋氏子有服儒而任于唐元和朝者，自幼宗儒，非儒不言，故以釋氏為胡法，非中國宜興。有二女，長適相里氏，幼適胡氏。長夫執外舅之論；次夫則反之，常敬佛奉教。」古今小說卷四〇：「賈石陪過沈煉吃飯已畢，便引著妻子到外舅李家去訖。」宋佚名潛居錄：「馮布少時，絕有才幹，贅于孫氏，其外父有煩瑣事，輒曰：『畀布代之。』」金瓶梅第六十七回：「看你外父和你小舅子造化，這一回求了書去，難得兩個都沒事出來。」岐路燈第卅八回：「城南有個惠先生，外號叫做『惠聖人』，外父知道不知道？」自稱已去世之岳丈曰「先岳」、「先岳父」、「先岳丈」、「先外父」、「先外舅」。

四、令岳母

尊稱他人的岳母。近人周立波（一九〇八—一九七九）山鄉巨變續編十四：「令岳母萬一有個三長四短，我還可以幫幫忙。」敬稱己妻之母曰外姑。其已逝者稱「先外姑」或「先岳母」。爾雅釋親：「妻之父為外舅，妻之母為外姑。」太平廣記卷三四二引乾𦠆子華州參軍：「某于外姑王氏處納采娶妻，非越禮私誘也，家人大小皆熟知之。」

五、令閫、令夫人、令妻、令室、令閣

尊稱他人之妻。舊時，婦女居內室，曰閫（ㄎㄨㄣˇ）。因敬稱人妻曰令閫。明王玉峰（？—？，萬曆間人）焚香記允諧：「元來相公上無父母，下無令閫。」近人魯迅准風月談登龍術拾遺：「試看王爾德的遺照，盤花紐扣，鑲牙手杖，何等漂亮，人見猶憐，而況令閫。」古今小說卷十：「滕大尹在上坐，拱揖開談道：『令夫人將家產事告到晚生手裏，此事端的如何？』」綠野仙蹤第十六回：「此位姓朱的客人，情願替你還胡大爺的銀子，贖回令夫人。」令妻、令室、令閣，皆本作賢淑（慧）的妻室解，後始逐漸衍生為尊稱對方之妻。明瞿佑（一三四一—一四二七）剪燈餘話鸞鸞傳：「（媼曰）令妻若在，吾當為玉成。」北宋惠洪（一〇七一—一一二八）冷齋夜話劉野夫免德莊火災：「劉野夫上元夕以書約德莊曰：『今夜欲與君語，令閣必盡室出觀燈，當清淨身心相候。』」謙稱己妻曰「家內」、「拙室」、「拙婦」、「拙妻」、「拙荊」。家內，本義謂眷屬；家屬。宋書殷琰傳：「休祐步入朝，家內猶分停壽陽，琰資給供贍，事盡豐厚。」後亦專指妻子。敦煌變文集難陀出家緣起：「若論家內辯（辦）齋餐，百味珍羞總不難。」唐牛僧孺（七八〇—八四八或八四九）玄怪錄南纘：「崔生大驚，謂青袍人曰：『不知拙室何得至此？』」金瓶梅第五十八回：「西

門慶道：『拙室服了良劑，已覺好些。』」元無名氏殺狗勸夫第三折：「哥哥請家裏來，教拙婦烹茺豆搗蒜，與哥哥吃一盅。」初刻拍案驚奇卷廿七：「但此詞是遭變後所題，拙婦想是未曾傷命。」京本通俗小說西山一窟鬼：「（吳教授）問鄰舍：『家裏拙妻和粗婢那裏去了？』」初刻拍案驚奇卷廿七：「且詞中意思有在，真是拙妻所作無疑。」岐路燈第七十七回：「只是拙荊老糊塗，心內沒分寸。」按：「拙荊」一詞，典出「荊釵布裙」。

六、令郎君、令郎、令子、令公子

敬稱他人的兒子。漢古詩為焦仲卿妻作：「貧賤有此女，始適還家門。不堪吏人婦，豈合令郎君？」南宋朱熹（一一三〇—一二〇〇）答徐彥章書之三：「雨日偶看經學，有疑義數條，別紙奉扣，并前書送令郎處，尋便附致。」水滸傳第二回：「王進笑道：『恐衝撞了令郎時，須不好看。』」令子，本義謂佳兒。北史高琳傳：「夫人向所將來石，是浮磬之精。若能寶持，必生令子。」後亦用以美稱他人之子。唐杜甫（七一二—七七〇）哭王彭州掄詩：「夫人先即世，令子各清標。」北宋蘇軾答陳履常書一：「即日履茲酷暑，起居如何？貴眷令子各佳勝？」清陳確公奠許元忠文：「某等或玷金蘭，或托肺腑；或交令子，或辱世誼。」近世，「令郎」亦稱「令公子」。

謙稱己子或曰「小兒」或稱「小犬」。漢書翟方進傳：「方進曰：『小兒未知為吏也，其意以為入獄輒當死矣。』」唐張鷟（六五八？—七三〇）朝野僉載卷四：「南容引生與之飲。

謂曰：『諺云：三公後，出死狗。小兒誠愚，勞諸君制字，損南容之身可，豈可波及侍中也。』」儒林外史第三回：「母親不知是甚事，嚇得躲在屋裏；聽見中了，方敢伸出頭來說道：『諸位請坐，小兒方才出去了。』」小犬，本義雛狗。三國志吳志吳主傳：「曹公望權軍」裴松之注引吳歷：「公見舟船器仗軍伍整肅，喟然嘆曰：『生子當如孫仲謀，劉景升兒子若豚犬耳！』」後人因以「小犬」謙稱己子。三刻拍案驚奇第三回：「家下有個小犬，年已十一歲，未遇明師，尚然頑蠢。」紅樓夢第一一四回：「將來賤眷到京，少不得要到尊府，定叫小犬叩見，如可進教，遇有姻事可圖之處，望乞留意為感。」

七、令女、令愛、令嬡、令愛小姐、（令）千金、千金小姐

敬稱對方的女兒。南宋陳叔方潁川語小卷上：「若謂閤正為令正，令嗣為令似，令女為令愛，及僕妾稱盛寵、盛綱之類，傳習已深，不覺其謬，亦不可得而革矣。」儒林外史第十回：「魯老先生有一個令愛，年方及笄。」三刻拍案驚奇第二十回：「（蔣日休道）我一面叫轎來，請令嬡過去。」令嬡，猶令愛。清蒲松齡（一六四〇—一七一五）聊齋志異胡氏：「客曰：『確知令媛待聘，何拒之深？』」令愛小姐，昔多施于有地位者。古今小說卷二：「御史道：『令愛小姐致死之由，只在這幾件東西上。』」「千金」一詞本用于褒美聰慧有才具之子弟。南史謝朏傳：「朏字敬沖，幼聰慧。（父）莊器之，常置左右。十歲能屬文。莊游土山，使朏命篇，攬筆便就。瑯琊王景文謂莊曰：『賢子足稱神童，復為後來特達。』

莊撫胐背曰：『真吾家千金！』」舊時，遂漸用以稱富貴之家未婚女子。亦泛用作對他人之女的敬稱。兒女英雄傳第八回：『這等嬌娜娜的個模樣兒，況又是官宦人家的千金，怎生有這般本領？』元張國賓（？—？，元初人）薛仁貴第四折：「小姐也，我則是個庶民百姓之女，你乃是官宦人家的千金小姐，請穩便。」兒女英雄傳第八回：「原來是位千金小姐，妹子不知，方才多多得罪。」小女，對人謙稱己女。唐李公佐南柯太守傳：「王亦知之。因命生曰：『姻親二十餘年，不幸小女夭枉，不得與君子偕老，良用痛傷。』」儒林外史第四十八回：「王玉輝道：『只得一個小兒，到有四個小女。大小女守節在家裏，那幾個小女，都出閣不上一年多。』」

八、令媳

對他人兒媳的敬稱。清李漁（一六一〇—一六八〇）蜃中樓婚諾：「一向與老寅丈②相處，不曾問得有幾位公郎……娶過令媳麼？」

九、令婿、令坦

敬稱他人的女婿。夫曰壻（ㄒㄩˋ）。男子得婦後之稱。「婿」、「壻」，同字異體。令坦，典源來自「坦腹東牀」。元鄭光祖王粲登樓第一折：「今日早朝，蔡邕老丞相③說令婿王粲，雖有出眾人才，只是胸襟太傲。」三國演義第卅七回：「玄德曰：『曾見令婿否？』

承彥曰：『便是老夫也來看他。』」兒女英雄傳第十六回：「我方才還同令婿議論海內的人物。」清燕客退拙子（？—？）四元記檢舉：「請二位且先歸第，明早同了令愛、令坦入朝謝恩便了。」

十、令兄、令兄嫂、令弟、令弟媳

詩小雅角弓：「此令兄弟，綽綽有裕。不令兄弟，交相為瘉。」鄭玄箋：「令，善也。」後以令兄、令弟，美稱他人之兄弟。南宋蘇籀（一〇九〇—？，轍孫）欒城先生遺言：「貢父④嘗謂公所為訓詞曰：『君⑤所作強于令兄⑥。』」清李漁意中緣送行：「（外）此位是誰？（小生）天素的令兄。」唐權德輿（七六一—八一八）唐故揚州兵曹參軍蕭府君墓志銘序：「初，君與令弟故司封郎中惟則，同以儒服游京師，賢士大夫締義慕義者如嚮。」負曝閑談第廿八回：「令弟二爺既和咱盟兄周老壽要好，就跟咱要好一樣。」兄之婦曰嫂。「令兄嫂」，得省詞作「令嫂」。三國演義第五十二回：「樊氏辭歸後堂。云曰：『賢弟何必煩令嫂舉盃耶？』」儒林外史第五回：「假如你令嫂、令姪拗著，你認晦氣，再拿出幾兩銀子，折個豬價。」弟之婦曰弟媳。紅樓夢第五十七回：「湘雲笑道：『我見你令弟媳的丫頭篆兒悄悄的遞與鶯兒。鶯兒便隨手夾在書面，只當我沒看見。』」對人謙稱己兄、嫂、弟、弟媳分別作「家兄」、「舍兄」、「家嫂」、「家弟」、「舍弟」、「舍弟媳」。

十一、令姊、令姊丈、令妹、令妹丈

對他人姊、妹與其配偶的敬稱。「姊」、「姉」、「姐」，同字異體，本字作「姊」。姊夫，又作「姊丈」、「姊婿」；妹夫，又作「妹丈」、「妹婿」、「妹倩」（ㄑㄧㄢˋ）。唐李白竄夜郎于烏江留別宗十六璟詩：「我非東牀人，令姊忝齊眉。」初刻拍案驚奇卷廿五：「院判道：『令姊是幾時沒有的？』」紅樓夢第五十九回：「（那婆子）復又看見了藕官，又是他令姊的冤家，四處湊成一股怒氣。」官場現形記第九回：「老兄在這裏辦的事，兄弟統通知道；不過因為令姊丈是同官同寅，處處顧全面子。」古今小說卷一：「（縣主）說道：『尊舅這場官司若非令妹再三哀懇，下官幾乎得罪了。』」紅樓夢第六十八回：「嫂子的令妹就是我的妹子一樣。」清孔尚任（一六四八—一七一八）桃花扇辭院：「小弟與令妹丈不啻同胞，常道及老公祖垂念，難得今日會著。」

十二、令孫、令孫媳

敬稱他人的孫、孫婦。唐錢起（？—？，天寶十年舉進士，大曆十才子之一）酬陶六辭秩歸舊居見柬詩：「靖節昔高尚，令孫嗣清徽。」儒林外史第廿一回：「你令孫長成人了，著實伶俐去得。」近世，「令孫」一詞，又作「令孫少爺」。

敬稱他人之伯、叔、姑、姨……，亦於稱謂詞上加一「令」字，茲從略。

①己妻之父通稱岳父或岳丈或丈人。

②敬稱同僚。

③邕（一三三—一九二）累官至左中郎將，世稱蔡中郎；渠不曾拜相。

④劉攽字貢父。

⑤蘇轍。

⑥蘇軾。

附：稱己稱人用字（詞）

稱呼自己，稱呼他人的用字、用詞很多，茲簡要條述如次：

一、稱己

㈠我　第一人稱之自稱。詩小雅蓼莪：「父兮生我，母兮鞠我。拊我畜我，長我育我，顧我復我，出入腹我。……」論語里仁：「子曰：『我未見好仁者，惡不仁者。好仁者，無以尚之。惡不仁者，其為仁矣，不使不仁者加乎其身。……』」又公冶長：「子貢曰：『我不欲人之加諸我也；吾亦無欲加諸人。』……」

㈡吾　自稱之詞。易中孚：「我有好爵，吾與爾靡之。」論語季氏：「夫子欲之，吾二臣者皆不欲也。」唐韓愈送李愿歸盤谷序：「膏吾車兮秣吾馬，從子於盤兮，終吾生以徜徉！」

㈢余　代第一人稱。左傳僖公九年：「王使宰孔賜齊侯胙。……對曰：『天威不違顏咫尺，小白余敢貪天子之命無下拜，……』……」又，襄公二一年：「初，叔向之母……。其母曰：『深山大澤，實生龍蛇。彼美，余懼其生龍蛇以禍女。……余何愛焉。』……」

㈣予　代第一人稱。詩豳風鴟鴞：「今女下民，或敢侮予。予手拮据，予所捋荼。……曰：『予未有室家。』……」

㈤某　自稱之詞。代「我」或本身名字。昔日謙虛的用法。禮記曲禮下：「君使士射，不能，則辭以疾，言曰：『某有負薪之憂。』」史記高祖本紀：「始大人常以臣無賴，不能治產業，不如仲力。今某之業所就孰與仲多？」唐韓愈送石處士序：「大夫曰：『先生有以自老，無求於人，其肯為某來邪？』」平劇烏龍院第一場：「晁蓋：『某，托塔天王晁蓋。』」

㈥愚　自稱。屬謙詞。史記孟嘗君列傳：「馮驩曰：『……夫物有必至，事有固然。君知之乎？』孟嘗君曰：『愚不知所謂也。』」三國諸葛亮（一八一—二三四）出師表：「愚以為宮中之事，事無大小，悉以咨之，然後施行，必能裨補闕漏，有所廣益。」唐李商隱（八一三？—八五八）為絳郡公祭宣武王尚書文：「公昔分茅，愚嘗視草。」清周中孚（？—？）鄭堂札記卷五：「愚謂當項羽起事時，尚不肯依坿殷通。」

㈦僕　亦自稱謙詞。西漢司馬遷（前一四五或前一三五—？）報任少卿書：「僕雖罷駑，亦嘗側聞長者遺風矣。」史記滑稽列傳：「使張儀、蘇秦與僕並生於今之世，曾不能得掌故，安敢望常侍、侍郎乎？」唐柳宗元與太學諸生喜詣闕留陽城司業書：「僕時通籍光範門，就職書府聞之悒然不喜。」清彭翊（？—？）與友人論文書：「承詢作文，僕非能者，烏足以知之？雖然蒭蕘之得，不敢私也。」近人魯迅致黎烈文：「僕倘有言教，仍當寫寄，決不以偶一不登而放筆也。」

(八)竊　謂私下、私自。昔恆用為第一人稱之謙詞，今多已不用。戰國策趙策四：「老臣病足，曾不能疾走，不得見久矣，竊自恕，恐太后玉體之有所郄也，故願望見。」漢書韓信傳：「臣愚，竊以為亦過矣。」北宋宋敏求（一〇一九—一〇七九）春明退朝錄卷中：「今請易名，竊恐非禮。」聊齋志異劉海石：「久失聞問，竊疑近況未必佳也。」

(九)本人　一種自稱。指說話人自己。如：承蒙誇獎，本人不勝榮幸。亦用以指所提到的人自身。三國志平話卷中：「諸葛亮曰：『張飛，你本人用心也。』」

(十)不才　謙稱自己。北宋王安石（一〇二一—一〇八六）落星寺南康軍江中詩：「勝概唯詩可收拾，不才羞作等閒來。」元薩都剌寄洪郎中詩：「不才瘦馬走州縣，君已落筆中書堂。」老殘遊記第一〇回：「不才往常見人讀佛經，什麼『色即是空，空即是色』，這種無理之口頭禪，常覺得頭昏腦悶。」

(土)不佞　亦謙詞。猶不才；指稱自己。左傳昭公二五年：「不佞不能與二三子同心，而以為皆有罪。」明高攀龍（一五六二—一六二六）講義小引：「不佞幸從諸先生後，不能無請益之言。」近人魯迅致章廷謙：「該堂將我住址寫下，而至今不能將書目寄來，可見嘴之不實，因此不佞對之頗有惡感。」

(十一)區區　亦屬自稱謙詞。後漢書竇融傳：「區區所獻，唯將軍省焉。」南宋李綱（一〇八三—一一四〇）象州答吳元中書：「區區自過象郡，頗覺為嵐氣所中，飲食多嘔。」清李漁慎鸞交卻媒：「在下是當官媒婆……歷科狀元爺，那一個不娶小奶奶，都是區區做媒。」

二、稱人

㈠你　指與「我」相對之人而言，即第二人稱。周書異域傳下突厥：「拜訖，乃扶令乘馬，以帛絞其頸，使纔不至絕，然後釋而急問之曰：『你能作幾年可汗？』」五代後唐王定保（八七〇—九四一？）唐摭言賢僕夫：「或為其類所引曰：『當今北面官人，入則內貴，出則使臣，到所在打風打雨。你何不從之？』」儒林外史第十九回：「潘三道：『老六，久不見你，尋我怎的？』」您，ㄋㄣˊ。用於稱長輩或年長於己者。

㈡汝　代第二人稱。多用於稱同輩或晚輩。書舜典：「三載，汝陟帝位。」列子湯問：「孔子不能決也。兩小兒笑曰：『孰為汝多知乎？』」水滸傳第五十三回：「我有片言，汝當記取。」

㈢女　ㄖㄨˇ。通作「汝」。詩魏風碩鼠：「三歲貫女，莫我肯顧。」史記樗里子甘茂列傳：「我身自請之而不肯，女焉能行之？」唐韓愈孟東野失子詩：「吾不女之罪，知非女由因。」紅樓夢第五十一回：「名利何曾伴女身，無端被詔出凡塵。」

(四)爾　代第二人稱。左傳成公元年：「我無爾詐，爾無我虞。」南朝宋鮑照（？—四六六）代陳思王京洛篇：「寶帳三千所，為爾一朝容。」北宋沈括（一〇三一—一〇九五）夢溪筆談雜志：「上問大者曰：『爾何人也？』」聊齋志異小翠：「此爾翁姑，奉侍宜謹。」

(五)他　指稱自己與對方以外的某個人，即第三人稱。古代、近代泛指男女。現代，指稱男性用「他」、指稱女性用「她」。唐張鷟遊仙窟詩：「自隱多姿則，欺他獨自眠。」北宋范仲淹（九八九—一〇五二）與韓魏公書：「今有進士潘起，才筆俊健，言行溫粹，長安有戶籍，今去就鄉薦，有投獻，必賜垂覽，得失即繫他程試也。」清孔尚任桃花扇題畫：「你看寂寂寥寥，湘簾晝捲，想是香君春眠未起，俺且不要喚他。」近人聞一多（一八九九—一九四六）李白之死詩：「這段時間中，他通身的知覺都已死去，那被酒催迫了的呼吸幾乎也要停駐。」

(六)伊　指稱第二人，亦指稱第三人。世說新語品藻：「勿學汝兄，汝兄自不如伊。」北宋孔平仲續世說紕漏：「侯景篡梁，王偉請立七廟，並請諱。景曰：『何謂七廟？』偉曰：『天子祭七世祖考，故置七廟。』景曰：『前世吾不復憶，惟阿爺名標，且有朔州，伊那得來噉是。』眾聞盛笑之。」金董解元（？—？，金章宗時人）西廂記諸宮調卷二：「你把筆尚猶力弱，伊言欲退干戈，有的計對俺先道破。」以上，指第二人稱諸例。世說新語識鑒：「小庾臨終，自表以子園客為代，朝廷慮其不從命，未知所遣，乃共議用桓溫，劉尹曰：『使伊去必能克定西楚，然恐不可復制。』」太平廣記卷二四七引隋侯白啟顏錄石動筩：「動筩曰：『郭璞遊仙詩云：青溪千餘仞，中有一道士。臣作云：青溪二千仞，中有兩道士。豈不勝伊一倍。』」唐李泌（七二二—七八九）蝴蝶兒詞：「蝴蝶兒，晚春時。阿嬌初著淡黃衣，倚窗學畫伊。」北宋朱淑貞（？—？，北宋末年之人）牡丹詩：「嬌嬈萬態逞殊芳，花品名中占得王。莫把傾城比顏色，從來家國為伊亡。」以上，係第三人稱諸例。

(七)渠

指第三人稱—他；它。三國志吳志趙達傳：「滕如期往，至，乃陽求索書，驚言失之，云：『女婿昨來，必是渠所竊。』」榮按：「女」通「汝」。唐寒山（？—？，先天至大曆、貞元間）詩之六三：「蚊子叮鐵牛，無渠下觜處。」清洪昇長生殿改葬：「恨不得喚起山神責問渠。」近人魯迅准風月談外國也有：「避居加拿大之古巴前總統麥查度……在古巴之產業，計值八百萬美元，凡能對渠擔保收回此項財產者，無論何人，渠願與之援助。」

(八)彼

人稱代詞。他。左傳莊公十年：「夫戰，勇氣也。一鼓作氣，再而衰，三而竭。彼竭我盈，故克之。」又，襄公二七年：「彼，君之讎也，天或者將棄彼矣。」孫子謀攻：「知彼知己者，百戰不殆。」孟子滕文公上：「彼，丈夫也；我，丈夫也；吾何畏彼哉？」文心雕龍章句：「觀彼制韻，志同枚賈。」百喻經認人為兄喻：「我以欲得彼之錢財，認之為兄，實非是兄。」

卷五、冠服

一、元服

冠，ㄍㄨㄢ。帽子的總稱。禮記曲禮上：「為人子，父母存，冠衣不純素。」急就篇卷三：「冠幘簪簧結髮紐。」顏師古注：「冠者，冕之總名，備首飾也。」南宋岳飛（一一〇三—一一四一）滿江紅寫懷詞：「怒髮衝冠，憑欄處、瀟瀟雨歇。」冠、冕、帽，屬同義字。

帽，雅稱元服。古稱行冠禮（加冠）為加元服。儀禮士冠禮：「令月吉日，始加元服。」漢書昭帝紀：「（元鳳）四年春正月丁亥，帝加元服。」顏師古注：「元，首也。冠者，首之所著，故曰元服。」梁書昭明太子傳：「太子自加元服，高祖便使者萬機，內外百司奏事者填塞於前。」

二、身章

衣，雅稱身章。用以遮蔽、裝飾上軀之織物，曰衣。詩邶風綠衣：「綠兮衣兮，綠衣黃裳。心之憂矣，曷維其亡。」毛傳：「上曰衣，下曰裳。」西漢揚雄（前五三—後一八）法言修身：「惜乎衣未成而轉為裳也。」衣，亦泛指衣服。詩豳風七月：「無衣無褐，何以卒歲！」唐韓愈醉後詩：「淋漓身上衣，顛倒筆下字。」身章，本指區別貴賤身分的服飾。左傳閔公二年：「衣，身之章也。」後泛指衣服的文飾；亦用以雅稱衣裳。南宋陸游磨衲道衣詩：「久脫朝衣學道裝，溪雲野鶴作身章。」

三、股衣

褌，雅作股衣。（成人）滿襠的下衣，稱袴，亦作「褲」。禮記內則：「衣不帛襦袴。」孫希旦集解：「袴，下衣。」古作「絝」。股，大腿。詩小雅采菽：「赤芾在股，邪幅在下。」毛傳：「脛本曰股。」腰至兩腿所著服飾曰股衣。

四、下裳

裙，ㄑㄩㄣˊ。說文作「帬」。下裳也。急就篇卷二：「袍襦表裏曲領帬。」後漢書明德馬皇后紀：「常衣大練，裙不加緣。」方言第四：「繞衿謂之帬。」東晉郭璞注：「俗人呼接下，江東通言下裳。」唐韓偓（八四二—九一四？）晝寢詩：「撲粉更添香體滑，解衣唯見下裳紅。」北宋孔平仲君住詩：「哀哉中截錦繡段，上襦下裳各一半。」

五、雲履

本指繡有雲形花紋的鞋而言，後亦用以雅稱鞋履。金瓶梅詞話第三六回：「蔡狀元那日封了一端絹帕、一部書、一雙雲履。」明陸延枝（?—?）說聽卷下：「一人絨帽藍衣，足穿雲履，立水濱求載。」又，僧道所著鞋履，曰雲屩（ㄩㄣˊ ㄐㄩㄝˊ）。唐陸龜蒙（?—一八八一?）奉和襲美初夏遊楞伽精舍次韻：「到迴解風襟，臨幽濯雲屩。」屩，麻、草編織而成的鞋。

六、雲羅

手巾、絹帕之屬，雅稱雲羅；本用以稱輕柔如雲的絲綢織品。隋王眘（?—?，大業初，卒。）七夕詩之二：「長裙動星珮，輕帳揜雲羅。」清王韜（一八二八—一八九七）淞濱瑣話白瓊仙：「見五人悉係女子，襲雲羅，曳霧縠，高髻堆鴉，不類近時裝束。」

七、香囊

荷包雅稱香囊。香囊，盛香料的小囊。佩於身或懸於帳以為飾物。後多用以借指荷包。古人隨身佩帶或綴於袍上裝盛零星物品的小囊，謂之荷包。玉臺新詠卷一古詩為焦仲卿妻作：「紅羅複斗帳，四角垂香囊。」三國魏繁欽（?—二一八）定情詩：「何以致叩叩，香囊繫肘後。」北宋秦觀滿庭芳詞：「香囊暗解，羅帶輕分。」紅樓夢第十七回：「（寶玉）因忙把衣領解了，從裏面衣襟上將所繫荷包解下來了。」

八、鳳履

女鞋雅稱鳳履。又作鳳鞋、鳳頭鞋，鳳頭履。鞋頭繡有鳳凰圖飾的一種花鞋。北宋蘇軾謝人惠雲巾方舄詩：「妙手不勞盤作鳳。」自注：「晉永嘉中有鳳頭鞋。」北宋王珪（一〇一九—一〇八五）宮詞之六：「侍輦歸來步玉階，試穿金縷鳳頭鞋。」五代馬縞（八五四或八五七—九三六）中華古今注冠子朵子扇子：「（秦始皇）令三妃九嬪……靸蹲鳳頭履。」古，鞋、履有別，前者複底著木，本作「舄」，ㄒㄧˋ；亦作「舃」。後者單底。西晉崔豹（？—？，武、惠二帝間之人）古今注上輿服：「舄，以木置履下，乾腊不畏泥溼也。」

九、足衣

今語襪子。襪，ㄨㄚˋ。本作「韤」。釋名釋衣服：「襪，末也，在腳末也。」說文：「韤，足衣也。」左傳哀公二五年：「衛侯為靈臺于藉圃，與諸大夫飲酒焉，褚師聲子韤而登席，公怒。」西晉杜預注：「韤，足衣也。」古禮：面君前須解韤。清桂馥（一七三六—一八〇五）札樸攏絝：「今於足衣外復著短絝，謂之攏絝。」絝，ㄎㄨˋ。同「袴」。褲。近人王力（一九〇〇—一九八六）古代漢語古代文化常識四：「說文說韤是足衣。大約是用皮做的，所以又寫作韈。」「子」附於詞尾，屬助詞，恆用於名詞下，如：石子、刀子、棋子、房子……。水滸傳第一回：「端王開盒子看了玩器。」

卷六、文房四寶

筆、墨、紙、硯，合稱文房四寶。文房，書房。唐元稹酬樂天東南行詩：「文房長遣閉，經肆未曾鋪。」南宋何薳（一〇七七—一一四五）春渚紀聞端溪龍香硯：「史君與其父孝綽字逸老，皆有能書名，故文房所蓄，多臻妙美。」北宋梅堯臣（一〇〇二—一〇六〇）九月六日登舟再和潘歙州紙硯：「文房四寶出二郡，邇來賞愛君與予。」四寶，亦稱四物、四士。陳師道（一〇五三—一一〇一年）寇參軍集序：「張、李氏之墨，吳、唐、蜀、閩、兩越之紙，端溪、歙穴之硯，鼠鬚、栗尾、狸毫、兔穎之筆，所謂文房四物，山藏海蓄，極天下之選。」南宋陸游閑居無客所與度日筆硯紙墨而已戲作長句詩：「水複山重客到稀，文房四士獨相依。」唐僧文嵩（？—？）且將四寶擬人化並戲封為侯：筆，管城侯毛元銳。硯，即墨侯石虛中。紙，好畤侯楮知白。墨，松滋侯易玄光。〔詳北宋蘇易簡（九五八—九九六）文房四譜引四侯傳。〕

一、筆

毛筆，別稱毛穎。因唐韓愈作寓言毛穎傳以筆擬人，而得此名①。南宋陳淵（？—一一四五年）越州道中雜詩之十二：「我行何所挾？萬里一毛穎。」金龐鑄（？—？，明昌五年進士。）冬夜直宿省中詩：「陶泓面冷真堪唾②，毛穎頭尖漫費呵。」清唐孫華（一六三四—一七二三）筆牀詩：「毛穎禿時應避席，君苗燒後漸生埃。」筆又稱斑管，一作班管。樂府羣珠卷一元白仁甫（？—？，金末、元初人）陽春曲題情：「輕拈斑管書心事，細摺銀箋寫恨詞。」

①昌黎集卷卅六毛穎傳：「穎與絳人陳玄、弘農陶泓及會稽楮先生友善。」榮按：毛穎，筆也；陳玄，墨也；陶泓，硯也；楮先生者，紙也。皆為愈戲作擬託人名。後，文嵩且為之分別取別號、爵位。

②參①。榮按：文嵩將陶泓改姓易名，曰石虛中。

二、墨

墨，戲稱松滋侯，簡稱松滋。文嵩松滋侯易元光傳：「易元光，字處晦，燕人也。其先號青松子，頗有材幹，雅淡清貞，深隱山谷不仕，以吟嘯煙月自娛……嘗與南越石虛中（按：硯）為研究雲水之交，與宣城毛元銳（按：筆）、華陰楮知白（按：紙）為文章濡染之友……世為文史之官，特詔常侍御案之右，拜中書監儒林待制，封松滋侯。」

三、紙

麥光，南中竹紙之名，亦用以雅稱紙。北宋蘇軾和人求筆迹：「麥光鋪几淨無瑕，入夜青燈照眼花。」馮應榴注引一統志：「徽州府歙縣龍鬚山出紙，有麥光、白滑、水翼、凝霜之名。」元王逢（一三一九—一三八八）贈別浙省黑黑左丞三十韻：「憂君尚有疏，儻寄麥光牋。」

四、硯

硯，異名陶泓。唐楊炯（六五〇—六九三？）秘書省閣詩序：「陶泓寡務，油素多聞。」韓愈毛穎傳：「穎與絳人陳玄、弘農陶泓及會稽楮先生友善。」事物異名錄文具硯：「韓愈毛穎傳，弘農陶泓；又，洪駒父有陶泓傳。」按：「陶泓謂硯也。」

卷七、珍寶

貴重金屬、珠玉寶石，總稱珍寶，又作「珍琺」（—ㄅㄠˇ）、「珎寶」（ㄓㄣ—）。戰國策齊策四：「臣竊計，君宮中聚珍寶，狗馬實外廄，美人充下陳。」後漢書光武帝紀上：「今若破敵，珍琺萬倍，大功可成。」明孔邇（？—？，元末明初人）雲蕉館紀談：「友諒無遠大之志，處兵戈閒而急于珍寶。」

一、金

金，雅稱雙南、太真。北宋范仲淹金在鎔賦：「英華既發，雙南之價彌高。」清袁枚隨園詩話卷十二：「前朝說部，有俚語可存者，如……刺代人劾友者，咏金云：『黃金自有雙南貴，莫與遊人作彈丸。』」本草綱目金石一金：「〔釋名〕引陶宏景曰：『仙方名金為太真。』」

金，元素符號Au。原子序數79。化學元素周期表列於第一族副族元素。黃色金屬。自然界中主要以游離態存在。質軟而重，延展性強，比重18.88（在20℃時），熔點攝氏一、〇六四・四三度。是電和熱的良好導體，僅次於銀和銅。在空氣中或水中極穩定。不溶於酸和鹼，溶於王水①氰化鈉②或氰化鉀③等溶液中。貨幣與飾物用金約占全球金生產總量的四分之三。其次用於電子工業，亦用於鍍金與製合金、化學器皿、筆尖、假牙、醫藥與催化劑等。放射性$^{198}_{79}Au$則用於醫療診治。我國古代金、銀、銅，通稱金；價值倍於尋常的精金曰兼金。孟子公孫丑下：「前日於齊，王餽兼金一百而不受。」在此，指銀而言④。

①採一：三的計量，將濃硝酸與濃鹽酸混合而成的溶液，有強烈的腐蝕作用。冶金工業恆用作溶劑。

②俗稱山荼，化學式NaCN。白色晶體。溶於水，有劇毒。冶金工業中用以提取金、銀。

③即氰酸鉀，化學式KCN。無色晶體。用於萃取金、鍍金、分析試藥與固定照片等。

④金尚有多義，做名詞使用時，有：㈠通稱金屬，如：五金。㈡我國古代貨幣單位。史記平準書：「更令民鑄錢，一黃金一斤。」又：「米至石萬錢，馬一匹則百金。」裴駰集解引瓚曰：「秦以一鎰為一金，漢以一斤為一金。」㈢指兵器，如：金革。㈣古樂器：金、石、土、革、絲、木、匏、竹八類合稱八音。鐘、鈴等屬金類。㈤金、木、水、火、土合稱五行；金為五行之一。㈥朝代名。北宋徽宗政和五年（一一一五）女真族完顏阿骨打建都會寧（今黑龍江阿城南），國號金。太宗元會三年（一一二五）滅遼，次年滅北宋，先後遷都中都（今北京）、開封等地。疆域東北至今日本海、鄂霍次克海、外興安嶺，西北至今外蒙，西以河套、陝西橫山、甘肅東部與西夏接壤，南以秦嶺、淮河與南宋為鄰。天興三

年（南宋理宗端平元年、公元一二三四年）為蒙、宋夾攻滅亡。共歷十帝、一百二十年。明萬曆四十四年（一六一六）建州女真首領努爾哈赤統一各部，建都赫圖阿拉（今遼寧新賓），即汗位、國號金。史稱後金。天聰十年（一六三六）子皇太極即皇帝位於瀋陽，改國號曰清。

二、銀

古亦稱白金。別名白鏴①。元素符號Ag。化學元素周期表列於第一族副族元素。原子序數47。灰白色、有光澤的金屬。質軟且富延展性。為導熱、導電性良好的金屬。化學性質穩定，但遇硫化氫、硫、臭氧等顏色變黑。主要礦物有輝銀礦、角銀礦等，亦有自然礦。用於製感光材料、合金、銀幣、首飾、銀箔、銀絲、蓄電池、化學儀器、醫療器械……，亦可作催化劑，或用於電鍍②。說文：「銀，白金也。」爾雅釋器：「白金曰之銀，其美者曰之鐐③。」本草綱目金石一銀：「白金、鋈④。」漢書食貨志：「金有三等，黃金為上，白金為中，赤金⑤為下。」注：「白金，銀也。」⑥

圓形銀幣曰銀圓。圓，俗省作「元」，亦稱銀元。昔稱洋錢、洋鈿、花邊錢、大洋。十五世紀末年，始鑄於歐洲。十六世紀，西班牙殖民者於美洲大量鑄造。明萬曆間（一五七三—一六二〇）開始流入中國，至清末大量輸入。最初習用墨西哥銀圓，面刻鷹形，故作鷹洋，亦訛作英洋。道光年間（一八二一—一八五〇）臺灣首先仿鑄，稱「銀餅」。光緒十五年（一八八九）廣東開鑄龍洋，各省始紛紛跟進。宣統二年（一九一〇）清廷頒布幣制則例，規定銀圓為主幣，每枚重庫平⑦七錢二分，合純銀九成，含六錢四分八釐。翌年，五月開始鑄造。同年八月（陽曆十月）辛亥革命爆發，未正式發行。民元（一九一二）開鑄孫中山先生半身側像開國紀念幣。民三，頒布國幣條例，鑄造袁世凱頭像銀圓，俗稱袁大頭。民國廿二年，中央頒布銀本位幣鑄造條例，規定每枚銀圓總重二六・六九七一公克，含純銀二三・四九三四四八公克（實含純銀八八成），採帆船圖案，慣稱船洋。民國廿四年實行法幣政策，停止銀圓流通。抗戰期間，通貨膨脹，銀圓又出現於市面。政府遷臺後，以紙幣為主幣，金屬所鑄者為輔幣。既曾以銀鑄幣，故臺灣地區年齡較長者，仍慣以「銀角」、「銀角仔」稱「輔幣」；而現代漢語，則謂之「銅板」。

①明沈璟（一五五三—一六一〇）埋劍記傳奇上婦功：「舊賜青蚨猶在篋，又蒙白鏹濟蠶月。」鏹，ㄑㄧㄤˇ。俗作「鏹」。青蚨（ㄈㄨˊ），謂錢。蠶月，夏曆三月。

②銀，亦有多義。做名詞使用時，尚有㈠作為通貨的銀子或銀幣，如：銀兩。價銀。㈡通「垠」。界限。荀子成相：「守其銀。」㈢姓。漢朝時，有銀木。

③ㄉㄠˊ。

④ㄨˋ。

⑤指丹陽銅。

⑥今所謂白金，通指鉑（Pt）。

⑦我國帝制時代，戶部庫徵租稅、出納銀兩所採的衡量標準。前清於康熙時制定之，以古十二銖為當時錢二錢五分，十錢為兩，十六兩為斤，三十斤為鈞，四鈞為石。編定度量衡表時，取金屬之立方寸為衡制標準，名庫平。庫平一兩合公制三七・三〇一公克。清史稿食貨志五：「光緒十四年，張之洞督粵，始用機器如式試鑄（銀圓），李鴻章繼任續成之，文曰：『光緒元寶，庫平七錢二分，廣東省造。』幕蛟龍。」

三、珍珠

珠玉之屬，統稱珍珠。戰國策秦策五：「（呂不韋）乃說秦王后弟陽泉君曰：『……君之府藏珍珠寶玉，君之駿馬盈外廄，美女充後庭，王之春秋高，一日山陵崩，太子用事，君危於累卵，不受於朝生。』」唐李咸用（？—？，晚唐人）富貴曲：「珍珠索得龍宮貧，膏腴刮下蒼生背。」

又，專指蚌類所生真珠。又名蚌珠、蠙珠。說文：「珠，蜯（蚌）中陰精也。」古人稱其圓者為珠，橢圓者為璣；雅稱明月。唐劉恂（？—？，晚唐仍健在。）嶺表異錄卷上：「廉州邊海中有洲島，島上有大池。每年太守修貢，自監珠戶入池。……如豌豆大者常珠，如彈丸者，亦時有得。徑寸照室，不可遇也。……肉中有細珠如粟，乃知蚌隨小大，胎中有珠。」明宋應星（一五八七—？）天工開物珠玉：「凡珍珠必產蚌腹……經年最久，乃為至寶。」

又分天然與養殖兩大類。

南朝宋沈懷遠（？—？）南越志云：「珠有九品，大五分以上至一寸八九分，尤為入品，有光彩；一邊小平似覆釜者名璫珠；璫珠之次者走珠；走珠之次為滑珠；滑珠之次為磥砢珠；磥砢珠之次為官兩珠；官兩珠之次為稅珠；稅珠之次為[艹公]符珠。珠光亮奪目，有明月之喻，或云其能禦火。」（明余庭璧事物異名卷上）

四、瑪瑙

或作「碼碯」（一切經音義卷二五）。一種玉髓礦物，品類甚多，顏色光美，可加工製成器皿與裝飾品。西京雜記卷二：「（漢）武帝時，身毒國①獻連環羈②，皆以白玉作之，瑪瑙石為勒③，白光琉璃為鞍。」文理交錯、赤爛紅色，似馬之腦，故名。亦云馬腦珠、文石、丹石、瓊漿石、摩羅迦隸④。三國魏曹丕（一八七—二二六）瑪瑙勒賦序：「瑪瑙，玉屬也，出自西域，文理交錯，有似馬腦，故其方人因以名之。」北周庾信楊柳歌：「銜雲酒杯赤瑪瑙，照日食螺紫琉璃。」

①古印度。
②馬籠頭曰羈，亦作「羇」，ㄐㄧ。左傳僖公廿四年：「臣負羈紲，從君巡於天下。」
③有嚼口的馬絡頭。儀禮既夕禮：「纓轡貝勒。」

④本草綱目石二、事物異名錄卷二一五。

五、玉

雅稱「玄真」、「元真」、「瑤琨」、「瑤蕊」、「朝采」、「瓊支」等①。

密度、硬度均甚高，質地堅韌、半透明。溫潤、瑩潔而有光澤的美石，通稱玉。甲文作「丰」、金文作「王」、小篆作「王」，其本義作「石之美者」解（說文句讀）。詩小雅鶴鳴：「它山之石，可以攻玉。」左傳桓公十年：「初，虞叔有玉，虞公求旃，弗獻。」孝經援神契：「石潤苞玉。」說文：「玉，石之美有五德者，潤澤以溫，仁之方也；䚡理自外，可以知中，義之方也；其聲舒揚，專以遠聞，智之方也；不撓而折，勇之方也；銳廉而不忮，絜之方也。象三玉之連，丨其貫也。」又，五經通義禮：「玉有五德：溫潤而澤，有似于智；銳而不害，有似于仁；抑而不撓，有似于義；有瑕于內必見于外，有似于信；垂之如墜，有似于禮。」

玉，又有軟玉（**Nephrite or Amphibole**），亦稱角閃石與硬玉（**Jadeite**）之分。前者化學式，作 $Ca_2(Mg, Fe)_5 Si_8 O_{22} (OH, F)_2$，後者作 $Ne AlSi_2 O_6$。可見二者成分有相當差異。史料顯示，約當公元前二千年，中國人治玉技術已相當成熟，而自先秦以至前清，國人愛玉、惜玉之風，始終未減②。禮記玉藻：「古之君子必佩玉，行則鳴佩玉，凡帶，必有佩玉。……君子無故，玉不去身。」又，「君子於玉比德焉，天子佩白玉而玄組綬，公侯佩山玄玉而朱組授，大夫佩水蒼玉而純組授，世子佩瑜玉而纂組授，士佩瓀玟而縕組授。」詩秦風渭陽：「我送舅氏，悠悠我思；何以贈之？瓊瑰玉佩。」唐韓愈送權秀才序：「伯樂之廄多良馬，卞和之匱多美玉。」北宋梅堯臣天上詩：「紫微垣裏月光飛，玉佩腰間正陸離。」清孔尚任桃花扇棲真：「何處瑤天笙弄，聽雲鶴漂緲，玉佩丁冬。」

①本草綱目石二，事物異名錄卷二一五。

②周廷儒等主編中國文明史先秦時期（下）頁八五九—八六四。

六、琥珀①

古松柏樹脂的化石。色淡黃、褐或紅褐。質優者可作飾品，質差者用予製造琥珀酸與各種漆料。中醫以之入藥，用為通淋化瘀、寧心安神②。西晉張華（二三二—三〇〇）博物志卷四：「神仙傳云：『松柏脂入地千年化為茯苓，茯苓化琥珀。』」西漢揚雄蜀都賦：「於近則有瑕英菌芝，玉石江珠；於遠則有銀鉛錫碧，馬犀象僰。③」清厲荃（？—？）事物異名錄珍寶琥珀：「江珠即琥珀，千年茯苓所化。」，琥珀一名江珠。北宋蘇軾南歌子楚守周豫出舞鬟因作之詞：「琥珀裝腰佩，龍香入領巾。」元貢師泰（一二九八—一三六二）贈天臺李煉師詩：「歲久松肪成琥珀，夜深丹氣出芙蓉。」

①ㄏㄨˇ ㄆㄛˋ。

②本草綱目木之四。

③ㄒㄧㄤˋ ㄅㄛˋ。

七、水晶

無色透明的一種結晶石英。其有色而透明者有紫水晶、煙晶、茶晶、墨晶等。山海經南山經：「堂庭之山多棪木，多白猿，多水玉，多黃金。」東晉郭璞注：「水玉，今水精也。」唐溫庭筠（八一二？—八七〇？）題李處士幽居詩：「水玉簪頭白角巾，瑤琴寂歷拂輕塵。」北宋梅堯臣中伏日永叔遺冰詩：「瑩澈肖水玉，凜氣侵人肌。」資治通鑑後晉高祖天福二年：「閩主作紫薇宮，飾以水晶。」古今小說李公子救蛇獲稱心：「器皿皆是玻璃、水晶、琥珀、瑪瑙為之，曲盡巧妙，非人間所有。」水晶雅稱玉瑛。西漢焦贛（？—？，宣帝間人）易林豫之蠱：「茹芝餌黃，飲食玉瑛。神與流通，長無憂凶。」北魏陽固（四六七—五二三）演賾賦：「采鍾山之玉瑛兮，收珠澤之珂珹。」明陳懋仁（？—？）庶物異名疏云：「水晶出大秦國，一名黎難。」

卷八、樂器

一、琴

雅稱絲桐。古，多用桐木製之，練絲為絃，故有此稱。史記田敬仲完世家：「若夫治國家而弭人民，又何為乎絲桐之聞？」

ㄑㄧㄣˊ。小篆作「珡」。甲文、金文均闕。小篆「琴」：象琴背面形狀，象琴首、仙人肩①，「玨」下二畫雁柱②、兩直象弦分繫於柱，上四橫則兼象正面臨岳山③；乃弦樂器之一種④。本義作「禁」⑤解。（說文釋例）。廣雅：「琴長三尺六寸六分、廣六寸，…」今制，琴身前廣後狹⑥、上圓而斂、下方而平，木質音箱。面板⑦外側，飾以金玉圓點，計有十三徽，每徽各為一音，底板⑧穿龍池、鳳沼二孔，供出音之用；上古作五弦，周始作七弦。秦時右手彈弦、左手按弦，有吟、猱、綽、注等手法。音域三個八度又一個五度，音色變化豐富。琴，完型於兩漢，魏晉以後，形制已與當今者大抵相同。其始製，有三說：㈠禮記樂記：「昔者舜作五弦之琴，以歌南風。」㈡世本：「神農作琴，…⑨」㈢琴操⑩上：「伏羲作琴，以脩身理性，反其天真也。」詩小雅鹿鳴：「我有嘉賓，鼓瑟鼓琴。」東漢李尤（四五—一二八？）琴銘：「琴之在音，蕩滌邪心。雖有正性，其感亦深。存雅卻鄭⑪，浮侈是禁。」

條暢和樂，樂而不淫。」南朝宋謝靈運（三八五—四三三）琴讚⑫：「嶧陽孤桐⑬，裁為鳴琴。體兼九絲⑭，聲備五音⑮。重華載揮⑯，以養人心。孫登⑰是玩，取樂山林。」東漢傅毅（？—九〇？）、蔡邕（一三三—一九二）、西晉稽康（二二四—二六三）、成公綏（二三一—二七三）等人先後遺有琴賦，而歷朝詠琴之作，亦可觀，茲從略。

①即承露與額等二部位。

②面板上用以固定弦之直木斜排為雁行，故稱。

③琴額用以架弦之橫木。

④凡拉引、擊、按弦以發音之樂器，統稱琴，如：胡琴、月琴、風琴、鋼琴等均屬之。

⑤今人高樹藩形音義綜合大字典頁一〇二九引饒炯曰：「琴本禁音，蓋取以禁淫邪，正人心也；古樂重之，供於廟堂。」餘參李尤琴銘。

⑥琴身總長一一〇公分，琴首寬一七公分、琴尾（稱龍齦）寬約一三公分。

⑦以桐、杉等木製之。

⑧以梓木製成。

⑨太平御覽卷五七九引東漢桓譚新論：「昔神農氏繼宓犧而王天下，亦上觀於天，下法於地，近取諸身，遠取諸物。於是，始削桐為琴，繩絲為弦，以通神明之德，合天地之和焉。」

⑩傳為蔡邕所撰，分上、下二卷。伏羲即宓犧。

⑪雅，雅樂。鄭，鄭聲。

⑫讚，文體名，旨在頌揚。近世多作「贊」。

⑬書禹貢：「嶧陽孤桐，泗濱浮磬。」嶧陽，嶧山之南。傳：「孤，特也。嶧山之陽，特生桐，中琴瑟。」

⑭猶九弦。

⑮宮、商、角、徵、羽合稱五音。

⑯指舜作五弦之琴，以歌南風也。重華，虞舜名。書舜典：「曰若稽古帝舜，曰重華，協于帝。」

⑰三國魏人。生卒年里均不詳。渠隱居汲郡山中，居土窟，好讀易，彈一絃琴，善嘯。嵇康與孫登游，登對康曰：「子才多識寡，難免乎於今之世。」後康終為司馬昭誣陷枉殺。死前康作幽憤詩云：「昔慚柳下，今愧孫登。」（三國志卷廿一裴松之注引魏氏春秋）絃，本作「弦」。

二、月琴

三才圖會阮咸圖說：「（唐）武后時，蜀人蒯朗於古墓中得銅器，似琵琶而員①，時人莫識之。元行沖曰：『此阮咸②所造。』命匠人以木為之，以其形似月、聲似琴，名曰月琴。」清通典樂四絲月琴：「月琴，八角木槽而微凹其面，柄貫槽中，四絃，覆手曲首似琵琶，通體用紫檀，槽面用桐木，本名阮咸。」③月琴屬撥弦樂器，圓形扁平，用撥子彈奏，以其初形狀如月，發音似琴，故名④。清孔尚任桃花扇鬧榭：「末、小生、生飲酒，且擊雲鑼，淨彈月琴，旦吹簫一回介。」

①圓形曰員，通「圓」。孟子離婁上：「孟子曰：『規矩，方員之至也。……。』」

②西晉陳留尉氏（今屬河南省）人，字仲容。「竹林七賢」之一。阮籍（二一〇—二六三）之姪，與籍並稱「大小阮」。生卒年待考。渠曠放不拘禮法。善彈琵琶。歷官散騎侍郎，補始平太守。

③唐李匡文（?—?）資暇集卷下：「樂器有似琵琶而圓者，曰『阮咸』。……往中宗朝，元賓客行沖（按：四庫本作行「中」）為太常少卿，時有人於古冢獲其銅鑄成者獻之。元曰：『此阮仲容所造。』乃命工人木為之，音韻清朗，頗難為名，權以仲容姓名呼焉。」今人楊繩信謂：「阮是阮咸之簡稱，……古琵琶之一種。今流行於世者，有小阮、中阮、大阮、低阮四種，……月琴形似阮咸，實則非一。月琴圓形扁平，雙面蒙桐木板，其頸短小，原流行十品或十二品，現通行二十三或二十四品。」（事物異名校注卷下音樂，民八〇、山西古籍）榮按：李匡文恆誤作李匡「乂」；渠字濟翁。唐宗室，出小鄭王房。元和間宰相李夷簡之子。

④月琴與京胡、二胡合稱「三大件」，為我國地方戲曲主要伴奏樂器。

三、瑟

雅稱錦瑟。唐杜甫曲江對酒詩：「何時詔此金錢會，暫醉佳人錦瑟傍。」李商隱錦瑟詩：「錦瑟無端五十絃，一絃一柱思華年。」

ㄙㄜˋ。金文作「」、小篆作「」。說文：「、庖犧氏所作弦樂也。从珡、必聲。」繫傳：「黃帝使素女鼓五十絃瑟，黃帝悲，乃分之為二十五絃。」根據史料、古籍等記載，春秋時代已流行此種撥弦樂器；其形似古琴，但無徽位，有五十弦、二十五弦、十五弦等多款。相傳，伏羲作瑟。帝王世紀：「太昊帝庖犧氏，……作瑟三十六弦，長八尺一寸。」廣雅疏證卷八下：「伏羲氏瑟長七尺二寸，有二十七弦。」馬王堆一號漢墓所出土的瑟依然十分完整，為我國現存最早的一具古瑟（民六二）。長一一六公分、寬三九・五公分。底板兩端為共鳴窗（箱），分別名曰首越、尾越。瑟面有首岳，尾端有外、中、內三尾岳，用以綳弦。二十五條弦，採四股素絲搓成，分別繫於尾端木柄。依五音（即五聲音階）定弦，自高至低，弦之粗細亦相異。古時，瑟常與琴或笙等合奏。今瑟，大抵沿襲明、清形制。清會典事例樂部樂制：「絲之屬六，二曰瑟。以桐木為之，其梁用紫檀、身繪雲龍、首尾繪錦、邊繪采雲，絃孔以螺蚌為飾。其體前廣後狹、面圓底平，中高、首尾俱下，通長六尺五寸六分一釐，……額廣一尺四寸五分八釐、前腰廣一尺三寸八分五釐一毫、後腰廣一尺三寸一分二釐三毫、尾廣一尺二寸三分九釐三毫，……弦凡二十有五，……兩旁各朱絃十有二。」書

之屬

大琴

中琴

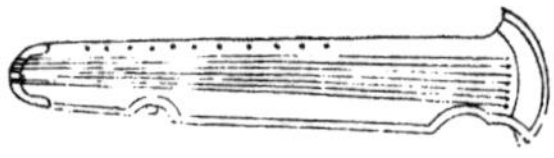

三才圖會 器用十二卷 十一

小琴

大瑟

中瑟

小瑟

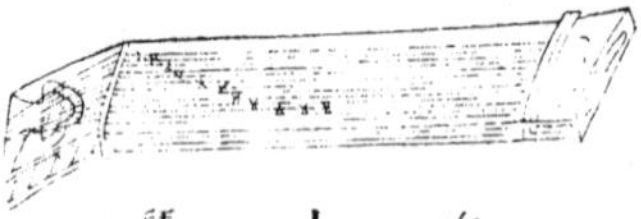

次小瑟

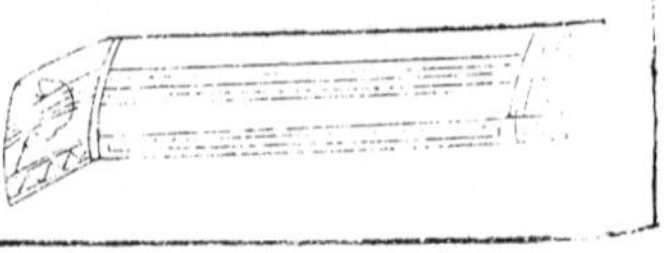

三才圖會 器用十二卷 十二

琴

琴制長三尺六寸六分象朞之日廣六寸象六合絃有五象五行腰廣四寸象四時前後廣狹象尊卑上圓下方象天地徽有十三象十二律餘一象閏小琴五絃中琴十絃大琴二十絃琴或謂伏羲作或謂五絃作於舜七絃作於周文武宋始制二絃又制十二絃以象十二律太宗加爲九絃

瑟

伏羲作五十絃爲大瑟黃帝破爲二十五絃爲中瑟十五

益稷：「戛擊鳴球，搏拊琴瑟以詠，祖考來格。」詩周南關雎：「窈窕淑女，琴瑟友之。」唐風山有樞：「子有酒食，何不日鼓瑟。」荀子樂論：「君子以鍾鼓導志，以琴瑟樂心。」唐劉知幾史通斷限：「膠柱調瑟，不亦謬歟！」孟郊（七五一—八一四）春日送鄒儒立少府赴雲陽詩：「郡齋敞西清，楚瑟驚南鴻。」清魏源天臺山石梁雨後觀瀑歌：「不以目視以耳聽，齋心三日鈞天瑟。」

四、箏

雅稱手語。唐李白春日行：「佳人當窗弄白日，絃將手語彈鳴箏。」清金農（一六八七—一七六四）旅夜聞箏贈別孔氏兄弟詩之三：「夜闌手語動離心，我亦聞之淒怨深。」

箏，ㄓㄥ。甲文、金文闕。小篆作「」。从竹、爭聲。本義作鼓弦竹身「樂」解（說文繫傳）。其為竹身，故从竹；「爭」本作「引」解，乃強引歸己之意，箏以引弦之手法不同，發出高低急徐之音，故从爭聲。惟唐僧希麟（？—？）續音義云：「秦人無義，二子爭父子之瑟，各得十三弦，因名箏。」是否如此？並引參證。箏屬（撥）弦樂器。春秋戰國時已流行於秦地，故又稱秦箏。急就篇卷三：「竽瑟空侯筑箏。」注：「箏，亦小瑟類也，本十二弦，今則十三弦。」東漢應劭（？—二〇四前）風俗通聲音：「箏，謹案禮樂記，五弦筑身也。今并、涼二州，箏形如瑟，不知誰所改作也。或曰：『秦蒙恬所造。』」說文通訓定聲：「箏，古五弦，施於竹，如筑。秦蒙恬改為十二弦，變形如瑟，易竹以木。唐以後加十三弦。」南朝梁沈約（四四一—五一三）詠箏詩：「秦箏吐絕調，玉柱揚清曲。絃依高張斷，聲隨妙指續。徒聞音繞梁，寧知顏如玉。」梁元帝①（五〇八—五五五）和彈箏人詩：「橫箏在故帷，忽憶上弦時。舊柱未移處，銀帶手經持。悔道啼將別，交成今日悲。」又云：「瓊柱動金絲，秦聲發趙曲。流徽含陽春，美手過如玉。」蕭統②詠彈箏人詩：「故箏猶可惜，應度新人邊。塵多溢移柱，風燥脆調絃。還信三洲曲③，誰念九重泉④。」陳陸瓊（五三七—五八六）玄圃宴各詠一物得箏詩：「三五併時年，二八共來前。今逢泗濱樹，定減琴中絃。鶴別霜初緊，烏啼月正懸。」東漢侯瑾（？—？敦煌人）、東晉陶融妻陳氏、顧愷之（三四九？—四一〇？）、梁簡文帝（五〇三—五五一）、陳顧野王（五一九—五八一）等先後遺有箏賦。

①蕭繹，字世誠，武帝第七子。盲一目。五歲能誦曲禮，六歲能詩。詩人、辭賦家。在位不及一年。年號天成。

②即昭明太子，字德施，小字維摩。梁武帝之長子，九歲能誦孝經，通其大義。十五歲協理政務，明察寬厚。主持編定文選，計收錄作品五一三篇（作者一三〇人）。按文體分類編次，共分賦、詩、騷、詔、冊、令……等卅八類，大體包羅先秦至當時主要作品。

③即三洲歌。南朝陳釋智匠（？—？）古今樂錄：「三洲歌者，商客數遊巴陵三江口往還，因共作此歌。其舊辭曰：『啼將別共來。』梁天監十一年，武帝於樂壽殿道義竟留十大德

法師，設樂敕人，人有問，引經奉答。次問法雲：「『聞法師善解音律，此歌何如？』法雲奉答：『天樂絕妙，非膚淺所聞。愚謂古辭過質，未審可改以不？』敕云：『如法師語音。』法雲曰：『應歡會而有別離，啼將別可改為歡將樂。』故歌，歌和云：『三洲斷江口，水從窈窕河。傍流歡將樂，共來長相思。』舊舞十六人，梁八人。」

④猶黃泉。指人死後葬屍處。唐杜甫送鄭十八虔貶台州司戶詩：「便與先生應永訣，九重泉路盡交期。」重，ㄔㄨㄥˊ。

五、琵琶

琵琶 ㄆㄧˊ ㄆㄚˊ。小篆作「」。甲文、金文均闕此二字。通雅樂器云：「琵琶本借枇杷①轉為鼙婆②，或作擘靶③，一名國腹……。」蓋一物多名。事物異名錄卷十一：「琵琶，異名馬上樂、秦漢子、鼙婆、圓腹、遶殿雷、韓朋木。④」亦有稱曰胡槽、檀槽、大（小）忽雷、玉環、胡琴者⑤。釋名釋樂器：「枇杷本出於胡中，馬上所鼓也。推手前曰枇，引手卻曰杷，象其鼓時，因以為名也。」廣韻：「推手為琵，引手為琶，取其鼓時以為名。」風俗通聲音枇杷：「以手枇杷⑥，因以為名。長三尺五寸，法天地人與五行，四絃象四時。」其源有三說：西晉傅玄（二一七—二七八）琵琶賦序：「漢遣烏孫公主嫁昆彌，念其道遠，思慕故國，故使知音者於馬上作之。」⑦古今樂錄：「琵琶出於絃鞉⑧，杜摯⑨以為興之秦末，蓋古長城役，百姓絃鞉而鼓之⑩。」隋書禮樂志：「今曲項琵琶，豎頭箜篌之徒，並出自西域，非華夏舊器也。」今制琵琶，長尺五寸，四弦，剖桐木製之，曲首長頸，平面圓背，腹廣而橢。三國魏孫該（?—二六一）、西晉傅玄、唐虞世南（五五八—六三八年）先後遺有琵琶賦。南朝齊王融（四六七—四九三）詠琵琶詩：「抱月如可明，懷風殊復清。絲中傳意緒，花裏寄春情。掩抑有奇態，淒鏘多好聲。芳袖幸持拂，龍門空自生。」梁徐勉（四六六—五三五）詠琵琶詩：「雖為遠道怨，翻成今日歡。含花已灼灼，類月復團團。」唐陳叔達（五六〇?—六三五）詠琵琶詩：「本自龍門桐，因妍入漢宮。香由羅袖裏，聲逐朱絃中。離有相思韻，翻將入塞同。關山臨卻月，花蕊散迴風。為將金谷引，添令曲未終。」唐太宗（五九九—六四九）詠琵琶詩：「半月無雙影，金花有四時。摧藏千里態，掩抑幾重悲。促節迎紅袖，清音滿翠帷，駛彈風響急，緩曲釧聲遲。空餘關隴恨，因此代相思。」白居易小庭亦有月詩：「小庭亦有月，小院亦有花。……菱角執笙簧，谷兒抹琵琶。紅綃信手舞，紫綃隨意歌。……幕天而席地，誰奈劉伶何？」（白居易集卷廿九）。

①亦讀作ㄆㄧˊ ㄆㄚˊ。「枇杷」古通「琵琶」。昔有塾師批閱學子作文，將「琵琶」改成「枇杷」。父兄見之，大為不悅，遂於該作業空白處留詩一首：「枇杷不是此琵琶，想是當年識字差。若是琵琶能結子，定教喇叭也開花。」塾師氣憤之餘，復以：「枇杷原是此琵琶，不是當年識字差。若是琵琶不結子，曲中那得落梅花。」落梅花，曲調名。梅能結子，故借諷之。

②ㄆㄧˊ ㄆㄛˊ。

③ㄅㄛˋ ㄆㄚˊ。

④出於胡中，馬上所鼓，故稱馬上樂。樂，ㄩㄝˋ。新唐書禮樂志十：「琵琶圓體修頸而小，號曰『秦漢子』，蓋絃鼗之遺製，出於胡中，傳為秦漢所作。」鼙婆，「枇杷」音轉。圓腹，就其圓而名。明陳繼儒（一五五八—一六三九）珍珠船卷一：「馮道之子能彈琵琶，以皮為絃，（後周）世宗令彈，深善之，因號琵琶為遶殿雷。」遶，ㄖㄠˋ。元楊維楨（一二九六—一三七〇）西湖竹枝歌之三：「琵琶元是韓朋木，彈得鴛鴦一處飛。」

⑤謂出於胡中，故名胡槽。唐李賀感春詩王琦彙解云：「唐人所謂胡琴，應是五弦琵琶耳。檀槽，謂以紫檀木為琵琶槽。」清錢謙益吳門寄陸仲謀大參詩：「檀槽奏罷翻新曲，樺燭燒殘覆舊棋。」唐段安節（？—？，約當咸通、天祐間人，段成式之子。）樂府雜錄琵琶：「文宗朝有內人鄭中丞善胡琴。內庫有二琵琶，號『大小忽雷』。鄭嘗彈小忽雷。」李德裕（七八七—八五〇）次柳氏舊聞興慶宮：「玉環者，（唐）睿宗所御琵琶也。」胡琴，詳上引樂府雜錄。

⑥枇杷，亦作「批把」，讀作ㄆㄧˊ ㄆㄚˊ。

⑦事物紀原樂舞聲歌部琵琶引風俗通謂琵琶乃近世樂家所作，惟不知其始；復引樂府雜錄曰：『烏孫公主造』云云。江都王劉建有女名細君，漢武帝元封間勅封公主，嫁烏孫王昆彌（一作昆莫）為右夫人，故稱烏孫公主。史記匈奴列傳：「漢又西通月氏、大夏，又以公主妻

方響

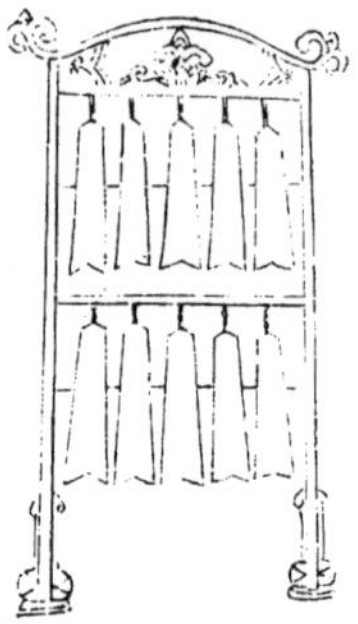

筑

方響

通典梁有銅磬則今方響也方響以鐵爲之以代磬唐書禮樂志曰方響體以應石審此則是出于編磬之制而梁始爲之者也

筑

不知誰所造史籍惟云高漸離善擊筑漢高帝過沛所擊釋名曰筑似箏而細項十三絃

琵琶

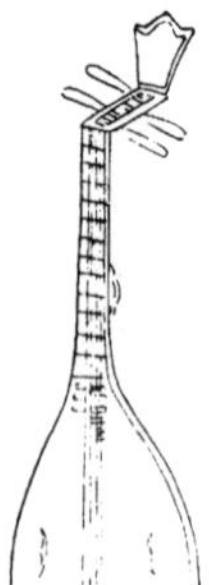

畫角

琵琶賦序曰漢遣烏孫公主嫁昆彌念其行道思慕使知音者裁箏筑空篌之聲作馬上之樂以方語目之曰琵琶或曰推手前曰琵引手却曰琶因以爲名又名秦漢子傳玄曰體員柄直柱有十二其他皆充上銳下曲項形制稍大本出胡中俗傳漢制兼是兩制者謂之秦漢

角黄帝内傳曰玄女請帝製角二十四以警衆蓋角肇于黄帝氏也谷儉角賦夫角蓋黄帝會群臣于泰山作清角之音號令之限度也軍中置之以司昏曉故角爲軍容也

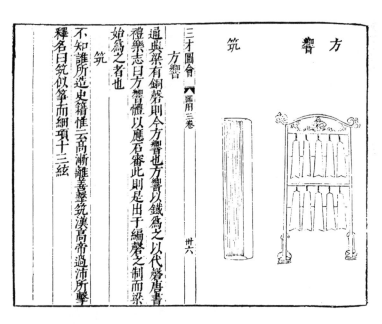

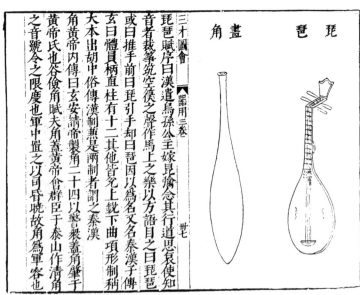

烏孫王。」烏孫公主悲愁歌：「吾家嫁我兮天一方，遠託異國兮烏孫王。穹廬為室兮氈為牆。以肉為食兮酪為漿。居常土兮心內傷，願為黃鵠兮歸故鄉。」

⑧意謂有弦之鼓。鞉，亦作「鼗」，本作「鞀」，ㄊㄠˊ。

⑨三國魏河東聞喜（今山西聞喜縣）人，字德魯。生卒年不詳。隋書經籍志錄魏校書郎杜摯集二卷，佚。今存詩二首。

⑩文繒為弦，繫以鼓之謂「絃絩而鞁之」。絩，ㄊㄠˋ。鞁，古「鼓」字（康熙字典）。

六、雲和

一稱山名。古取所產之材以作琴瑟。周禮春官大司樂：「孤竹之管，雲和之琴瑟，……空桑之琴瑟，……龍門之琴瑟，……」鄭玄注：「雲和、空桑、龍門皆山名。」南朝宋鮑照拜侍郎上疏：「不悟乾羅廣收，圓明兼覽，雕瓠飾笙，備雲和之品。」

一作琴、瑟、琵琶等弦樂器之統稱。西晉張協（？—？，永嘉中，卒。）七命：「吹孤竹，拊雲和。」李周翰注：「雲和，瑟也。」唐李白寄遠詩之一一：「遙知玉窗裏，纖手弄雲和。」元倪瓚（一三〇六—一三七四？）畫寄王雲浦詩：「邀我江亭醉三日，鳳笙鸞吹拂雲和。」明薛素素（？—？）臨江仙詞：「自抱雲和彈一曲，曲終還擬湘靈。風前淚眼幾時晴。」

又，元朝掌樂官署名雲和，屬教坊司。元楊允孚（？—？）灤京雜咏之二五：「特勅雲和罷絃管，君王有意聽堯綱。」

七、箜篌

史記孝武本紀：「……於是，塞南越，禱祠泰一后土，始用樂舞。益召歌兒，作二十五弦及箜篌瑟，自此起。」集解：「徐廣曰：『應劭云：武帝令樂人侯調始造箜篌。』」風俗通聲音箜篌：「孝武皇帝……始用樂人侯調依琴作坎坎之樂，言其坎坎應節奏也，侯以姓冠章耳。或說空侯取其空中，琴瑟皆空，何獨坎侯耶？』」釋名釋樂器：「箜篌，此師延所作靡靡之樂也，後出於桑間濮上之地，蓋空國之侯所存也。」事物紀原樂舞聲歌部箜篌：「釋名曰：『師涓所作靡靡之樂也，蓋空國之侯所好之。』漢應劭曰：『漢武令侯調始造此器。』史記封禪書漢武禱祠太一后土，始用樂作空侯。杜佑曰：『或云侯暉，其聲坎坎應節，故曰坎侯，訛為空侯。侯者因樂人姓耳，謂師延作，非也。』風俗通曰：『漢武令樂人侯調依琴作坎侯。』（南朝）宋臨川守劉義慶空侯賦曰：『侯牽化而始造。』通典云：『其形似瑟而小，用撥彈之，非今器也。』又有云：『空侯，胡樂也。漢靈帝好之。體曲而長，二十三弦，抱於懷中，兩手齊奏之，謂之擘，正今物也。……』」宋書樂志一：「空侯，初名坎侯。……侯者，因工人姓爾。後言空，音訛也。」隋書音樂志下：「今曲項琵琶、豎頭箜篌之徒，並出自西域，非華夏舊器。」舊唐書音樂志二：「箜篌，漢武帝使樂人侯調所作，以祠太一。或云侯輝所作，其聲坎坎應節，謂之坎侯，聲訛為箜篌。或謂師延靡靡之樂，非也。舊說亦依琴制，今按其形，似瑟而小，七弦，用彈撥之，如琵琶。豎箜篌，胡樂也。漢靈帝好之。

體曲而長，二十有二弦，豎抱於懷，用兩手齊奏，俗謂之擘箜篌。鳳首箜篌，有項如軫。」民國五十八年（一九六九）新疆吐魯番阿斯塔那唐墓二三〇號墓出土絹畫舞樂屏風，上畫有樂伎豎抱彈撥箜篌，其形似瑟而小、七弦，與上引舊唐書所載相符。晉鈕滔母孫氏、南朝宋劉義慶（四〇三—四四四）分別遺有箜篌賦，梁蕭綱（即簡文帝）賦得箜篌詩：「捩遲初挑吹，弄急時催舞。釧響逐絃鳴，衫迴半障柱。卻知心不平，君看黛眉聚。」

箜篌異名有坎侯、空猴、控猴（事物異名錄卷十一）。盛行於漢、唐，至宋仍有大小箜篌或鳳首箜篌等形制存在，明時已不多見，後漸失傳。二十世紀末葉依文獻記載並參照豎琴原理設計製成雁柱箜篌，與古鳳首箜篌形制略同，因飾以雁首而得名。

八、管

小篆作「管」，隸書作「管」①。甲文、金文闕。小篆管：从竹、官聲，本義作「如篪②六孔」解（說文）。篪為七孔樂器名，管為長一尺圍一寸之無底六孔樂器，乃截竹製成者，故从竹。又，禮記禮器：「人官有能也。」管六孔各能發聲，猶人之器官各有所能，故从官聲。通歷：「黃帝始作律管，……。」東漢蔡邕月令章句：「管者，形長尺圍寸，有孔無底，其器今亡。」③詩周頌有瞽：「既備乃奏，簫管備舉。」又，商頌那：「鞉鼓淵淵，嘒嘒管聲。」書益稷：「下④管鼗鼓⑤，合止柷敔⑥。」傳：「管，猶周禮所謂孤竹之管⑦。」周禮春官大司樂：「……孤竹之管，……。孫竹之管⑧，……。陰竹之管⑨，……。」疏：「管如篪，六孔。」

管，亦為竹製樂器之總稱；簫、笛、笙、竽……統屬之。淮南子原道訓：「天建鍾⑩鼓，列管弦，……陳酒行觴，夜以繼日。」注：「管，簫也。」南朝宋謝靈運江妃賦：「建羽旌而逶迤，奏清管之依微。」南宋朱熹雪詩：「未覺殘梅飄落盡，只愁羌管不成聲。」

今人楊繩信云：「頭管即觱篥⑪，亦作篳篥⑫、悲栗、笳管。漢代由西域龜茲傳入。其制：以竹為管，前六孔，後一孔，管口有蘆製哨子。現稱其為管子，或名管。」（事物異名校注卷下音樂。）

①隸書「管」與「菅」（ㄐㄢ）字形幾相同，宜加注意並避免混淆。

②ㄔˊ。木作「篪」。形似笛，有八孔，橫吹。其開孔數與尺寸，古書記載不一。

③漢書律曆志上：「八音：土曰塤，匏曰笙，皮曰鼓，竹曰管，絲曰絃，石曰磬，金曰鐘，木曰柷。」塤，同「壎」，ㄒㄩㄢ、ㄒㄩㄣ。土製樂器。凡六孔，上一、前三、後二。匏，ㄆㄠˊ。樂器名，即笙、竽之屬，以其皆設管匏內，施簧管端者，故名。磬，ㄑㄧㄥˋ。樂器名。用堅石或美玉製成，敲擊以發聲者。鍾，通「鐘」。柷，ㄓㄨˋ。古樂器名。木製，形如方斗。奏樂開始時，擊之。爾雅釋樂：「所以鼓柷謂之止。」郭璞注：「柷為漆桶，方二尺四寸，深一尺八寸，中有椎柄，連底挏之，令左右擊。止者，其椎名。」

④堂下之樂。

⑤ㄊㄠˊ ㄍㄨˇ。小鼓名。

⑥ㄩˇ。古樂器名。又稱楬（ㄑㄧㄚˋ）。形似伏虎。雅樂將終時，擊以止樂。「合止柷敔」意謂：樂之初，擊柷以作之；樂之將末，戛敔以止之。

⑦古管樂器名。以孤竹製成，故名。孤竹，獨生之竹。唐楊炯盂蘭盆賦：「孤竹之管，雲和之瑟，麒麟在郊，鳳凰蔽日。」

⑧用曼根（竹鞭）末端所生之竹製成。周禮春官大司樂：「孫竹之管，空桑之琴瑟，咸池之舞，夏日至，於澤中方丘奏之。」

⑨用生於山北之竹製成。周禮春官大司樂：「陰竹之管，龍門之琴瑟，……。」

⑩參①。

⑪ㄅㄟˋ ㄌㄟˋ。

⑫ㄅㄟˋ ㄌㄟˋ。

九、笛

雅稱玉龍。北宋林逋（九六八—一〇二八）霜天曉月題梅詞：「甚處玉龍三弄，聲搖動，枝頭月。」元張翥（一二八七—一三六八）孤鸞題錢舜舉仙女梅下吹笛圖詞：「閒拈玉龍自品，愛冰姿與花爭潔。一閤霓裳乍了，又落梅初疊。」

ㄉㄧˊ。小篆作「笛」。楷書「笛」。古作「篴」。說文：「笛，七孔筩也。从竹、由聲。羌笛三孔。」段玉裁注：「風俗通亦云：長尺四寸、七孔。……」續文獻通考樂考：「笛，以竹為之。長一尺六寸、圍二寸二分。上開一大竅名曰吹竅，徑三分半。吹竅至第一孔離三寸二分，餘孔皆離五分。下有穿繩，對開二小眼，第六孔至穿繩眼離一寸二分，繩至本一寸三分，除吹竅凡六孔。」事物紀原樂舞聲歌部笛：「馬融長笛賦序曰：『此器始於近代，本出羌中。』風俗通曰：『漢武時，丘仲所造，長尺四寸、七孔。』京房曰：『丘仲工其事，不言所造。』廣雅曰：『籥謂之笛，有七孔；而周官笙師教龡篴。』藝文類聚有宋玉笛賦，則笛前於丘仲遠矣。』」周禮春官笙師：「笙師掌教龡竽、笙……篴……，以教祴樂。」清孫詒讓（一八四八—一九〇八）正義：「笛之孔數，言四孔加一者，丘仲也；言五孔者，杜子春也；言七孔、三孔者，許慎也；言六孔、七孔者荀勖也……大抵漢、魏、六朝所謂笛，皆豎笛也。宋元以後謂豎笛為簫，謂橫笛為笛，而笛之名實淆矣。」南朝陳周弘讓（？—？；兄弘正，四九六—五七四年）賦長笛吐清氣詩：「商聲傳後出，龍吟鬱前吐。情斷山陽舍，氣咽平陽塢。胡騎爭北歸，偏知別鄉苦。羈旅情易傷，零淚如交雨。」隋姚察（五三三—六〇六）賦得笛詩：「作曲是佳人，製名由巧匠。鵾絃時莫並，鳳管還相向。隨歌響更發，逐舞聲彌亮。宛轉度雲窗，逶迤出黼帳。長隨畫堂裏，承恩無所讓。」唐劉孝孫（？—六四二？）詠笛詩：「涼秋夜笛鳴，流風韻九成。調高時慷慨，曲變或淒清。征客懷離緒，鄰人思舊情。幸以知音顧，千載有奇聲。」

笛之異名：韶華管、尺八、茵于、羌管、玉龍、七孔筩、札虎兒。（事物異名、事物異

名錄）

十、簫

雅稱人籟。莊子齊物論：「女聞人籟而未聞地籟；女聞地籟而未聞天籟夫。」又，「地籟則眾竅是已，人籟則比竹是已。」

ㄒㄧㄠ。金文作「[illegible]」，小篆作「[illegible]」。說文：「簫，參差管樂。象鳳之翼。从竹、肅聲。」段玉裁注：「言管樂之列管參差者。竽、笙列管雖多而不參差也。……排其管相對如翼。釋名：『簫，肅也。其聲肅肅而清……。』」說文通訓定聲：「簫，五經通義：『簫，編竹為之，長尺有五寸。』按：大者二十三管，小者十六管。有底；其無底者謂之洞簫。」爾雅釋樂：「大簫謂之言，小者謂之筊。」詩周頌有瞽：「既備乃奏，簫管備舉。」箋：「簫，編竹官為之。」文獻通考樂考竹之屬：「禮圖：雅簫尺有二寸、二十四彄。頌簫尺有四寸、十六彄。郭璞大簫二十三管、小簫十六管，蓋二十四管備律呂清濁之聲，先王之制也；十六管兼十二律四清為而之，豈古制哉？今教坊所用，長五六寸、十六管有底，而四管不用，非古人制作之意也。……短簫，鐃歌、單吹，鼓吹之樂也。廣樂記有二十一管簫，羽葆鐃吹橫吹部用之，豈短簫歟？……。」諸書之言簫者，其制互異，然皆編列各管於一處，吹以發音者，一名雲簫，又稱排簫。通禮義纂：「伏羲作簫，十六管。」風俗通聲音：「舜作簫韶九成，鳳凰來儀，其形參差，像鳳之翼，十管、長一尺。」後世，簫僅用一竹管製成，不封底，直吹，亦名洞簫。真珠船：「今所謂簫，只一管，六孔；馬端臨云：『名尺八管』。」舊唐書音樂志二：「漢世有洞簫，又有管，長尺圍寸而併漆之。」唐杜牧送揚州韓綽判官詩：「二十四橋明月夜，玉人何處教吹簫。」韓愈梁國惠康公主挽歌之二：「秦地吹簫女，湘波鼓瑟妃。」北宋蘇軾前赤壁賦：「客有吹洞簫者，倚歌而和之。」

簫，別稱言、筊、人籟、石弦、紫佩、尺八管、尺八、豎篴、紫玉、鳴籟、參差（事物異名、事物異名錄）。

十一、笙

ㄕㄥ。小篆作「笙」。甲文、金文闕。小篆生：从竹、生聲。說文：「笙，十三簧，象鳳之身也。笙，正月之音。物生，故謂之笙。大者謂之巢，小者謂之和。古隨作笙。」笙屬管樂器。由簧片、笙管、斗子三部分組成。古以竹製簧片，其後改用響銅；笙管用竹製成，長短不一，于近上端處開音窗，近下端處開按孔，下端嵌接木質笙角以裝簧片，並插入斗子內；斗子用匏、木或銅製成，連有吹口。有圓形、方形等多種形制，簧管自十三至十九根不等。奏時手按指孔，吹吸振動簧片而發聲。現經改良，有二十四簧笙、卅六簧鍵鈕笙⋯⋯，轉調便捷，除用於伴奏、合奏外，亦用於獨奏。詩小雅鹿鳴：「我有嘉賓，鼓瑟吹笙。」詩經多處述及笙，是周時已甚通行。周禮春官笙師：「中士二人，下士四人，府二人，史二人，胥一人，徒十人。」又，「掌教龡竽①、笙、塤、籥②、簫、箎、篴③、管、舂牘④、應⑤、雅

⑥，以教祴樂⑦。祀祭饗射，共其鍾笙之樂，燕樂⑧亦為之。」足徵當時對笙之重視。漢書律曆志上：「八音：土曰塤，匏曰笙，……。五聲和，八音諧，而樂成。」列仙傳王子晉：「王子晉⑨好吹笙，遊伊洛之間，道士浮邱公接以上嵩山。」

笙異名叢霄、參差竹、巢、和、簧、匏竽、采庸、居巢、參差。（事物異名、事物異名錄）

①ㄔㄨㄟˋ ㄩˊ。龡，古「吹」字。

②ㄩㄝˋ。形如笛之古樂器，有三、六、七孔，其說不一。字本作「龠」。

③ㄉㄧˊ。笛，異體作「篴」。

④樂器名。用以節樂。竹製，大五六寸、長七尺、短者一二尺，其端有兩空，虛中如筩，無底，舉以頓地如舂杵，亦名頓相。餘詳舊唐書音樂志二。

⑤ㄑㄧㄤ。古樂器名。長五尺六寸。其中有椎，擊以應樂，故名。

⑥古樂器名。形如漆筩而弇口，大二圍，長五尺六寸，以羊韋鞔之，有兩組疏畫。

⑦ㄍㄞ ㄩㄝˋ。祴夏之樂。祴夏，古樂章名。亦作「陔夏」。

⑧燕饗之樂

⑨周靈王（姬泄心）之太子。逸周書太子晉：「王子（晉）曰：『且吾聞汝知人年之長短，告吾！』師曠對曰：『汝聲清汗，汝色赤白，火色，不壽。』王子曰：『然。吾後三年將

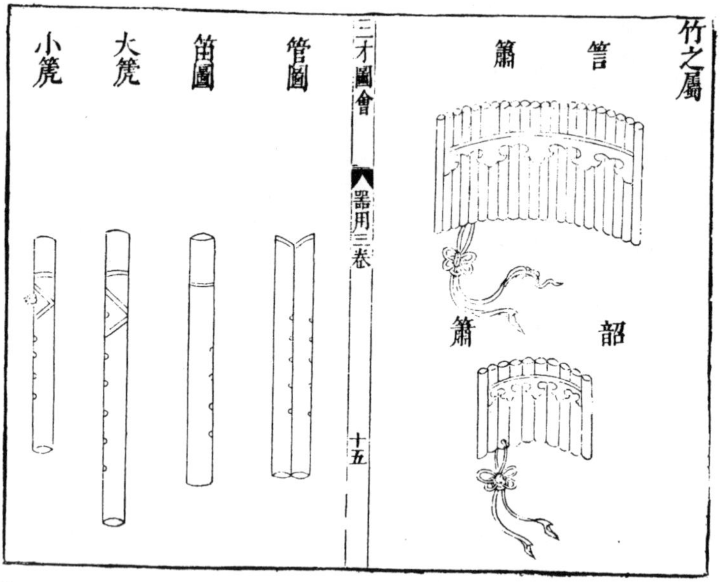
竹之屬
管
簫
部
簫
三才圖會
器用三卷
十五
管圖
笛圖
大篪
小篪

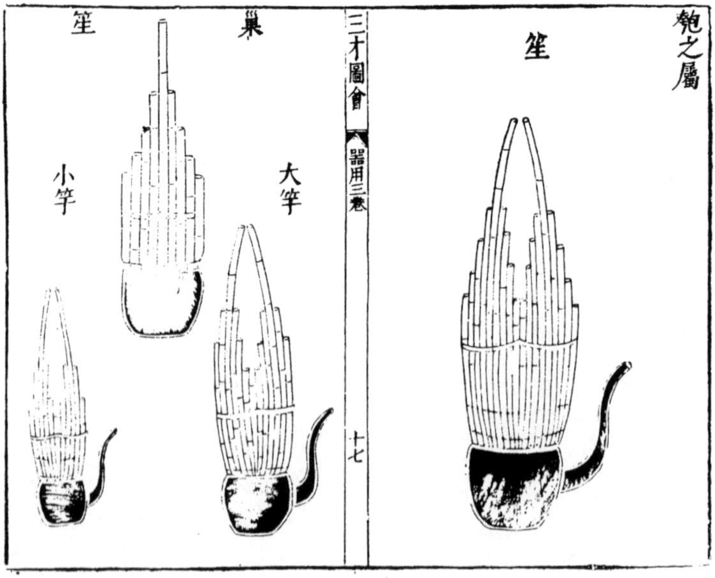
匏之屬
笙
三才圖會
器用三卷
十七
巢
笙
大竽
小竽

上騫於（天）帝所，汝慎無言，殃將及汝。』師曠歸，未及三年，告死者至。」後人因謂王子晉仙去，本此。唐李白感遇詩之一：「吾愛王子晉，得道伊洛濱。」榮按：王子晉，亦作王子喬。

十二、竾

ㄔˊ。同「篪」。古，管樂器名。禮記月令：「仲夏之月，……是月也，命樂師……調竽、笙、竾、簧，……。」呂氏春秋仲夏紀作「調竽、笙、壎、篪。」

十三、竽

ㄩˊ。小篆作「竽」。甲文、金文均闕。小篆竽：从竹、于聲。本義作「管，三十六簧樂。」（說文段注）。乃古簧管樂器，屬笙類。世本：「女媧作簧，其後隨作竽。」周禮春官笙師：「掌教歈竽、笙、塤……以教祴樂。」注引鄭司農云：「三十六簧」疏：「竽長四尺二寸。」禮記樂記：「然後，聖人作為鞉①、鼓、椌②、楬③、壎、篪，此六者，德音之音也。然後鐘、磬、竽、瑟以和之，……」韓非子解老：「竽也者，五聲之長者也。故竽先則鐘、瑟皆隨，竽唱則諸樂皆和。」竽，形似笙而略大，竹製三十六管，其後減為二十三管。戰國至漢頗流行，迄宋已告失傳。楚辭戰國屈原（前三三九—？）九歌東皇太一：「疏緩節兮安歌，陳竽瑟兮浩昌④。」又，招魂：「竽瑟狂會，搷鳴鼓些⑤。」風俗通聲音竽：「管，三十六簧，長四尺二寸。今二十三管。」民國六十一年一月起，先後挖掘馬王堆一、三號漢墓，各出土一具竽。前者保存完好。實體通長七八公分，竹、木合製，有竽斗、竽嘴與竽管二十二根。竽斗（嘴）屬木質、漆絳色，竽管竹製、直徑近八公釐，最長者七十八公分、最短者十四公分，長管居中，左右各置五管，前後兩排，用四至五道蔑箍固定之，長管上各繫絳色羅綺帶一。此具竽，嘴、管不通，斗內缺氣槽，竽管下端無簧、上端無氣眼，顯係明器。三號墓所發現者為殘物，僅存簧片（二十三枚）、折疊管（四組），個別竽管則有按孔與氣眼。簧片以竹皮製成，長二・三五公分至一・一八公分不等，寬約〇・四公分，極可能為當前世界上最早的簧片⑥。

①ㄊㄠˊ。同「鼗」。
②ㄑㄧㄤ。柷樂。
③ㄑㄧㄚˋ。亦名敔（ㄩˇ）。止樂器。
④使曲節希緩而安音清歌。陳列竽、瑟，大倡作樂。
⑤謂：眾樂並會，又急擊鳴鼓以進八音為之節也。搷，ㄊㄧㄢˊ。急擊。搷，一作「嗔」、一作「填」，文選作「槙」。
⑥根據長沙馬王堆一號漢墓發掘簡報（文物出版社、民六一、七）長沙馬王堆一號漢墓上下集（文物出版社、民六二、十）、馬王堆二、三號漢墓發掘的主要收穫（考古一九七五、

一期），長沙馬王堆一號漢墓研究綜述上、下（傅舉友求索一九八九、二、三期）等整理。

十四、胡笳①

古樂器名。史記樂書：「胡笳似觱篥而無孔，後世鹵簿②用之；伯陽③避入西戎所作，轉蘆葉吹之也。」太平御覽樂笳：「杜摯笳賦序曰：『昔伯陽避亂入戎，戎越之思，有懷土風，遂建斯樂，美其出入戎貉④之俗，有大韶⑤夏音⑥。』」注：「漢舊錄有其曲，不記所出本末。笳者，胡人卷蘆葉吹之，以作樂也，故謂曰胡笳。」文獻通考樂考竹之屬大胡笳：「杜摯笳賦云：『李伯陽入西戎所造。』晉先蠶儀注⑦：「車駕住吹小箛⑧、發吹大箛。箛即笳也。又有胡笳，漢舊箏笛錄有其曲，不記所出本末。大胡笳似觱篥而無孔，後世鹵簿用之。豈張博望⑨所傳摩訶、兜勒之曲邪⑩？晉有大箛、小箛，蓋其遺志也。沈遼⑪集大胡笳十八拍，世號沈家聲。小胡笳十九拍，末拍為契聲，世號祝家聲⑫。唐陳懷古劉充渚嘗勘停歇句，度無謬，可謂備矣。楚調有胡笳鳴，並無琴箏笙得之，亦其遺聲歟？杜賦以為老子所作，非也。」清胡笳形制：以木為管，三孔、兩端加角，末翹而哆，長二尺四寸。兩漢曾流行於塞北、西域一帶，乃漢魏鼓吹樂之主要樂器，迄清仍有笳吹樂。西漢李陵（？—前七四年）答蘇武書：「涼秋九月，塞外草衰。夜不能寐，側耳遠聽，胡笳互動，牧馬悲鳴。」東漢蔡琰（一七七—？）悲憤詩之二：「胡笳動兮邊馬鳴，孤雁歸兮聲嚶嚶。」南朝梁虞羲（？—？，約元徽、天監間人）詠霍將軍北伐：「胡笳關下思，羌笛隴頭鳴。」唐岑參（七一五？—七七〇）胡笳歌送顏真卿使赴河隴：「君不聞胡笳聲最悲，紫髯綠眼胡人吹。」南宋張孝祥（一一三二—一一六九）浣溪沙坐上十八客詞：「同是瀛洲冊府山，只今聊結社中蓮，胡笳按拍酒如川。」元關漢卿（約一二〇〇—一三〇〇）五侯宴第三折：「韻悠悠胡笳慢品，阿來來口打番言。」胡笳原稱「笳」。三國魏杜摯（？—？）笳賦：「羈旅之士，感時用情，乃命狄人，操笳揚清。」南朝宋謝靈運從遊京口北固應詔詩：「鳴笳發春渚，稅鑾登山椒。」唐李白江夏贈韋南陵冰詩：「山水何曾稱人意？不然鳴笳按鼓戲滄流，呼取江南女兒歌棹謳。」清孫枝蔚亂後過瓜洲詩：「日落笳初動，城空鳥自還。」

①笳，ㄐㄧㄚ。小篆作「笳」。甲文、金文闕。从竹、加聲。

②帝王駕出時扈從儀仗。依出行目的之不同，儀式亦各有別。東漢應劭漢官儀下：「天子車駕次第謂之鹵簿。」唐封演（？—？，卒於貞元末）封氏聞見記卷五：「輿駕行幸，羽儀導從謂之鹵簿，……按字書：『鹵，大楯也。』鹵以甲為之，所以扞敵。……甲楯有先後部伍之次，皆著之簿籍，故謂之鹵簿耳。」漢以後亦用於后妃、太子、王公大臣。唐制：四品以上官員皆給鹵簿。（詳通典卷一〇七禮六七）。

③老子（李耳）一字伯陽。生卒年不詳。

④貉，亦作「貊」。ㄇㄛˋ。北狄。戎貉，猶言西戎北狄。

⑤相傳為舜樂名。詳周禮春官大司樂；又，莊子天下：「舜有大韶，……」

⑥華夏之音。

⑦祭祀先蠶之禮節制度曰先蠶儀注。先蠶，始教民育蠶之神；傳說：自周即由王后享先蠶，而後歷朝例由皇后主祭之。後漢書禮儀志上：「祠先蠶，禮以少牢。」

⑧箛，ㄍㄨ。吹器，即笳。宋書樂志二鼓吹：「……箛即笳，不云鼓吹。」

⑨張騫受封博望侯，故稱。

⑩摩阿，一作摩「訶」。古今注音樂：「橫吹胡樂也。張博望入西域，傳其法於西京，唯得摩訶、兜勒二曲。」按：長安慣稱西京。

⑪公元一〇三三—一〇八五，北宋人。

⑫樂府詩集琴曲歌辭胡笳十八拍：「祝氏，不詳何代人。」

十五、鐘

雅稱鯨音。元宋褧（一二九二—一三五四）鄱陽蕭性淵能鼓琴琴號霸鐘是其曾大父宋南渡時所畜者其家上世善琴云詩之二：「不似琵琶不似箏，鯨音歷歷似秋清。」明張經（？—一五五五）煙寺晚鐘詩：「鯨音送殘照，敲落楚天霜。」①

ㄓㄨㄥ。金文作「」。小篆作「」、或體作「」。說文：「鐘，樂鍾也。秋分之音，萬物穜成，故謂之鐘。从金、童聲。古者垂作鐘。」釋名釋樂志：「鐘，空也。內空受氣多，故聲大也。」禮記郊特牲：「龜為前列，先知也。以鐘次之，以和居參之也。」注：

「鐘，金也。」漢書律曆志上：「……八音……金曰鐘。…」急就篇卷三：「鐘磬鞀簫鼙鼓鳴：鐘則以金，磬則以石，皆所用合樂也。古者倕作鐘，…。」白虎通禮樂：「鐘，兌音也。」古今樂錄：「凡金為樂器有六，皆鐘之類也。曰鐘、曰鎛、曰錞、曰鐲、曰鐃、曰鐸。」周禮考工記：「鳧氏為鍾。」集韻：「鐘通作『鍾』。」按：經傳或作「鍾」。詩小雅鼓鍾：「鼓鍾將將，淮水湯湯，憂心且傷。」鐘為古樂器，以青銅鑄成，懸於架上，用槌叩擊發聲。恆於祭祀或讌享時用之。兩軍對恃、攻伐，亦用以指揮進退。西周中期始有編鐘，大而單一者稱特鐘。詩周頌執競：「鐘鼓喤喤，磬筦將將。」左傳昭公廿一年：「夫音，樂之輿也；而鐘，音之器也。」西漢賈誼虡賦②：「妙雕文以刻鏤兮，象巨獸之屈奇兮，戴高角之峩峩，負大鐘而顧美。美哉爛兮，亦天地之大式。」東漢王粲（一七七—二一七年）、北朝後魏溫子昇（四九五—五四七）與唐岑文本（五九五—六四五）分別遺有鐘銘。

①鯨音既用以狀宏亮的鐘聲，亦用以代稱「鐘」。

②虡，ㄐㄩˋ。古懸編鐘、編磬之木架。横木曰簨（ㄙㄨㄣˇ），直木曰虡。詩周頌有瞽：「設業設虡，崇牙樹羽。」

十六、鼓

雅稱「吹雲」①、「震音」②。

。甲文作「」、「」，金文作「」、「」、「」，小篆作「」、「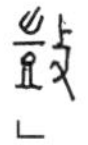」。說文：「鼓，郭也。春分之音，萬物郭皮甲而出，故曰鼓。从壴从屮。又，屮象垂飾又象其手擊之也。」周禮地官司徒鼓人：「六鼓—靁鼓，八面。靈鼓，六面。路鼓，四面。鼖鼓③、鼛鼓④、晉鼓，皆兩面。」禮記學記：「鼓無當於五聲。」疏：「鼓之為聲，不宮不商。」管子兵法：「鼓，所以任也、所以起也、所以進也。」白虎通禮樂：「皮曰鼓。……鼓，震音煩器也。萬物憤懣，震動而生，雷以動之、溫以煖之、風以散之、雨以濡之，奮至德之聲、感和平之氣也。同聲相應、同氣相求，神明報應、天地祐之，其本乃在萬物之始耶，故謂鼓也。」風俗通聲音：「革曰鼓。」鼓屬打擊樂器，多以木為框，形如圓桶或呈扁圓、中空，一面或兩面蒙皮，以木槌擊之發聲。帝王世紀：「黃帝於東海流波山得奇獸，狀如牛……其音如雷，名曰夔。黃帝殺之，以其皮為鼓，聲聞五百里。」山海經大荒東經：「東海中有瀛波山，入海七千里，其上有獸，狀如牛，蒼身而無角，一足出入水則必風雨，其光如日月，其聲如雷，其名曰夔。黃帝得之，以其皮為鼓。」詩陳風宛丘：「坎其擊鼓，宛丘之下。」南朝梁劉孝威（四九六—五四九）賦得鳴朄應令詩：「雜扇雖俱斂，交行忿自分。轉袖時繞腕，揚履自開裙。」蕭琛（四六五？—五三二）詠鞞應詔詩：「抑揚動雅舞，擊享逗和音。卻馬既云在，將帥止思心。」唐韓愈遊城南晚雨詩：「投竿跨馬蹋歸路，纔到城門打鼓聲。」

箏　⿱竹泰

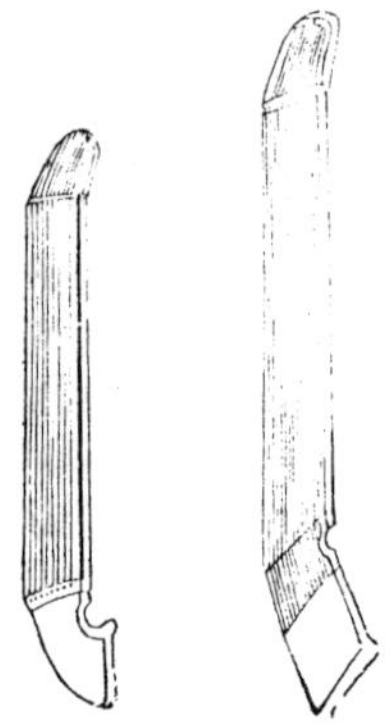

箏

隋音樂志曰箏十三絃所謂秦聲蒙恬所作也傅子曰上圓象天下平象地中空準六合絃柱十二擬十二月乃仁智之器也

⿱竹泰

與箏相似七絃有柱用竹軋之

金之屬

鍾圖

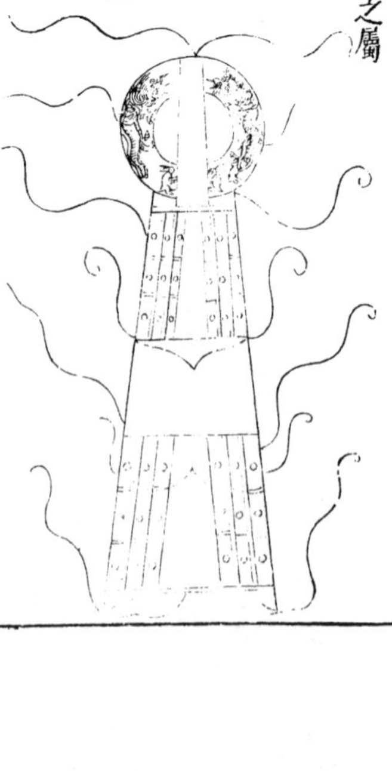

路鼓

路鼓　鼗鼓

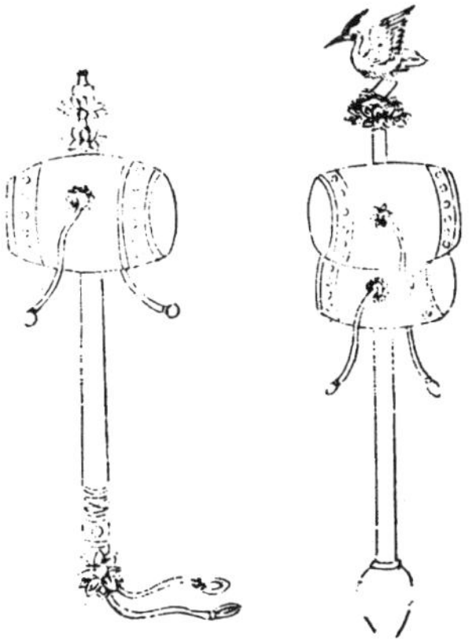

鼖鼓

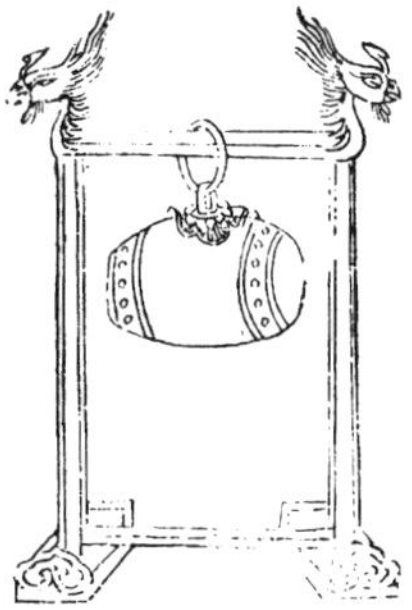

晉鼓

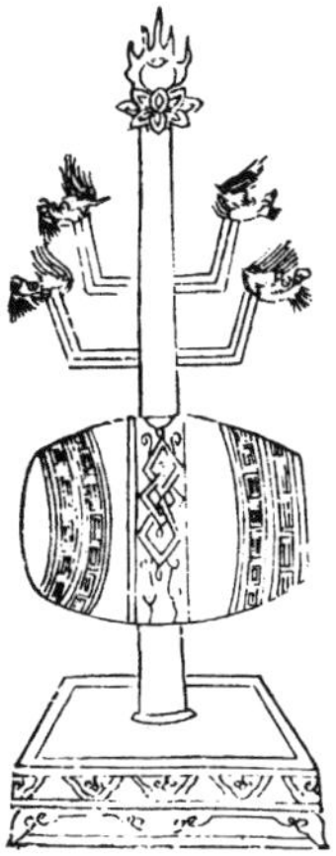

①唐馮贄南部烟花記（收錄於五朝小說）。
②明余庭璧事物異名卷下。
③ㄈㄣ ㄍㄨˇ。
④ㄍㄠ ㄍㄨˇ。

十七、雲版

亦作「雲板」。首尾兩端作雲頭形之鐵質或木質響器。舊時，官府、富貴人家與寺院恆用以報事、報時、集眾。元關漢卿望江亭第四折：「只道他仗金牌將夫壻誅，恰元來擊雲板請夫人見。」清蒲松齡聊齋志異折獄：「雲板三敲，則聲色並進，難決之詞，不復置念。」儒林外史第卅八回：「（老和尚）擊雲版，傳齊了二百多僧眾，一人喫一碗水。」

雲版，亦指繪有雲形圖案之小板。古時用為車飾。宋史輿服志一：「逍遙輦，以椶櫚為屋，赤質，金塗銀裝，朱漆扶版二，雲版一，長竿二，飾以金塗銀龍頭。」

十八、方響

古打擊樂器，屬磬類，銅或鐵製，始創於南朝梁（五〇二—五八七年）。以十六枚金屬片組成，其制：上圓下方、大小一致，惟厚薄不一，分兩排，懸於一架。以小銅錘擊之，其聲清濁不等，為隋唐（五八一—九〇七年）燕樂常用樂器；南宋（一一三二—一二七九年）

時猶盛行，其制久失傳。（通典卷一四四樂四金一，茶香室叢鈔卷二三。）文獻通考樂考金之屬胡部方響：「梁有銅磬，蓋今方響之類也。方響，以鐵為之，修八寸、廣二寸，圓上方下，架如磬而不設業，倚於架上，以代鐘磬。人間所用者，纔三四寸。周正樂載西涼清樂，方響，一架十六枚，具黃鍾大呂二均聲。唐武宗朝，朱崖李太尉有樂史廉郊嘗攜琵琶於池上彈蕤賓調，忽聞芰荷間有物，躍出其岸，視之，乃方響蕤賓鐵也。豈指撥精妙，能致律呂之然邪？和凝有響鐵之歌，蓋本諸此。」唐白居易偶飲詩：「千聲方響敲相續，一曲雲和戛未終。」牛殳（？—？，中唐以後人）方響歌：「樂中何樂偏堪賞，無過夜深聽方響。」北宋樂史（九三〇—一〇〇七）楊太真外傳卷上：「寧王吹玉笛，上羯鼓，妃琵琶，馬仙期方響，李龜年觱篥……自旦至午，歡洽異常。」袁褧（？—？，崇寧、嘉泰間在世，兩宋間人）楓窗小牘卷下：「比上膳，以行在草草無樂，鸚鵡大呼：『卜尚樂起方響！』久之曰：『卜娘子不敬萬歲。』蓋道君時掌樂宮人以方響引樂者，故猶以舊例相呼。高廟為之罷膳泣下。」清洪昇長生殿偷曲：「今有貴妃娘娘霓裳新曲，奉旨令永新、念奴傳譜出來，在朝元閣上教演，立等供奉。……（副淨扮馬仙期上）仙期方響鬼神驚。……。」

十九、㯻

古時巡夜打更所用木梆。同「柝」。或作「㯻」。ㄊㄨㄛˋ。周禮夏官挈壺氏：「掌挈壺以令軍井，……凡軍事，縣壺以序聚㯻。」注：「鄭司農云：『縣壺以為漏，以序聚㯻，以次更聚，擊櫜備守也。』玄謂：『擊櫜，兩木相敲，行夜時也。代，亦更也。』」易繫辭下：「重門擊柝，以待暴客。」釋文：「馬（融）云：『兩木相擊以行夜。』」

二十、單皮

單面蒙皮的一種打擊樂器名。屬戲曲與民間吹打樂中的重要樂器。戲曲打擊樂、管弦樂恆用以指揮其他樂器；演者歌唱時輔助板按節拍。

卷九、家具、雜器

一、牀

又稱寢笫。方言卷五：「牀，齊、魯之間謂之簀，陳楚之間謂之笫。」①ㄔㄨㄤˊ。小篆作「牀」。甲文、金文闕。小篆牀：从木、爿聲。說文：「牀，安身之几坐也。从木、爿聲。」段注：「牀之制略同几；而庳於几。可坐，故曰安身之几坐。牀制：有足、有桄，可坐。……漢管寧常坐一木榻，積五十餘年，未嘗箕股。其榻上當膝處皆穿，此皆古人坐於牀；而不似今人垂足而坐之證也。牀亦可臥，古人之臥，隱几而已。牀前有几，孟子隱几而臥是也。孟子曰：『舜在牀琴。』……而古坐於牀，可見琴必在几，則牀前有几亦可見。然則古人之臥，無橫陳者乎？曰：『有之。』弟子職曰：『先生將息，弟子皆起。敬奉枕席，問疋何上。』……論語曰：『寢不尸。』……皆是也。……張參五經文字爿部曰：『爿，音牆。』……」據上引：牀屬坐、臥兩用之具。㈠臥具曰牀。詩小雅斯干：「乃生男子，載寢之牀，載衣之裳，載弄之璋。」易剝：「象曰：『剝牀以足，以滅下也。』」東漢牟融（?—七六）理惑論：「年十七，王納為妃，鄰國女也。太子坐則遷座，寢則異牀。」㈡坐具曰牀。禮記內則：「父母、舅姑將坐，……少者執牀與坐，……。」北史吐谷渾傳：

「夸呂椎髻毦珠，以皂為帽，坐金獅子牀。」唐杜甫樹間詩：「幾回霑葉露，乘月坐胡牀。」北宋王讜（?—?，北宋末年人）②唐語林補遺四：「宰相別施一牀，連上事官牀，南，坐于西隅，謂之壓角。」牀，俗體作「床」。三尺五曰榻，八尺曰牀。說文通訓定聲引通俗文云：「牀，三尺五曰榻板，獨坐曰枰，八尺曰牀。」

其異名別稱約有：棲、夢友、節日翁、榻（事物異名卷下）。煖牀曰炕。明余庭璧（?—?約萬曆前後間人。）云：「牀，蒙古曰易昔吉。」（同前揭書）。

①笫，ㄗˇ。从竹、𠂔聲。字形與「第」極相似。

②讜，元祐朝宰相呂大防之婿。

附：牀笫

牀笫有二義：

牀與墊在牀上的竹席。泛指牀鋪。周禮天官玉府：「掌王之燕衣服、衽席、牀笫。」鄭注：「笫，簀也。」後漢書安帝紀：「帝自在邸第，數有神光照室，又有赤蛇盤於牀笫之間。」清趙翼（一七二九—一八一四）驚聞心餘之訃詩：「預乞碑銘如待死，久淹牀笫本長眠。」

一指閨房之內；枕席之間。左傳襄公二七年：「牀笫之言不踰閾，況在野乎？非使人之所得聞也。」宋書恩倖傳論：「況世祖之泥滯鄙近，太宗之拘攣愛習，欲不紛惑牀笫，豈可得哉！」南朝梁沈約恩倖傳序：「挾朋樹黨，政以賄成，鈇鉞瘡痏，搆於牀笫之曲；服冕乘軒，出乎言笑之下。」南宋周煇清波雜志卷三：「蔡卞之妻七夫人，頗知書，能詩詞，蔡每有國事，先謀於牀笫，然後宣之於廟堂。」亦指男女房中之事。聊齋志異俠女：「向云『可一不可再』者，以相報不在牀笫也；如君貧不能婚，將為君延一線之續。」

「牀笫」每多訛作「牀第」。笫，从竹、𠂔聲，讀作ㄗˇ。牀簀曰笫。儀禮士喪禮：「牀笫夷衾，…。」鄭注：「笫，簀也。」第，从竹、弟。次序、等級曰第。邸曰第。前者下作「𠂔」，不作「弟」。二者形似而音義迴別。

二、席

別稱清衽①。儀禮士喪禮：「衽如初，有枕。」鄭玄注：「衽，寢臥之席也。」ㄒㄧˊ。甲文作「」、金文作「」，小篆作「」。小篆席：从巾、庶省聲。本義作「藉」解（說文）。草莖、竹篾或葦蔑所編織而成之坐（臥）墊皆曰席，同「蓆」。詩邶風柏舟：「我心匪席，不可卷也。」史記孫子吳起列傳：「臥不設席，行不騎乘，親裹贏糧，與士卒分勞苦。」唐韓愈送僧澄觀詩：「清淮無波平如席，欄柱傾扶半天赤。」

席本可坐、可臥，至漢逐漸發展成僅供臥息之用。東晉陶潛移居詩：「弊廬何必廣，取足蔽牀席。」後世復引申為「席位」、「坐次」、「職位」。後漢書戴憑傳：「時召公卿大會，羣臣皆就席。」今則稱首長曰主席、教師曰教席…。

竹席異名有倚佯、行唐②、籧篨、籧篨、桃笙、流黃、筍席、篙篖、筡簟、夏清候、黃琉璃。（事物異名卷下、事物異名錄卷十九）。

①事物異名卷下。

②行唐，亦作「笐篖」、「笐簹」，ㄏㄜˊ ㄊㄤˊ。

三、枕

ㄓㄣˇ。小篆作「」。甲文、金文闕。小篆枕：从木、冘聲。本義作「臥所以薦首者」解（說文），乃臥時用以承首之具，俗稱枕頭。古多截木為之，故从木。又，冘為「沈」之省文；人得枕易沈沈入睡，故枕从冘聲。詩陳風澤陂：「有美一人，碩大且儼。寤寐無為，輾轉伏枕。」西漢司馬相如（前一七九—前一一八）長門賦：「摶芬若以為枕兮，席荃蘭而茝香，忽寢寐而夢想兮，魄若君之在旁。」漢書揚雄傳下：「故世亂，則聖哲馳騖而不足；世治，則庸夫高枕而有餘。」唐李白樂府詩擣衣篇：「有使憑將金剪刀，為君留下相思枕。」白居易長恨歌：「攬衣推枕起徘徊，珠箔銀鉤迤邐開。」封神演義第三〇回：「掌兵權，一點丹心；助國家，未敢安枕。」

事物紀原云神農作枕，然迄今無據可考。枕又稱睡龍、薦首、薦首奴。（事物異名卷下、家禮大成卷三）。

四、被

小篆作「」。甲文、金文皆闕。小篆被：从衣、皮聲。本義作「寢衣」解（說文）。論語鄉黨：「君子不以紺緅飾。……必有寢衣，長一身有半。……」寢衣，集解引孔安國曰：「今之被也。」說文通訓定聲：「臥衣曰被，大被曰衾。」①即寢臥時，用以覆蓋之具。戰國宋玉（？—？，楚，鄢人）楚辭招魂：「翡翠珠被，爛齊光些。」王逸注：「被，衾也。」西晉傅玄被銘：「被雖溫，無忘人之寒，無厚于己，無薄于人。」晉書祖逖傳：「逖與司空劉琨，共被同寢。」「被」與「服」合為一詞，泛稱衾被衣服。史記孝武帝本紀：「文成②言曰：『上即欲與神通，宮室、被服不象神，神物不至。』乃作畫雲氣車及各以勝日，……」東晉陶潛擬古詩：「被服常不完，三旬九遇食。」

被，亦稱寢衾。（呂紳家禮大成卷三）

①今人所稱「被」，於古謂之「衾」。

②即齊術士少翁，武帝拜為文成將軍，故稱。漢武故事：「少翁年二百歲，色如童子。」

五、褥

ㄖㄨˋ。甲文、金文、小篆均缺此字。隸書「褥」，从衣、辱聲。褥，坐臥之具也。釋名釋牀帳：「褥，辱也，人所坐褻辱也。」畢沅疏證：「衣旁作褥，俗字也，於文當作蓐。」後漢書張禹傳：「……乃詔禹金宮中，給帷帳牀褥。」世說新語雅量：「蔡暫起，謝移就其處。蔡還，見謝在焉，因合褥舉謝擲地，自復坐。」北宋高承（？—？）事物紀原舟車帷幄褥：「黃帝內傳曰：『王母為帝列七寶登員之牀，敷華茸淨光之褥。』疑二物此其起爾。」近人楊蔭深（一九〇八—？）事物掌故叢談衣冠服飾褥：「褥有二種：一種用于床上，俗稱墊被；一種用于椅或車上，俗稱坐墊或墊子，古則又稱為茵。」唐韓偓已涼詩：「八尺龍鬚方錦褥，已涼天氣未寒時。」杜陽雜編卷上：「（元）載寵姬薛瑤英，仙姿玉質，肌香體輕，……及載納為姬，處金絲之帳，卻塵之褥。」以上二例，指臥具—墊被。詩秦風小戎：「文茵暢轂，駕我騏馵。」傳：「文茵，虎皮也。」疏：「茵者，車上之褥，用皮為之。言文茵，則皮有文采，故知虎皮也。」拾遺記卷三：「……又設狐腋素裘、紫羆文褥，羆褥是西域所獻也，施於臺上，坐者皆溫。」又，顏氏家訓勉學：「梁朝全盛之時，貴游子弟，……坐棊子方褥，憑班絲隱囊。」文茵、文褥、方褥，均係今所謂坐墊是也。

六、帳

一稱牀帷。三國魏阮籍詠懷之十八：「開秋肇涼氣，蟋蟀鳴牀帷。」

小篆作「」。甲文、金文闕。小篆「帳」：从巾、長聲。急就篇卷三：「蒲蒻……帳帷幢，……自上而下覆，謂之帳。帳者，張也。」乃指張於牀上之幔幃而言，以其為布帛所

製成，故从巾。又以帳有引巾使長而作幕覆之意，故从長聲。淮南子道應訓：「……於是，市偷進請曰：『臣有薄技，願為君行。』……偷則夜解齊將軍之幬帳而獻之。」三國魏王宋（？—？）雜詩：「翩翩牀前帳，張以蔽光輝。」南宋辛棄疾（一一四〇—一二〇七）祝英臺近晚春詞：「羅帳燈昏，哽咽夢中語。」

帳，尚有多義。就牀帳言，其異名有幬、幃、幨、斗圍監等（事物異名錄卷十六）。蒙古語謂「忒立馬」（明余庭璧事物異名卷下）

七、桌

ㄓㄨㄛ。本作「卓」。後去「十」易「木」為「桌」。「卓」、「桌」、「槕」、「棹」，同字異體。正字通：「桌，俗呼几案曰桌。」北宋徐積（一〇二八—一一〇三）謝周裕之詩：「兩卓合八尺，一爐煖雙趾。」几案，亦作「几桉」。東漢王粲儒吏論：「彼刀筆之吏，豈生而察刻哉？起於几案之下，長於官曹之間，無溫裕文雅以自潤，雖欲無察刻，弗能得矣。」顏氏家訓治家：「或有狼籍几案，分散部帙，多為童幼婢妾之所點汙，風雨蟲鼠之所毀傷，實為累德。」北宋文同（一〇一八—一〇七九）和仲蒙夏日即事：「簿領初休几桉清，西軒移枕臥前楹。」清俞樾春在堂隨筆卷八：「夏夜，每有蟲行几案間，亦能飛。」天虛我生（陳蝶仙，一八七九—一九四〇）玉田恨史：「職是之故，凡我室中所有之物，琴也、書也、几案也、杯盤也、與夫窗檻欄杆氍毹幃帳之屬，莫不沾濡我之淚痕，殷其有斑。」

桌，別稱廣案（家禮大成卷三）。

八、椅

ㄧˇ。金文作「」、小篆作「」。說文：「椅，梓也。从木、奇聲。」本義為類梓落葉喬木名。正字通：「椅，坐具，後有倚者。」是引申作「後有靠背之坐具」解，即俗稱椅子。論語陽貨：「禮云禮云，玉帛云乎哉？……」朱注引程子曰：「禮只是一箇序，樂只是一箇和。只此兩字，含蓄多少義理。天下無一物無禮樂，且如置此兩椅，一不正，便是無序，無序便乖，乖便不和。」北宋蘇軾賦席上栗得榧子詩：「願君如此木，凜凜傲霜雪。斲為君椅几，滑淨不用刮。」南宋王銍（？—？，崇寧，隆興間人）默記：「徐（鉉）引椅少偏，乃敢坐。」漢民族本席地而坐，椅原非中土產物。後漢書五行志一：「靈帝好胡服、胡帳、胡牀……胡舞。京都貴戚皆競為之。」太平御覽服用胡牀：「風俗通曰：『靈帝好胡牀，董卓權胡兵之應也。』」事物紀原舟車帷幄部胡床：「搜神記曰：『胡床，戎翟之器也。』風俗通曰：『漢靈帝好胡服……景師作胡床，此蓋其始也，今究椅是。』」演繁露交床：「今之交牀，本自虜來，始名胡牀。桓伊下馬據胡牀，取笛三弄是也。隋高祖意在忌胡，器物涉胡言者咸令改之，乃改交牀。唐穆宗時，又名繩牀。」北宋陶穀（九〇三—九七〇）清異錄逍遙坐：「胡牀施轉關以交足，穿便條以容坐，轉縮須臾，重不數千。」張端義（宋人，生卒年不詳）貴耳集：「今之校椅，古之胡牀也。自來只有栲栳樣，宰執侍從皆用之。京尹奉承時相，出意撰製，以荷葉托首，遂號太師樣，即後世所謂太師椅也。」清趙翼飯餘詩：「攜得胡牀臨水坐，柳蔭深處看荷花。」近人姚華（一八七六—一九三〇）曲海一勺駢史下：「先生杖履留春，老子胡牀玩月。」

九、鏡

美稱寶鑑。新唐書張九齡傳：「千秋節，公、王並獻寶鑑。」紅樓夢第十二回：「（賈瑞）拿起那寶鑑來，向反面一照，……。」

ㄐㄧㄥˋ。小篆作「鏡」。說文通訓定聲：「金有光可照人者，亦曰鑑。」照形取影之具也。古以銅為鏡，近世以玻璃，塗汞齊（即汞合金，齊，合金也。如：錫汞齊、銀汞齊）製成之。釋名釋首飾：「鏡，景也，言有光景也。」廣雅釋器：「鑑謂之鏡。」大戴禮記保傅：「明鏡者，所以察形也。」莊子天下：「其動若水，其靜若鏡，其應若響。」韓非子說林：「古之人，目短於自見，故以鏡觀面。」古樂府木蘭詩：「當窗理雲鬢，對鏡帖花黃。」唐韓愈芍藥歌：「欲將雙頰一睎紅，綠窗磨徧青銅鏡。」事物紀原什物器用部鏡：「玄中記曰：『羽壽作鏡。』堯臣也。黃帝內傳曰：『帝既與王母□□□□乃鑄大鏡十二面，隨月用之，則鏡蓋肇於軒轅□□□□□也。』」

十、屏

雅稱清防。南朝宋顏延之（三八四—四五六）直東宮答鄭尚書詩：「踟躕清防密，徙倚恆漏窮。」

ㄆㄧㄥˊ。小篆作「」。說文：「屏，蔽也。从尸、并聲。」今人高樹藩云：「小篆屏：从屋省（省屋下至）并聲。」（形音義綜合大字典）。有多義：

一曰照壁，對門小牆也。荀子大略：「天子外屏，諸侯內屏。外屏，不欲見外也；內屏，不欲見內也。」楊倞注：「屏謂之樹，鄭康成云：『若今之浮思也。』」大戴禮記武王踐阼：「王端冕，師尚父亦端冕，奉書而入，負屏而立。」盧辯注：「樹謂之屏。」西晉左思魏都賦：「廈屋一揆，華屏齊榮。」李善引爾雅：「屏謂之樹。」

一指扆，猶屏風也。書顧命：「越七日，癸酉。……狄設黼扆綴衣。」孔傳：「扆，屏風，畫為斧文，置戶牖間。」史記孟嘗君列傳：「孟嘗君待客坐語，而屏風後嘗有侍史主記君所與客語。」燕丹子：「八尺屏風，可度而越。」事物紀原舟車帷幄部屏風：「周禮掌次，設皇邸。鄭司農云：『邸，後板也。』康成謂：『後板、屏風。禮記明堂位曰：天子負斧，扆而立。』陸法言云：『今屏風，扆遺像也。』三禮圖曰：『屏風之名出於漢世，故班固之書，多言其物。徐堅為初學記，亦載漢劉安、羊勝等賦。然則，漢制屏風蓋起於周皇邸斧扆之事也。』」南唐書補注：「屏風所以障風，亦所以隔形，古者扆之遺象。」前蜀韋莊（八三六？—九一〇）望遠行詞：「欲別無言倚畫屏，含恨暗傷情。」三國演義第三四回「蔡夫人隔屏聽密語，劉皇叔躍馬過檀溪。」清厲鶚東城雜記虞宗玟宗瑤：「及卒，中堂門署喪屏，庭設司鼓。」

一稱蔽障之物。詩小雅桑扈：「君子樂胥，萬邦之屏。」毛傳：「屏，蔽也。」鄭玄箋：「王者之德，樂賢智在位，則能為天下蔽悍四表患難也。」墨子旗幟：「於道之外為屏，三十步而為之圜，高丈。」東晉孫綽（三一四—三七一）遊天臺山賦：「踐莓苔之滑石，搏壁立之翠屏。」李善注：「翠屏，石橋之上石壁之名也。」

屏，亦稱蕭牆。

十一、箱、篋、笥、筐

四者皆為竹製貯物器具。

箱，方形有底蓋。篋，ㄑㄧㄝˋ。小箱。「箱」、「篋」合為一詞，指大小箱子。笥，ㄙˋ。既盛衣物，亦用以盛飯食。筐，ㄎㄨㄤ。與筥（ㄐㄩˇ）類似；惟前者呈方形，後者作圓柱狀，皆無蓋。太平御覽卷九六九魏武帝（曹操）為兗州牧上書：「山陽郡有美梨，謹上甘梨三箱。」北宋蘇軾贈呂倚詩：「家藏古今帖，墨色照箱筥。」儒林外史第十八回：「忙到下午，趙雪齋轎子纔到了，下轎就叫取箱來。轎夫把箱子捧到，他開箱取出一箇藥封來。」左傳昭公一三年：「衛人使屠伯饋叔向羹與一篋錦。」史記樗里子甘茂列傳：「樂羊返而論功，文侯示之謗書一篋。」唐韓愈送文暢師北遊詩：「開張篋中寶，自可得津筏。」書說命中：「惟衣裳在笥，惟干戈省厥躬。」禮記曲禮上：「凡以弓劍苞苴簞笥問人者，操以受命，如使之容。」鄭玄注：「簞笥，盛飯食者，圜曰簞，方曰笥。」莊子秋水：「王巾笥而藏之廟堂之上。」詩召南采蘋：「于以盛之？維筐及筥。」毛傳：「方曰筐，圓曰筥。」漢書賈誼傳：「俗吏之所務，在于刀筆筐篋。」

箱，又稱韋篋、竹笥。（家禮大成卷三）。箱、篋、笥、筐，原皆以竹材編製，近世則亦以木、革、金屬等材料製作，不受限於竹製品也。

臺語稱家具曰家笥。惟恆見寫成「家司」或「傢伺」者；前者屬白字，不可取，後者為港澳、羊城等地所用俗體字，附誌之。

十二、櫃

亦稱木匱。（家禮大成卷三）

ㄍㄨㄟˋ。小篆作「櫃」。甲文、金文闕。从木、从匱，或从木、匱聲。屬會意兼形聲字。本義「（小）匣」。韓非子外儲左上：「楚人有賣其珠於鄭者，為木蘭之櫃，薰以桂椒，綴以珠玉，飾以玫瑰，輯以翡翠。」晉書甘卓傳：「其家金櫃鳴，聲似槌鏡，清而悲。」後泛指盛放衣物、書籍等之正方體或長方體狀器具；多為木製或金屬製。唐白居易宿杜曲花下詩：「斑竹盛茶櫃，紅泥罨飰爐。」又，題文集櫃詩：「破柏作書櫃，櫃牢柏復堅。」

四周高起，用以蓄水之處，亦曰櫃。清俞正燮（一七七五—一八四〇）癸巳存稿會通河水道記：「閘河西舊有湖，周六十五里，有閘四，堤口六，明永樂時創之為水櫃。」

十三、簾

ㄌㄧㄢˊ。小篆作「」。說文：「堂簾也，从竹、廉聲。」說文通訓定聲：「聲類：簾，戶蔽也。按：縷竹為之，施于堂戶，所以隔風日而通明者也。亦曰薄，今作箔。其布者曰嗛。」方言云：「自關而西曰箔，自關而東曰簾。此揚雄所記漢代語，今則統稱曰簾。」西京雜記卷二：「漢諸陵寢，皆以竹為簾，簾皆為水紋及龍鳳之像。昭陽殿織珠為簾，風至則鳴，如珩佩之聲。」漢書外戚傳下孝成趙皇后：「嚴持簾書，置飾室簾南去。」南史沈驎士傳：「居貧，織簾誦書，鄉里號為織簾先生。」南朝齊謝朓（四六四—四九九）和王主簿怨情：「花叢亂數蝶，風簾入雙燕。」國史補：「尚書李廙，有清德，其妻劉晏妹也，晏見其門簾甚敝，乃以粗竹編成，不加緣飾，將以贈廙，三攜至門，不敢發言而去。」北宋張耒（一〇五四—一一一四）夏日詩：「落落疏簾邀月影，嘈嘈虛枕納溪聲。」

簾之異名有笛、箔、薄、麴、篷箔、薄曲、戶幃、幰帢、鰕鬚……（事物異名卷下、事物異名錄卷一九）。

十四、屐

ㄐㄧ。小篆作「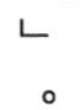」。甲文、金文闕。說文：「屐，履屬。从履省、予聲。」「履，足所依也。」木製鞋，底大、恆有二齒，以行泥地。急就篇卷二：「屐屩絜麤贏窶貧。」顏師

古注：「屐者，以木為之，而施兩齒，所以踐泥。」晉書五行志上：「初作屐者，婦人頭圓，男子頭方。圓者，順之義，所以別男女也。至太康初，婦人屐乃頭方，與男無別。」一切經音義卷一四引南朝宋劉敬叔異苑：「介之推抱樹燒死，晉文公伐以製屐。」宋書謝靈運傳：「好山水，……常著木屐，上山則去其前齒，下則去其後齒。」唐李白越女詞之一：「屐上足如霜，不著鴉頭襪。」南宋呂祖謙（一一三七—一一八一）臥游錄：「（謝靈運）嘗著大屐，上山則去前齒，下山則去後齒。」木屐，臺語稱「柴屐」。

十五、臉盆

洗臉用，口略小、底稍大，類圓缽形的器皿。遠古時為瓦製品，其後多屬金屬製品，間亦有木製品。二十世紀塑膠業興起後，普遍為塑膠品。盥洗室、浴室等多採瓷製品或不繡鋼製品。臉盆又稱面盆，昔亦稱盥盆。兒女英雄傳第四回：「如今看了看那木盆實在腌臢，自己又不耐煩再去拿那臉盆、飯碗的這些東西。」近人蔣冰之（一九〇四—一九八六）母親四：「于敏芝捧著一臉盆紅透的李子，吃力地在他們後邊追了過來。」近人葉紹鈞（一八九四—一九八八年）多收了三五斗：「『當，當，當，——『洋瓷面盆刮刮叫，四角一隻真公道。鄉親們！帶一隻去吧。』」明瞿汝稷（？—？，萬曆間人）指月錄卷七：「僧文通慧者，河南開封府白雲寺僧也，其師令掌盥盆。」清梁章鉅（一七七五—一八四九）歸田瑣記請鑄大錢：「一盥盆，一炭盆，一壺一鑊，動重數觔。」

十六、尺

一稱裁尺。（家禮大成卷三）

ㄔˇ。小篆作「」。說文：「尺，十寸也。人手卻十分，動脈為寸口，十寸為尺。」長度名。十寸為尺，十尺為丈。古尺長度迭有增損；今世通用公制：一公尺（米）等於十公寸（分米），一公寸等於十公分（釐米），一公分等於十公釐（毫米）。

尺，亦為量具之名。墨子經說下：「夫名，以所明正所不智，不以所不智疑所明，若以尺度所不智長。」孫詒讓閒詁：「言以所明正所不知，若不知物之長而以尺度之也。」太平御覽卷八三〇引三國魏魚豢魏略：「昔長安市儈有劉仲始者，為一市吏所辱，乃感激蹹其尺折之，遂行學問。」唐杜甫秋興詩之一：「寒衣處處催刀尺，白帝城高急暮砧。」韓愈和侯協律詠筍：「驗長常攜尺，愁乾屢側盆。」

十七、傘

亦稱雨蓋。（家禮大成卷三）

ㄙㄢˇ。小篆作「」（篆典）、「」（說文新附）。集韻：「傘，蓋也①。」又，「繖，通作『傘』。」正字通：「傘，禦雨蔽日，可以卷舒者。」又，「繖，本作『繖』。」通俗編器用繖：「按：古亦謂雨蓋曰繖。史記五帝紀注：『舜以兩繖自扞，……』以其同覆

首上，借名也。」三才圖會雨傘：「雨傘，六韜曰：『天雨不張，蓋幔（幔），周初事也。』通俗文曰：『張帛避雨謂之繖，蓋即雨傘之用，三代已有也。繖、傘字通。』」綜上所引，傘「本作『繖』，又作『繖』，由柄、骨、蓋組成，可以張合（即所謂卷舒），用以擋雨（即禦雨）或遮陽之日用器物。故又稱雨蓋（古語）、亦稱陽傘（為遮陽）。遠古，多採絲質材料製蓋，故从絲。近世，除仍採絲綢為材外，並兼採油布（紙）、塑膠材，前者多製成陽傘，後者用以專製雨傘。魏書裴延儁傳附裴良：「服素衣，持白傘白幡。」南宋楊萬里（一一二七—一二〇六）脫歸遇雨詩：「略略煙痕單許低，初初雨影傘先知。」紅樓夢第五〇回：「遠遠見賈母……打著青綢油傘；鴛鴦、琥珀等五六個丫鬟，每人都是打著傘，擁轎而來。」近人葉紹鈞火災：「我們到航船埠，衣服給雨沾溼了，——很奇怪我和我的一家人都不曾想起帶雨傘這回事。」雨傘，廣東海豐方言稱「雨遮」。

傘，亦特指傘蓋言。帝制時代鹵簿儀仗物之一也。長柄、圓頂、傘面四緣流蘇垂下。恆以顏色別官品尊卑高下。隋書禮儀志五：「王、庶姓王、儀同三司已上、親公主，雉尾傘，紫傘。皇宗及三品已上官，青傘朱裏。其青傘碧裏，達於士人，不禁。」儒林外史第十八回：「人只看見他大門口，今日是一把黃傘的轎子來，明日又是七八個紅黑帽子吆喝了，那藍傘的官不算，就不由的不怕。」近人彭湃（一八九六—一九二九）海豐農民運動第八節：「飯畢，某農友打起足綁，攜著長柄紙雨遮，打一支馬燈，……。」

又，舊時紳民為頌揚地方官（如：知縣、知府……）德政，集資製作萬民傘，亦稱萬民牌傘以呈贈之。傘四緣綴赤色綢條，上書贈者名氏。糊塗世界卷一〇：「在位時，第一要聯絡紳士，要曉得地方官這些萬民傘、德政牌，並不是百姓送的，百姓一樣出錢，卻亦不能不出錢，出錢之後，紳士來還官的情。」近人魯迅且介亭雜文說面子：「有一國從青島撤兵的時候，有人以列名于萬民傘上為『有面子』。」冷眼觀第七回：「我年伯就即日交卸了江寧府篆務，彼都人士，公餞行旌，送萬民牌傘，又忙碌了數日。」

十八、酒杯

一作「酒盃」、「酒桮」。飲酒用杯。杯，ㄅㄟ。今漢語多稱杯子。太平御覽卷八五〇引漢應劭風俗通：「吳郡名酒杯為欓，言大餓人得一欓飯無所益也。」北宋沈遘（一〇二五—一〇六七）次韻和少述秋興：「勝事秖隨詩句盡，壯懷猶向酒桮舒。」金元好問庚子三月十日作詩：「殘夢忘書帙，餘香殢酒杯。」元揭傒斯（一二七四—一三四四）四友詩之：「青天入酒盃，歌笑中夜激。」明張茅亭（？—？）一封書閨怨用斷腸集結尾曲：「殘燈對酒盃。」二十年目睹之怪現狀第四八回：「後來小雲輸了拳，他伸手取了酒杯代吃。」

酒筒、酒觴、酒盞（亦作酒醆、酒琖。小酒杯）與「酒杯」同義。清厲鶚（一六九二—一七五二）吳興月夜雜題詩之四：「隔溪燈火晚冥濛，留客空齋賭酒筒。」五代十國閩翁承贊（生卒年不詳，晚唐、後梁間人）漢上登舟憶閩詩：「久客自憐歸路近，算程不怕酒觴空。」明何景明壽李生父詩：「充閭更有子，莫厭酒觴煩。」清黃遵憲（一八四八—一九〇五）庚辰四月約游後樂園詩：「豈識當時圖後樂，酒觴未學淚有痕。」唐杜甫酬孟雲卿詩：「但恐銀河落，寧辭酒盞空。」北宋柳永（九八七？—一〇五四？）看花回詞：「畫堂歌管深深處，難忘酒琖花枝。」蘇軾題子明詩後：「吾少年望見酒盞而醉，今亦能三蕉葉矣。」又，次韻送徐大正：「別時酒醆照燈花，知我歸期漸有涯。」金元好問又解嘲詩之二：「詩卷親來酒醆疎。朝吟竹隱暮南湖。」清陳沂震（？—？）雲安詩：「雲安麴米今何有，寂寞誰憐酒盞空。」酒椀，一作酒盌。「椀」同「碗」。亦為飲酒器皿。唐蘇鶚（？—？，光啟二年進士）蘇氏演義卷下：「魏武帝以瑪瑙石為馬勒，硨磲為酒椀。」北宋黃庭堅戲效禪月作遠公詠：「邀陶淵明把酒椀，送陸修靜過虎溪。」南宋石孝友（？—？，乾道二年進士）水調歌頭詞：「點檢詩囊酒盌，檯帖舞裀歌扇，收盡兩眉愁。」

爵，古盛酒禮器。形似雀，較尊、彝小，受一升。亦用以飲酒。詩大雅行葦：「或獻或酢，洗爵奠斝。」左傳莊公二一年：「鄭伯之享王也，王以后之鞶鑑予之。虢公請器，王予之爵。」孔疏：「爵，飲酒器，玉爵也。」禮記禮器：「宗廟之器，貴者獻以爵。」鄭玄注：「凡觴，一升曰爵。」杯中盛酒曰觴。大戴禮曾子事父母：「執觴觚杯豆而不醉，和歌而不哀。」東晉陶潛歸去來兮辭：「引壺觴以自酌，眄庭柯以怡顏。」

臺語酒杯，多稱「酒甌」。飲器曰甌。唐李羣玉（？—八六二？）龍山人惠茶詩：「持甌默吟詠，搖膝空咨嗟。」南宋陸游閑遊所至少留得長句詩：「我亦翛然五湖客，不妨相與試茶甌。」元不忽木（一二五五—一三〇〇）上馬嬌曲：「但得個月滿，酒滿甌，雄飲醉時休。」

十九、等子

衡器名。一種稱量金、銀、珠寶或珍貴藥材的小秤。今多稱「戥子」①。北宋李廌（一〇五九—一一〇九）師友談記：「邢和叔嘗曰：『子之文銖兩不差，非秤上秤來，乃等子上等來也。』」古今小說新橋市韓五賣春情：「（吳山）踱到門前，向一個店家借過等子，將身邊買絲銀子秤了二兩，放在袖中。」

為確定某物品之高下等級，按等級次第，選擇該物品若干件，以為衡量之標準。此種作為衡量標準之物品，稱「等子」。南宋張世南②（?—?）游宦紀聞卷五：「宣和殿有玉等子，以諸色玉次第排定，凡玉至則以等子比之，高下自見，今內帑有金等子，亦此法。」

又，宋制：御前儀衛，有稱等子之軍職人員。南宋趙昇（?—?）③朝野類要故事：「軍頭引見司等子，舊是諸州解發強勇之人，經由遞傳至京師，今則只取殿前舊司捧日等指揮人兵揀為之……等子之上，謂之忠佐軍頭，皆由百司人兵親兵及隨龍人，年勞陞為之，或幕士帶之。」吳自牧④（?—?，錢塘人）夢粱錄車駕詣景靈宮孟饗：「更有內等子，即御前忠佐軍頭引見司人員等，各頂帽，鬢髮蓬鬆，著紅纈衫，兩手握拳，顧望導行。」宣和遺事前集：「（徽宗）去內門直上賜酒，兩壁有八廂，有二十四個內前等子守著。」

①戥，ㄉㄥˇ。本作「等」。清吳榮光（一七七三—一八四三）吾學錄卷八權量：「權之屬曰法馬，曰秤，曰戥。」紅樓夢第五十一回：「麝月便拏了一塊銀，提起戥子來問寶玉：『那是一兩的星麼？』」

②張世南一作張士南。南宋末年鄱陽（今江西鄱陽縣；民四六，中共改名波陽縣）人。

③昇，字向晨。所撰朝野類要徵引綦詳。

④靖康之變，舉家隨宋室南遷，遂為錢塘人。

卷十、茶酒油糧

一、雀舌

以嫩芽焙製而成之上等茶，曰雀舌。後遂用以雅稱茶葉。唐劉禹錫病中一二禪客見問因以謝之詩：「添爐烹雀舌，灑水淨龍鬚。」北宋沈括夢溪筆談雜志一：「茶芽，古人謂之『雀舌』、『麥顆』，言其至嫩也。」明汪廷訥（？—？，萬曆間官鹽運使。）種玉記拂券：「玉壺烹雀舌，金碗注龍團。」

二、魯酒

本指魯國所生產的酒，其味淡薄。後用以謙稱薄酒、淡酒。北周庾信哀江南賦序：「楚歌非取樂之方，魯酒無忘憂之用。」北宋梅堯臣依韻和子聰夜雨：「況值相如渴，無嫌魯酒甜。」清李漁慎鸞交造端：「爹媽今日遠行，孩兒與媳婦備有魯酒奉餞。」

附：魯酒薄而邯鄲圍

語出莊子胠篋：「……天下之善人少，而不善人多；則聖人之利天下也少，而害天下也多。故曰唇竭則齒寒，魯酒薄而邯鄲圍。聖人生而大盜起，……」陸德明釋文：「許慎注淮南云：『楚會諸侯，魯、趙俱獻酒於楚王，魯酒薄而趙酒厚。楚之主酒吏求酒於趙，趙不與。吏怒，乃以趙厚酒易魯薄酒奏之。楚王以趙酒薄，故圍邯鄲也。』」後因用以喻事情輾轉相因，彼此牽連。北齊劉晝新論慎隙：「魯酒薄而邯鄲圍，羊羹偏而宋師敗①，郈孫以鬥雞亡身②，齊侯以笑嬪破國③。」唐劉知幾史通惑經：「春秋捐其首謀，捨其親弑④，亦何異魯酒薄而邯鄲圍，城門火而池魚及。」

①史記宋世家：「華元之將戰，殺羊以食士。其御羊羹不及，故怨馳入鄭軍。故宋師敗，得囚華元。」

②淮南子人間訓：「魯季氏與郈氏鬭雞，郈氏介其雞，而季氏為之金距。季氏之雞不勝，季平子怒，因侵郈氏之宮而築之，郈昭伯怒，傷之魯昭公曰：『……季氏之無道無上久矣，弗誅，必危社稷。』……使郈昭伯將卒以攻之。仲孫氏、叔孫氏相與謀曰：『無季氏，死亡無日矣。』遂興兵以救之。郈昭伯不勝而死，魯昭公出奔齊。」榮按：時周敬王三年甲申九月（合公元前五一七年）。

③周定王十五年己巳春（合公元前五九二年），晉使郤克等一行至齊，適魯季孫行父、衛孫良夫亦至。客或跛（郤克）、或眇（良夫）、或禿（行父）。齊頃公使宮中嬪婦隔帷觀看。郤克跛，登階，婦人笑于房。克怒，出而誓曰：『所不此報，無能涉河。』」後郤克以晉、魯、衛之師伐齊，大敗齊師於鞌。事詳左傳宣公十七年、成公二年。

④首謀，指主犯。親弒，謂自己持械行刺君長。事詳公羊傳莊公廿八年至閔公二年（前六六六—六六〇）。魯莊公為立嗣所引發兄弟鬩牆、相互殺伐與慶父之亂。

三、玉友

唐宋之間，以糯米與酒麴①精釀而成的酒，因其色瑩白如玉，故名。後人亦用以通稱美酒。南宋張表臣（？—？約為靖康、隆興間人）珊瑚鉤詩話卷三：「以糯米藥麴作白醪②，號玉友。」唐盧綸（？—約卒於貞元十五年）題賈山人園林詩：「五字每將稱玉友，一尊曾不顧金囊。」③南宋呂頤浩（一〇七一—一一三九）與賀子忱書：「頃歲寄居南京④及維揚⑤，自釀玉友，親知以為妙，嘗著玉友補遺一卷。」辛棄疾鷓鴣天詞：「呼玉友，薦⑥溪毛⑦，殷勤野老著相邀。」元盧摯（一二四二？—一三一四年？）喜春來陵陽客舍偶書曲：「攜將玉友尋花寨⑧，看褪梅粧等杏腮⑨。」

①麴，俗體作「麯」，ㄑㄩ。酒母。和入已熟米、麥、高粱…使發酵釀酒之含有麴菌物質名。其用米製成者曰米麴，以麥製成者曰麥麴。麴亦稱麴櫱（ㄋㄧㄝˋ）。藥麴，指米麴或麥麴言。

②白色的濁酒。醪，ㄌㄠˊ。濁酒。

③大意謂：好的表章總贊許它是『玉友』，往往不考慮那一壺有多昂貴。東晉郭頒（？—？）魏晉世語：「司馬景王命中書郎虞松作表，再呈不可，意令松更定之，經時竭思不能改，

心有憂色……（鍾）會取草視，為定五字。松悅服，以呈景王。景王曰：『不當爾耶？』松曰：『鍾會也。』王曰：『如此可大用，真王佐才也。』」榮按：景王，指司馬師。唐沈佺期同韋舍人早朝詩：「一經傳舊德，五字擢英才。」尊，酒器。同「樽」、「罇」；在此，一尊，猶云一壺。金囊，本義「放置金的袋子」。語本史記酈生陸賈列傳：「（尉他）廼大說陸生，留與飲數月。曰：『越中無足與語，至生來，令我日聞所不聞。』賜陸生囊中裝直千金，他送亦千金。」唐宋之問（六五六？—七一二？）桂州三月三日詩：「不使漢使金囊贈，願得佳人錦字書。」李白禪房懷友人岑倫詩：「寶劍終難託，金囊非易求。」在此，金囊作引申義「昂貴」解。

④今南京市。

⑤揚州別稱維揚。出自書禹貢：「淮海惟揚州。」尚書「惟」，毛詩皆作「維」。唐劉希夷（六五一—？）江南曲之五：「潮平見楚甸，天際望維揚。」

⑥獻。論語鄉黨：「君賜腥，必熟而薦之。」

⑦溪流中的水藻。左傳隱公三年：「澗谿沼沚之毛，蘋蘩蘊藻之菜。」北宋梅堯臣上巳日午橋石瀨中得雙鱖魚詩：「水髮黏篙綠，溪毛映渚春。」

⑧猶云花村、花莊。

⑨作者將花擬人化，故有「梅粧」、「杏腮」之說。全句意謂梅已凋落、杏花含苞待放。

四、截漿、酸漿

酢，ㄘㄨˋ。甲文闕。金文作「」，小篆作「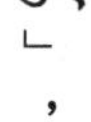」，隸書作「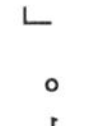」。小篆酢：从酉、乍聲，本義作「醶」解（詳通訓定聲），乃大酸之名，亦名曰截（ㄗㄞˋ），由酒製成之。酉，古「酒」，故从酉。又以乍本作「暫」解，乃為時甚短意；酢味甚酸，但歷時稍久，其味漸失，故从乍聲。此一本義，古籍雖間用之，但經傳多借為酬醋字，今酢、醋二字互譌。前述，大酸曰酢；今字作「醋」。臺語仍稱「酸酢」。味酸、液態，為調味品之一，其成分約含醋酸（Acetic acid, CH_3COOH，又稱乙酸）3%-10%，除放出醋酸臭氣外，有其特殊香味。釀造法有以酒或酒糟使起醋酸發酵而成者，或以米、麥、高粱等穀物直接釀成者，味亦微異。

醋，雅詞作「截漿」、「酸漿」。周禮天官酒正：「……三曰漿。」鄭玄注：「漿，今之截漿也。」賈公彥疏：「此漿亦是酒類。」按以熟飯釀製，帶有醋味的酒，即古人所謂截漿。本草綱目草五酸漿：「……開小花黃白色，紫心白蕊，其花如杯狀，無瓣，但有五尖。結一鈴殼，凡五稜，一枝一顆，下懸為燈籠之狀，殼中一子，狀為龍子，生青熟赤。……清熱、解毒、利嗽。」二者皆有酸味，故借用之。後者見諸家禮大成卷三（雍正十三年呂仲輯印）

清季浙江杭州某富紳貪婪刻薄、財大氣粗，斥資籌營酒樓，倩人撰作開張聯，期頌酒醇、醋酸、豬肥、人旺、店面潔淨，沒有老鼠。秀才某慨允捉刀，推敲片刻、援筆而成，曰：

釀酒缸缸好做醋罈罈酸；
養豬大如山老鼠隻隻亡。

富紳喜不自勝，即刻張貼門前兩楹。路人見之，類皆莞爾，蓋會意不同，斷句不一──

釀酒缸缸好，做醋罈罈酸；
養豬大如山，老鼠隻隻亡。

釀酒缸缸好做醋，罈罈酸；
養豬大如山老鼠，隻隻死。

錄之，以博一粲。（張廣楠祈園聯語卷六光緒卅四年宏道堂刊本）

五、豆豉①

雅稱香花。（家禮大成卷三）。

豆製食品。一般用大豆（黃豆）或黑豆蒸熟以後，經發酵製成，多用於調味。北魏賈思勰（？—？，曾任高陽太守）齊民要術作豉法第七二：「食經作豉法：『常夏五月至八月，是時月也。率一石豆，熟澡之，漬一宿。明日，出，蒸之，手捻其皮破則可，便敷於地……豆須通冷，以青茅覆之，……。三日視之，要須通得黃為可。……三蒸曝則成。』」今人楊明顯故都風味小吃：「它（按指滷煮小腸）的作法是……用清水淘洗幾次，然後用一百度開的沸水煮，配上去腥味的八角、茴香、花椒大料瓣兒，快熟時再放落上好的口蘑醬油②、豆豉。」

①ㄉㄡˋ ㄔˇ。

②加料醬油之一。以口蘑（有白色肥厚菌蓋的蕈）調製成的醬油。

六、清膏

膏曰油，指動物之脂肪。儒林外史第三回：「這十幾年，不知豬油可曾吃過兩三回哩？」淨澈無絲毫雜質曰清。詩小雅信南山：「祭以清酒，從以騂牡。」東晉陶潛歸去來兮辭：「登東皋以舒嘯，臨清流而賦詩。」油，雅稱清膏，謂澄澈潔淨無雜物於其中也。語出呂仲家禮大成（卷三）。

七、銀砂

銀砂本作「銀沙」。用以比喻白雪。前蜀韋莊夜雪泛舟遊南溪詩：「兩岸嚴風吹玉樹，一灘明月曬銀砂。」清鄭燮（一六九三—一七六五）山中臥雪呈青崖老人詩：「一夜西風雪滿山，老僧留客不開關。銀沙萬里無來跡，犬吠一聲村落閑。」鹽，味鹹、色白的結晶體，可供調味等用。即氯化鈉（Sodium chloride, $NaCl$）。因其色澤，故借「銀砂」以名之。

八、白粲

米精白飽滿，故曰白粲。宋書孝義傳何子平：「揚州辟從事史，月俸得白米，輒貨市粟麥。人或問曰：『所利無幾，何足為煩？』子平曰：『尊老在東，不辨常得生米，何心獨饗白粲。』」北宋蘇軾送江公著知吉州詩：「白粲連檣一萬艘，紅粧執樂三千指。」明王錂（？—？萬曆間人）尋親記得胤：「白粲表芹意，紅葉不須題。」清梁紹壬（？—？）兩般秋雨盦隨筆鬢換銀米：「（顧威明）遂令家人從旁細數，計削去四十三莖，立取白粲三百石送之。鬢之遭際，亦奇矣哉？」

九、粗菽

豆，謙稱粗菽。（家禮大成卷三）

菽，ㄕㄨˊ。甲文、金文闕。小篆作「尗」：「一象地，其下象根、其上象戴生之形。豆生時，所種豆必分為兩瓣而戴於莖之頂，字象豆生形，其本義作「豆」也；尗象豆生之形也。」（說文段注）乃豆類之總稱。後漢書光武帝紀：「……麻尗尤盛，……」為古「菽」字之僅存者。隸書菽：从艸；叔聲，本義作「豆」解，乃眾豆之總稱（廣韻），以豆類咸為草本，故菽从艸。惟徐灝以為「尗又作『叔』：从又者，采攗之意，因為伯叔字所專，故別作『菽』。」證之莊子列禦寇：「莊子應其使曰：『子見乎犧牛乎？衣以文繡，食以芻叔，及其牽而入於大廟，雖欲為孤犢，其可得乎？』」可信。詩豳風七月：「七月亨葵及菽，八月剝棗，十月獲稻。為此春酒，以介眉壽。」注：「葵，菜名。菽，豆也。」禮記檀弓下：「子路曰：『傷哉！貧也。生無以為養，死無以為禮也。』孔子曰：『啜菽飲水，盡其歡，斯之謂孝；斂手足形，還葬而無槨，稱其財，斯之謂禮。』」釋文引王云：「熬豆而食曰啜菽。」左傳成公十八年：「周子有兄而無慧，不能辨菽麥，故不可立。」「粗」為「細」相對；粗菽，屬謙詞。

十、首種

首種，ㄕㄡˇ ㄓㄨㄥˋ。意謂最先播種的莊稼。一指稷。禮記月令：「〔孟春之月〕行冬令，則水潦為敗，雪霜大摯，首種不入。」鄭玄注：「舊說首種謂稷。」孔穎達疏：「按考靈耀云：日中星鳥，可以種稷。則百穀之內稷先種，故云首種。首即先也，種在百穀之先也。」一說為麥，麥以秋種，故云首種。東漢蔡邕月令章句持此說；此處，從後說，麥雅稱首種也。

十一、裹蒸

（蒸）餅，雅稱裹蒸。南齊書明帝紀：「太官進御食，有裹蒸。」資治通鑑齊明帝建武三年引此文，胡三省注曰：「今之裹蒸，以餹和糯米，入香藥、松子、胡桃仁，以竹籜裹而蒸之。」唐孫元晏（？—？，晚唐人）詠史詩齊明帝裹蒸：「惜得裹蒸無用處，不如安霸取江山。」一說，裹蒸即角黍。（按：今稱粽子。）明王志堅（？—？，萬曆卅八年進士）表異錄飲食：「南史『大官進裹蒸』，今之角黍也。」

十二、粉餌

以米粉等製成之食品，曰粉餌。糕，雅稱粉餌。儀禮既夕禮：「四籩，棗糗栗脯」鄭玄注：「糗，以豆糗粉餌。」南宋范成大祭竈詞：「豬頭爛熟雙魚鮮，豆沙甘鬆粉餌團。」清趙翼真州蕭娘製糕餅最有名詩：「帶得脂香價更高，一奩粉餌入風騷。」孟元老（？—？，北宋末，南宋初人）東京夢華錄重陽：「前一二日，各以粉麪蒸糕遺送，上插剪綵小旂……又以粉作獅子蠻王之狀，置於糕上，謂之『獅蠻』。」近人劉半農（一八九一，一作一八九〇—一九三四）揚鞭集學徒苦：「臘月主人食糕，學徒操持臼杵！」

十三、粿

粿，ㄍㄨㄛˇ。米食製品。本草綱目草六醉魚草：「痰飲①成齁②，遇寒便發，取花③研末，和④米粉⑤作粿，炙⑥熟食之，即效。」

今臺語稱年糕曰甜粿⑦、蘿蔔糕曰菜頭粿、發糕曰發粿。米研成末、瀝乾加料，裝碗蒸熟曰碗粿。粿，雅稱玉飴。（清呂仲家禮大成卷三）

①病症名。四飲之一。中醫謂體內過量水液不得輸化、停留或滲注於某一部位所發生的疾病。一般認為「稠濁者為痰，清稀者為飲。」東漢張仲景（？—？延熹黃初間人。）金匱要略痰飲欬嗽病脈證並治：「其人素盛今瘦，水走腸間，瀝瀝有聲，謂之痰飲。」

②ㄏㄡ。鼻道不通，所發出的聲音。

③指醉魚草所結的花。

④ㄏㄨㄛˋ。調勻、攙和。

⑤米研成粉末狀。

⑥ㄓˋ。薰燒，猶烘烤。

⑦米粉和糖，蒸熟而成。閩南、臺灣等地，於冬至後須蒸甜粿，備除夕至上元間祭祖、祀天、拜神；遇當年家有喪事發生，僅能蒸製蘿蔔粿與發粿。甜粿由近親或戚族贈送之。

十四、香餄

餃，ㄐㄧㄠˇ。雅稱香餄。一種有餡的麪食。正字通食部：「餃……今俗餃餌，屑米、麪和飴為之，乾溼大小不一。水餃餌即段成式食品『湯中牢丸』。或謂之粉角。北人讀角如矯，因呼餃餌。譌為『餃兒』。」清稗類鈔飲食京師食品：「其在正月，則元日至五日為破五，舊例食水餃五日，日煮餑餑。」餑餑，ㄅㄛ ㄅㄛ。方言。麪餅、餃子、饅頭……麪食的通稱。亦專指雜糧與麪合製而成之塊狀食品。清富察敦崇（一八五五—？）燕京歲時記元旦：「是日，無論貧富貴賤，皆以白麪作角而食之，謂之煮餑餑，舉國皆然，無不同也。富貴之家，暗以金銀小錁及寶石等藏之餑餑中，以卜順利。」清會典事例內務府二三餑餑房備用：「設內餑餑房，外餑餑房。」

十五、秈、粳

秈，ㄒㄧㄢ。水稻品種之一。早熟，米粒細長，少黏性。集韻平僊：「秈，方言：『江南呼粳為秈。』或作籼。」本草綱目穀一秈：「秈亦粳屬之先熟而鮮明之者，讀謂之秈。種自占城國，故謂之占。俗作黏者，非矣……高仰處俱可種。其熟最早，六七月可收。品類亦多，有赤白二色，與粳大同小異。……秈米，氣味甘、溫、無毒。」

粳，ㄍㄥ、語音ㄐㄧㄥ。學名 *Oryza setiva*。稻之不黏者。禾本科，一年生草本，莖高三、四尺，圓而中空、有節；葉互生，形細長，有平行脈；葉柄呈鞘狀；秋月，莖梢抽穗著小花，花無萼及花冠，雄蕊六，雌蕊一，柱頭羽狀，實為穎果，其米曰粳米。本草綱目穀一粳：「粳乃穀稻之總名也，有早、中、晚三收。諸本草獨以晚稻為粳者，非矣。黏者為糯，不黏者為粳。」明宋應星天工開物稻：「凡稻種最多：不黏者，禾曰秔，米曰粳；黏者，禾曰稌，米曰糯。」

糯，ㄋㄨㄛˋ。臺語曰秫米。秫，ㄕㄨˊ。西晉崔豹古今注卷下：「稻之黏者為黍，亦謂稌為黍。」禮記月令：「仲冬，乃命大酋，秫稻必齊。」晉書陶潛傳：「乃使一頃五十畝種秫，五十畝種秔。」

卷十一、南北乾貨

一、魚翅

名貴海味。以大型或中型鯊魚背、胸、尾部等鰭乾製而成。大陸地區沿海均有生產。品種多，有明翅、烏翅與堆翅等之別①。二十世紀中、末葉，全球環保意識抬頭，鯊魚已列入保育魚類，禁止濫捕、濫殺；以魚翅為食材之菜肴，遂成爭議性之料理。

魚翅，又稱鯌翅②。清李潤元（一七三四—一八〇二）然犀志沙魚：「沙魚，古名鮫魚，一名珠鮫……又名鯌魚。」故有是稱。

附：鯊

鯊，ㄕㄚ。亦稱「沙魚」、「鮫」。脊椎動物亞門、軟骨魚綱、鯊魚目（Selachii）板鰓魚類之通稱。體一般呈紡錘形。鰓裂每側五至七個，背鰭一或兩個，尾鰭發達、歪形，臀鰭有時消失。海生，少數種類亦進入淡水。肉食性，雄魚有鰭腳，眼眶上緣游離，體被楯鱗。牙齒銳利、特性凶猛。分布於全球海域。目前，已知者約二五〇種，在熱帶海域較多。大陸沿海地區約有百餘種。常見者有真鯊、姥鯊、星鯊、角鯊……。經濟價值高，除供食用外，肝可製魚肝油、皮可製革、骨可製膠、魚腦多膽固醇，鰭乾製成魚翅、唇乾製為魚唇、吻側軟骨乾製成明骨，皆名貴食材。

真鯊，軟骨魚綱、真鯊科。體呈紡錘形，長一至四公尺。頭寬扁，口寬大、呈深孤形，唇褶不發達。牙寬扁、亞三角形，上頜牙或下頜牙邊緣具細鋸齒。眼圓形、瞬膜發達。鰓孔中大。噴水孔消失。背鰭有二，無硬棘。卵胎生或胎生。棲息溫暖性近海，分布於溫帶與熱帶地區。大陸沿海地區約有十餘種，常見者有沙拉真鯊（Carcharhinus sorrah）…等。屬次要經濟魚類。肉供食用，肝可製魚肝油。

姥鯊（Cetorhinus maximus），亦稱「姥鮫」。軟骨魚綱、姥鯊科。體呈紡錘形，長十五公尺。灰褐色或青灰色。吻短、口大，牙小而多。眼小、無瞬膜。鰓裂寬大、鰓耙細長，「鯨鬚」狀，適於濾食。背鰭二，為大洋性上層魚類，主食浮游生物。幾遍布於全球各大洋，常作長距離洄游，亦至大陸地區沿海。肉供食用，皮可製革，肝可提取魚油。

星鯊（Mustelus manazo），軟骨魚綱、皺唇鯊科。體延長，一般長度約在一公尺以內，灰褐色，具白斑。眼有瞬膜；噴水孔小；牙細小而多，呈鋪石狀排列。棲息近海，食貝類、甲殼類。卵胎生。黃海、東海、南海、日本、朝鮮半島等水域均可見及。肉質鮮嫩，供食用。近緣種灰星鯊（M. griseus），無白斑、胎生。

角鯊（Squalus acanthias），軟骨魚綱、角鯊科。體呈紡錘形，長一公尺餘。色灰褐，有白斑。背鰭具硬棘，臀鰭消失。棲息近海。以魚類、軟體動物等為食。卵胎生。分布於北太平洋與北大西洋。大陸地區於東海、黃海水域可見及。數量較多。主要供食用，鰭可製魚翅、肝可製魚肝油。

①魚翅不僅講求品種（指鯊魚類別言），而且有其等級。色澤淡黃、有光澤，且呈半透明狀者，稱明翅；色灰褐者，稱烏翅；以鰭條乾製而成者，稱堆翅。六十餘年前，新加坡為魚翅最大之集散市場。

②鯌，音ㄘㄨㄛˋ。

二、海蜇

一作「海蛇」。學名 *Rhopilema esculentum*。腔腸動物門、缽水母綱。傘部隆起，呈饅頭狀，直徑達五十公分，最大可達一公尺。膠質較堅硬，通常青藍色。觸手乳白色。口腕八枚，多枚裂成許多瓣片。廣布我國沿海，其中以浙江海面最多。可供食用，並可入藥。捕獲後，以明礬和鹽處理，除去水分，洗淨並再用鹽漬，傘部稱蜇皮，口腕稱蜇頭。此外，南海水域另有一種白海蜇（R. hispidum），形狀相似而顏色稍異，亦供食用。

三、江珧柱

今多稱干貝，應作「乾貝」。又稱「貴海味」。使用扇貝、江珧（ㄧㄠˊ）、日月貝等閉殼肌乾製而成的食物。用江珧製成者，名江珧柱、江瑤柱，味極鮮美，含豐富蛋白質、糖元、琥珀酸，產於我國沿海。江珧柱，臺語恆訛讀作ㄍㄤ ㄉㄠ（入聲）ㄕㄨ，正確讀音為ㄍㄤ ㄧㄠ（入聲）ㄕㄨ；閩、臺多寫作江珧（瑤）珠。南宋吳曾（？—？，建炎、淳熙間人）能改齋漫錄卷十五：「紹聖三年，始詔福唐與明州歲貢車螯肉柱五十斤，俗謂之紅蜜丁。東坡所傳江瑤柱是也。曾子開感而賦詩，略云：『巖巖九門深，日舉費十萬。忽於泥滓中，得列方丈案。腥鹹置齒牙，光彩生顧眄。從此辱虛名，歲先包橘獻。微生知幾何？得喪孰真贗。玉食有云補，刳腸非所患。』」本草綱目介二海月：「〔釋名〕玉珧、江珧、馬甲。〔集解〕……奉化縣四月南風起，江珧一上，可得數百。如蚌稍大，肉腥韌不堪，惟中肉柱長寸許，白如珂雪。以雞汁瀹食，肥美。過火則味盡也。」

四、鮝

亦作「鯗」、「鱶」。ㄒㄧㄤˇ。乾魚；醃魚。東晉王羲之（三〇三—三六一）斬茶帖：「石首鯗食之消瓜成水。」吳郡志雜志引唐陸廣微吳地記云：「吳王回軍，會羣臣，思海中所食魚，問所餘何在，所司奏云：『並曝乾。』吳王索之，其味美，因書美下著魚，是為鯗字。」南宋王應麟（一二二三—一二九六）困學紀聞卷四：「陸廣微吳地記云：『闔閭思海魚而難於生致，治生魚鹽漬而日乾之，故名為鯗。』」本草綱目鱗三石首魚：「乾者名鯗魚。音想。亦作鱶。」清方文（一六一二—一六六九）品魚中品鮫詩：「翅若黃金絲，肥者厚如掌，庖人①薦②彘肩③，味不下白鯗。」近人胡祖德（？—？生卒年籍里均不詳）滬諺卷下：「三個銅錢買個落頭鯗④，越看越弗像。」自注：「鯗音想，應作鯗，鰳魚⑤乾者謂之鯗，俗稱鰳鯗。」

又，腌臘或加工精製之各種食物，亦謂之鯗。清方以智（一六一一—一六七一）物理小識飲食筍供：「煮久湯積為油，入少鹽，炭熇⑥之，其味獨全，山陰筍鯗是其類也。」紅樓夢第四十一回，「賈母笑道：『你把茄鯗撴⑦些喂⑧他。』鳳姐兒聽說，依言撴些茄鯗送入劉姥姥口中。」

①猶今云廚師。文苑英華卷一三九李蟾烹小鮮賦：「力刀之任，庖人是司。」
②送上。
③肘子。
④已逾保存期限、腐敗而有惡味的魚乾。
⑤即曹白魚。鰳，ㄌㄜˋ。
⑥ㄎㄠˋ。用火焙乾。說文作「稪」。
⑦ㄐㄧㄢ。夾取。
⑧喂，同「餵」。元方回（一二二七—一三〇七）估客樂詩：「養犬喂肉睡氈毯，馬廐驢槽亦丹雘。」氈毯，ㄓㄢ ㄊㄢˇ。毛薦。丹雘，漆以紅色顏料。雘，ㄏㄨㄛˋ。

五、紫菜

又稱「紫萸」①、「甘海苔」、「乾海苔」②。學名*Porphyra*。紅藻門、紅毛菜科。藻體呈膜狀，紫色或褐綠色。形狀隨種類而異。固著器盤狀。生長於淺海潮間帶岩石上。種類多，主要有甘紫菜（**p. Tenera**）、條斑紫菜（**P. Yezoensis**）、壇紫菜（**P. haitanensis**）等。大陸沿海地區已進行養殖。富蛋白質、碘、磷、鈣……，供食用與藥用。本草綱目菜四紫菜：「〔集解〕引孟詵曰：『紫菜生南海中，附石，正青色，取而乾之，則紫色。……（氣味）甘、寒，無毒。（主治）熱氣煩、塞咽喉，煮汁飲之。病癭瘤、腳氣者，宜食之。』」東晉郭璞江賦：「紫菜熒曄③以叢被，綠苔鬖髿④乎研上⑤。」注：「（李）善曰：『紫菜色紫，狀似鹿角菜而細生海中。』」

①萸，ㄖㄨㄢˊ。
②日人作此二稱，前者讀作あまのり、後者讀作ほしのり。
③ㄧㄥˊ ㄧㄝˋ。光明貌。
④ㄙㄢ ㄙㄨㄛ。似頭髮散亂狀。
⑤滑石上。研，滑石也。

六、淡菜

將貽貝①的肉，經燒煮、曝曬而成的乾貨。味佳美，以處理過程並未加鹽，故名。本草綱目介部淡菜：「〔釋名〕：殼菜、海蜌②、東海夫人。」唐韓愈唐正議大夫尚書左丞孔公墓志銘：「明州③歲貢海蟲、淡菜、蛤蚶可食之屬。」明楊慎升菴經說夏小正：「寧波④有淡菜，其形不典⑤。一名殼菜，亦以形近。」清李漁風箏誤婚鬧：「且嘗新淡菜，莫厭舊蟶條⑥。」

①軟體動物，殼三角形，表厚外黑，生活在淺海巖石上，肉味鮮美。

②ㄏㄞˇ ㄅㄧˋ。

③漢會稽郡地。唐開元廿六年（七三八）設州，以境內有四明山而得名，治鄮縣（五代吳越改名鄞縣）。南宋紹熙五年（一一九四）升為慶元府，明初改為明州府，洪武十四年（一三八一）改寧波府，清沿之。（以上參嘉慶一統志卷二九一）民國成立後為寧波市。

④參③。

⑤它的外貌粗俗。

⑥ㄔㄥ ㄊㄠˊ。蟶肉。蟶，蚌類。長二三寸，大如指，兩頭開、形狹長，有介殼兩扇，色白、味鮮美，俗呼蟶子。

七、香菇

又名「香蕈」①、「冬菇」②。學名*Lentinus edodes*。擔子菌亞門、傘菌科。菌蓋表面褐色，菌褶淡米黃色。菌柄筒狀或稍扁，米黃或米白色，基端略帶紅色或紅褐色。原生長於枯死的楓香、栲、枹、櫟、栗、野漆等樹幹。不耐高溫，子實體恆於立冬後至翌春清明前產生。我國自古即有半人工栽培，近世已發展為人工栽培。烘乾後可久藏，為日常生活中之重要乾貨，主要產於浙、閩、贛、皖、臺各省山林地帶，臺灣桃園復興鄉所出甚富盛名。味鮮而香，為優良菌類蔬菜；亦入藥，甘、平，主治益氣不饑、治風破血；松蕈對溲濁不禁，食之有效。③

①本草綱目菜五香蕈釋名。蕈，ㄒㄩㄣˋ。菌。
②藉日光乾燥之椎蕈（大漢和辭典卷二、頁一三五），或稱於冬季採集之香菇（漢語大詞典卷三、頁一二〇五）。
③同①集解。

八、木耳

古作「木檽」、「木栭」①，又稱「木菌」、「木樅」、「樹雞」、「木蛾」②、「雲耳」③、「黑木耳」。學名 *Auricularia auricula*。擔子菌亞門、木耳科。子實形略呈耳形，灰黑或褐色，背面密生短軟毛。潤濕時呈半透明，乾燥時革質。生於枯死的樹幹上；亦可利用闊葉樹類的段木與木屑行人工栽培。生長需散光、濕潤、溫暖。我東北、東南、西南各地皆出產。採收後烘乾，可久藏；供食用與藥用④。另有：㈠毛木耳（**A. Polytricha**）外形與木耳相似，惟毛較長，質較硬而脆。㈡銀耳（**Tremella fuciformis**）又名「白木耳」，擔子菌綱、銀耳科。子實體狀似菊花或雞冠，富膠質，白色半透明，乾燥時呈白色或米黃色。生於栓皮櫟、麻櫟、枹等枯樹上，後用以上樹種與楓楊、懸鈴木、烏桕、楊、柳等段木進行人工栽培。性喜溫潤、通風良好。產於川、黔、鄂、閩、浙、黑各省。中醫用子實體入藥，性平、味甘，功能滋陰潤肺，主治虛癆咳嗽、痰中帶血等症。一般作滋補品。

①禮記內則：「芝栭蔆椇，棗栗榛柿。」孔穎達疏引王肅曰：「無華而實者名栭，皆芝實也。」南宋陳皓禮記集說內則注：「芝如今木耳之類。」則宋時已有「木耳」之稱。清方以智物理小識飲食類菌栭：「凡木耳曰栭。」栭，ㄦˊ。康熙字典：「檽，唐韻：同『栭』。又篇海：同『㮚』。」

②本草綱目菜五木耳釋名。㙡，ㄗㄨㄥ。土菌（玉篇）。

③辭海三三五一頁（滬、上海辭書出版社、民七八）惟未說明出處；待考。一般，雲耳向作「飾有雲紋提梁之酒器」解。南宋王千秋（？—？）醉蓬萊送湯詞：「紫府春長，鳳池天

近，看提攜雲耳。」又，清曹寅（一六五八—一七一二）金縷曲壽郭汝霖八十初度詞：「滿尊前，雲耳盈懷抱。傾露酹，醉瑤草。」

④同②集解。

九、榨菜

學名 *Brassica juncea var. tsatsai*。俗稱包包菜、羊角菜。十字花科。芥菜類蔬菜中的一種莖用芥菜。其莖基部膨大，葉子著生的基部呈突起，形成瘤狀的膨大肉質莖。嫩莖經鹽腌、榨出汁液成微乾狀態再供食用，故名。屬我國特產蔬菜之一。四川涪陵榨菜聞名各地，因此，臺語又稱四川菜。

十、金針

雅稱萱花。（家禮大成卷三）。

亦作「金鍼」。金針菜的花，俗名黃花菜，簡稱黃花。多年生宿根草本。百合科。有多品種，因其花蕾呈黃色，形似金針，故名。除供觀賞外，花蕾熟曬乾可作蔬菜。昔以川針最佳。近人孫錦標（一八五六—一九二七）通俗常言疏證飲食引清方駿謨徐州輿地考云：「徐州人曝鹿蔥以為蔬。」原注：俗名「金針菜」。

卷十二、禽畜

一、德禽

舊說雞有五德，故雅稱德禽。韓詩外傳卷二：「田饒謂哀公曰：『云云，君獨不見夫雞乎？首戴冠者，文也。足搏距①者，武也。敵在前敢鬬者，勇也。得食相告，仁也。守夜不失時，信也。雞有此五德。』」五色線②：「田饒言：雞有五德，文、武、勇、仁、信是也。」

①（雄）雞足後突出如趾的尖骨。

②書名。宋史藝文志著錄於子部，未署作者姓名，凡一卷。今有津逮秘書本。

二、家鳧

鴨，學名*Anas domastica*。雅稱家鳧①、舒鳧。禮記內則：「舒鳧翠。」郝懿行云：「謂之舒者，以其行步舒遲也。」本草鶩：「釋名：『鴨，舒鳧、家鳧、鵁鴄②。』」爾雅釋鳥：「舒鳧，鶩③。」疏：「鶩，鴨也，一名舒鳧。李巡曰：『野曰鳧，家曰鶩。』」鵁鴄，ㄇㄛˋ

ㄆㄧˇ、本草綱目禽一、鶩：「鶩性質木，而無他心，故庶人以為贄。曲禮云：庶人執匹。匹，雙鶩也。匹夫卑末，故廣雅謂鴨為鴸鷗。」

①鳧，ㄈㄨˊ。

②ㄇㄛˋ ㄆㄧˇ。

③鶩，ㄨˋ。

三、家雁

鵝，別稱家雁。本草綱目禽一鵝：「家雁，舒雁。」鴈，同「雁」。爾雅釋鳥：「舒鴈，鵝。」禮記內則：「舒鴈翠。」鄭玄注：「舒鴈，鵝也。翠，尾肉也。」

四、鴿

鴿屬通稱鴿、鴿子。屬鴿綱、鴿形目、鳩鴿類。似鳩而稍大，可分野鴿與家鴿。前者羣棲林野，以穀類及植物種子草實等為食，乃害鳥，又有巖鴿、原鴿之別。家鴿為野鴿之變種，品種甚多，翅膀大、善飛，羽毛有白、灰、醬紫色等；經訓練能傳送書信，故一名飛奴。亦供觀賞或肉用。又，鴿即鵓鴿。急就篇卷四：「鳩鴿鶉鴳中網死。」宋詩鈔（前蜀）花蕊夫人（？—九二六）宮詞：「安排竹柵與巴籬，養得新生鵓鴿兒。」開元天寶遺事卷上傳書鴿：

「張九齡少年時，家養羣鴿，每與親知書信往來，只以書繫鴿足上，依所教之處，飛往投之。九齡目之為飛奴，時人無不愛訝。」南宋李彌遜（一〇九〇—一一五三）筠溪集卷十六山居寄友人詩：「不遣飛奴頻過我，欲將懷抱向誰開？」

五、鳩

ㄐㄧㄡ。鳩鴿目（Columbiformes）。似鴿，頭小、胸凸（龍骨突起），尾短翼長，腳趾無蹼膜。古以鳩為祝鳩、鳲鳩、鶌鳩、爽鳩、鶻鳩之總名。今鳥類學以鳩、鴿同目，僅祝鳩、鶻鳩屬鳩類。

附：不噎之鳥

指鳩。後漢書禮儀志中：「仲秋之月，縣道皆案戶比民。年始七十者，授之以王杖，餔之糜粥。八十九十，禮有加賜。王杖長九尺，端以鳩鳥之為飾。鳩者，不噎之鳥也。欲老人不噎。」

六、鶺鴒

鶺鴒，ㄐㄧˊ ㄌㄧㄥˊ。詩作「脊令」爾雅作「䳭鴒」。別名雪姑。鳥綱、鶺鴒科、鶺鴒屬（Motacilla）各種鳥之通稱。我國常見者有白鶺鴒（M. alba leucopsis），體長約十八公分。大如鷃雀。雄鳥上體自頭後至腰際均深黑色；胸部灰黑；翼表黑底、綴白斑；其他部位均呈白色。尾羽除外側幾純白外，其餘色黑，飛翔時，尤顯明。全身羽色黑白相間之狀態，每隨季節而異。雌鳥黑色部分較淡，背部常現褐色。冬時，見於原野，生殖期遷入山谷。常在水邊覓食昆蟲。行止間尾羽上下顫動。多為留鳥或冬候鳥。主要分布於華中、華東。詩小雅常棣：「脊令在原，兄弟急難。」後遂以鶺鴒喻兄弟。東晉袁宏（三二八？—三七六）三國名臣序贊：「豈無鶺鴒①，固慎名器。」北宋黃庭堅和答子瞻和子由常父憶館中故事：「二蘇②上連璧，三孔③立分鼎。……風撼鶺鴒枝，波寒鴻雁影。」元王逢（一三一九—一三八八）華韡堂詩：「曾冰寒磧際草奔，行搖飛揚嗟雪姑。」

①指諸葛謹、諸葛亮兄弟。
②蘇軾、蘇轍二兄弟。
③孔文仲、武仲、平仲三兄弟合稱三孔。

七、鷓鴣

鷓鴣，ㄓㄜˋ ㄍㄨ。學名 *Francolinus pintadeanus*。鳥綱、雉科。體長約三〇公分。形似母雞，頭如鶉，臆前有白圓點，如真珠。羽色大多黑白相雜，背毛有紫赤浪文。足橙黃至紅褐色。棲息於生有灌叢與疏樹的山地。善食穀粒、豆類、植物種子與蚱蜢、螞蟻等昆蟲，屬雜食性野禽。雄性好鬥。分布於華南。肉肥味美。俗象其聲曰行不得也哥哥。西晉崔豹古今注鳥獸：「南山有鳥，名鷦鴣，自呼其名，常向日而飛。畏霜露，早晚希出。」

八、鴛鴦

鴛鴦，ㄩㄢ ㄧㄤ。省稱鴛。學名 *Aix galericulata*。鳥綱、鴨科。雄鳥體長約四三公分。羽色絢麗，最內兩枚三級飛羽擴大成扇狀且成豎立。眼棕色，外圍有黃白色環；嘴紅棕色。雌鳥體稍小，背呈茶褐色，腹純白。嘴扁、頸長，趾間有蹼，善泳，翼長、能飛。棲息於內陸湖泊與溪流。結成小羣，偶亦單獨活動。飛行力頗強。恆於內蒙與東北北部繁殖；多築巢於樹洞內。越冬，常見於長江以南直至華南各地。平時以植物性食物為主，兼食小魚、蛙類；繁殖期間以昆蟲、魚類為主食。為我國著名特產珍禽。大陸地區已列為二級保育動物。鴛鴦恆雌雄偶居不離，古稱匹鳥，後因以比喻夫婦。詩小雅鴛鴦：「鴛鴦于飛，畢之羅之。」毛傳：「鴛鴦，匹鳥也。」西晉崔豹古今注鳥獸：「鴛鴦，水鳥，鳧類也。雌雄未嘗相離，人得其一，則一思而死，故曰疋鳥也。」唐盧照鄰長安古意詩：「得成比目何辭死，願作鴛鴦不羨仙。」清唐孫華漁父詞之三：「湖上鴛鴦亦並頭，鰥鰥魚目夜長愁。」

九、鷗

說文作「鷗」，又。一名鷖（ㄧ）；水鴞。鳥綱、鷗科各種類之通稱。有時專指鷗屬（Larus）各飛禽言。概為水鳥，體型有大小等差異。翼尖長，善飛翔。趾間有蹼，能游水。

體羽多灰、白色；部分種類羽毛帶有若干黑色，大多有冬羽與夏羽之別。主食魚類、昆蟲與多種水生動物。種類繁多，廣布全球海洋與內陸河川。我國常見者有黑尾鷗、海鷗、銀鷗、紅嘴鷗與燕鷗等。詩大雅鳧鷖：「鳧鷖在涇，公尸來燕來寧。」「鳧鷖在沙，公尸來燕來宜。」「鳧鷖在渚，公尸來燕來處。」「鳧鷖在潨，公尸來燕來宗。」「鳧鷖在亹，公尸來止熏熏。」山海經海外東經：「玄股之國在其北，其為人依魚食鷗，使兩鳥夾之。」袁珂校注引楊慎曰：「驅，即鷗，依魚食鷗，蓋水中國也。」後漢書馬融傳：「水禽鴻鵠，鴛鴦、鷗、鷖、鶬鵶。」李賢注：「鷗，白鷗也。」本草綱目禽一鷗：「鷗者浮水上，輕漾如漚也……在海者名海鷗，在江者名江鷗。」太平御覽卷九二五蒼頡解詁：「鷖，鷗也。生藕葉上，名水鴞。」清黃景仁花津詩：「江湖自我野興長，鷗鳥於人宿緣厚。」

十、鸕鷀

鸕鷀，ㄌㄨˊ ㄘˊ。亦作鸕鶿、驢鷀、驢鶿，又稱烏鬼。學名 *Phalacrocorax carbosinensis*。俗稱水老鴉、魚鷹。鳥綱、鸕鷀科。體長可達〇．八公尺。羽毛色黑帶紫金光澤。頷下有一小喉囊，嘴長、上嘴尖端帶鉤，善潛水捕食魚類。生殖季節，頭、頸部位出現白絲狀羽。雛鳥下身色黑雜有白羽。棲息河川、湖沼與海濱。營巢於葦叢或灌木、峭壁。廣布大陸各地。昔漁人常馴化以捕魚。北齊顏之推（約五二〇—約五九〇）稽聖賦：「鼉鼈①伏乎其陰，鸕鷀孕乎其口。」唐杜甫田舍詩：「鸕鶿西日照，曬翅滿魚梁。」又，杜工部詩史補遺卷一、三絕句之二：「門外鸕鷀久不來，沙頭忽見眼相猜。」本草綱目禽一鸕鷀：「鸕鷀處處水鄉有之。似鶂②而小，色黑。亦如鴉，而長喙微曲，善沒水取魚，日集洲渚，夜巢林木，久則糞毒多令木枯也。南方漁舟往往縻畜數十，令其捕魚。」文選南都賦注引蒼頡篇云：「『鸕鷀似鶂而黑』，知鸕鷀以黑名也。盧亦有黑義。」

①ㄩㄢˊ。大鼈。黿鼈，猶云鼈類。三國魏曹植盤石篇：「經危履險阻，未知命所鍾。常恐沈黃壚，下與黿鼈同。」按：黃壚，謂地下。猶黃泉也。（淮南子覽冥訓）。

②亦作「鶂」。ㄧˋ。水鳥名。形似鸕鷀。善高飛。

十一、鵜鶘

省稱「鵜」。亦作「鷤胡」。學名 *Pelecanus*。別名鴮鸅①、洿澤②、伽藍鳥、淘河鳥、塘鵝。鳥綱、鵜鶘科。體長可達二公尺。羽多白色或灰白，翼部有少數黑色羽毛。翼大且闊。趾間有全蹼。嘴長、尖端彎曲，嘴下有一皮質囊。善游水、捕魚。主要棲息於沿海湖沼、河川地帶。肉可食，羽毛可製裝飾品。分布於我國者為斑嘴鵜鶘指名亞種（**P. Philippensis philippensis**），在長江下游、福建等地者屬夏候鳥，在廣西、廣東、雲南南部者屬冬候鳥。莊子外物：「魚不畏網，而畏鵜鶘。」三國志魏書文帝紀：「夏五月，有鵜鶘鳥集靈芝池。」本草綱目禽一鵜鶘：「鵜鶘處處有之，水鳥也。似鶚③而甚大，灰色如蒼鵝。喙長尺餘，直而且廣，口中正赤，頷下胡大如數升囊。好羣飛，沈水食魚，亦能竭小水取魚。」

①ㄨ ㄗㄜˊ。爾雅釋鳥：「鵜，鴮鸅。」

②洿澤，詳爾雅郭璞注，茲從略。洿，ㄨ。

③ㄜˋ。鳥名。雕屬。古稱雎鳩。詳爾雅釋鳥。

十二、鵪鶉

ㄢ ㄔㄨㄣˊ。學名*Coturnix coturnix japonica*。簡稱鶉。鵪，說文作「䧱」，廣韻作「鴳」。鶉，集韻作「䧿」。鳥綱、雉科。雄鳥體長近二十公分。酷似雞雛，頭側、頦與喉等部位羽毛呈淡紅色。周身有白色幹紋。冬季常棲於近山平原，潛伏雜草或灌叢間。以穀類與雜草種子為食。主要在我東北與俄西伯利亞南部繁殖；遷徙與越冬時，遍布華東。雄性好鬥。肉味美，卵亦可食。有馴養作籠鳥使鬬者。詩鄘風鶉之奔奔：「鶉之奔奔，鵲之彊彊。」鶉雛別名白唐。詳寇宗奭本草衍義卷十六，茲從略。

十三、燕

鳥綱、燕科各種類通稱燕。別名玄鳥；戲稱燕婢。燕，體型小，翼尖長，尾呈叉狀。喙扁短，口裂深。飛行時，捕食昆蟲，故稱益鳥。常見者為家燕（Hirundo rustica gutturalis），體長約十七公分。上軀藍黑色，頷、喉等部位近棕色。前胸黑褐相間，下軀帶白色。尾基白點成行。夏季幾遍布大陸，營巢檐下，冬遷南方。於滇南、海南島、西沙群島與臺灣，則為留鳥。另有金腰燕（H. Daurica japonica），體稍大。上軀亦呈藍黑，頭側棕色，喉與下軀密綴黑褐色細紋。腰羽赭黃。入夏後，亦幾遍大陸各地。在廣東汕頭、福建廈門等地則為留鳥。家燕通稱燕子。詩邶風燕燕：「燕燕于飛，差池其羽。」孔疏：「此燕即今之燕也，古人重言之。」唐溫庭筠菩薩蠻詞：「楊柳色依依，燕歸君不歸。」詩商頌玄鳥：「天命玄鳥，降而生商。」傳：「玄鳥，鳦也①。」禮記月令仲春之月：「是月也，玄鳥至②。」唐皮日休（八三四？—八八三？）送李明府之任海南詩：「蟹奴晴上臨潮檻，燕婢秋隨過海船。」明唐寅（一四七〇—一五二三）桃花庵與祝允明黃雲沈周同賦詩之一：「燕婢泥銜紫，狙公果獻紅。」樂府詩集雜曲歌辭十三楊白花：「秋去春還雙燕子，願銜楊花入窠裏。」唐杜甫絕句之一：「泥融飛燕子，沙煖睡鴛鴦。」南宋陳與義（一〇九〇—一一三八）對酒詩：「是非衮衮書生老，歲月怱怱燕子回。」

①爾雅釋鳥：「燕燕，鳦。」注：「詩云：『燕燕于飛』。一名玄鳥。齊人呼鳦（一）。」

②玄鳥有二說，另亦指灰鶴言。如：東漢張衡（七八—一三九）思玄賦：「子有故于玄鳥兮，歸母氏而後寧。」

十四、水鳧

通稱鳧，*Anas platyrhyncha*。鳥綱游禽類。俗稱水鴨、野鴨。常羣游於湖沼中，身長約二尺，嘴扁足短，趾間有蹼。急就篇卷二：「春草雞翹鳧翁濯。」唐顏師古（五八一—六四五年）注：「鳧者，水中之鳥，今所謂水鴨也。」李羣玉釣魚詩：「幾回舉手拋芳餌，驚起沙灘水鴨兒。」五代齊己（八六四—九四三？）野鴨詩：「野鴨殊家鴨，離羣忽遠飛。」鳧亦稱野鳧、綠頭鴨。北宋梅堯臣東溪詩：「野鳧眠岸有閑意，老樹著花無醜枝。」清厲鶚曉至湖上詩：「安能學野鳧，汎汎逐清景。」南宋曾慥（？—一一六四）類說語林：「李遠為杭州刺史，嗜啖綠頭鴨，貴客經過，無他饋餉，相厚者乃綠頭鴨一對而已。」按：頭、頸色綠，故名，亦專指雄野鴨。

十五、鶯

學名*Horeites cantans*。鳥綱、鶲科，鶯亞科鳥類之通稱。遍布全球，是活潑矯健的小型鳥，啼聲悅耳、婉轉清脆。詩小雅桑扈：「交交桑扈，有鶯其羽。」又，舊指黃鳥，亦稱黃鶯（黃鸎）、黃鸝、倉庚、鶬鶊、倉鶊、商庚、鸝黃、黃鸝留。詩周南葛覃：「維葉萋萋，黃鳥于飛。」唐金昌緒（？—？；大中前之人）春怨詩：「打起黃鶯兒，莫教枝上啼。」南朝梁何遜（四七二？—五一九？）石頭庾郎丹詩：「黃鸝隱葉飛，蛺蝶縈空戲。」唐杜甫草堂詩箋卷廿三絕句之三：「兩箇黃鸝鳴翠柳，一行白鷺上青天。」詩豳風東山：「倉庚于飛，熠燿其羽。」楚辭九思悼亂：「鶬鶊兮喈喈，山鵲兮嚶嚶。」禽經：「倉鶊，黧黃、黃鳥也。」張華注：「今謂之黃鸝、黃鶯是也。」東晉陶潛答龐參軍詩：「昔我云別，倉庚載鳴。」大戴禮夏小正：「有鳴倉庚。倉庚者，商庚也，商庚者，長股也。」戰國宋玉高唐賦：「王雎鸝黃，正冥楚鳩。」爾雅作「黧黃」，方言作「驪黃」，說文作「黎黃」。三國吳陸璣（？—？）毛詩草木鳥獸蟲魚疏黃鳥于飛：「黃鳥，黃鸝留也，或謂之黃栗留，幽州人謂之黃鸎。」

十六、鶴

鳥綱、鶴科。大型涉禽泛稱鶴。形體與鷺、鸛近似。喙、翼與跗蹠甚長；惟足趾很短，且後趾著生部位較高，與前三趾不在同一平面。恆活動於平原水際或沼澤地帶，食各種小動物、昆蟲與植物。經調查、統計：目前，全球尚有十五種。在我國，有丹頂鶴、灰鶴、白鶴、黑頸鶴、蓑羽鶴等九種。相傳仙人多騎鶴，故有仙禽之稱。藝文類聚卷九〇引相鶴經：「鶴，陽鳥也，而遊於陰。蓋羽族之宗長，仙人之騏驥①也。」南朝宋鮑照舞鶴賦：「散幽經②以驗物，偉胎化之仙禽。」唐劉禹錫飛鳶操：「青鳥③自愛玉山④禾，仙禽徒貴華亭⑤露。」韋莊信州溪岸夜吟作詩：「一城人悄悄，琪樹⑥宿僊禽。」按：「僊」，同「仙」。

①騏、驥，均為馬名。蓋指騎乘而言。
②即相鶴經。鮑照舞鶴賦注：「相鶴經者，出自浮丘公，公以自授王子晉。崔文子者，學仙於子晉，得其文，藏於嵩高山石室。及淮南八公採藥得之，遂傳於世。」
③羊之別名。述異記卷上：「古人云：羊一名胡髯郎，又名青鳥。」
④縣名，今屬江西省。唐始置，以縣北有懷玉山而名。原屬衢州，後改隸信州。
⑤原為三國吳陸遜封邑。唐天寶十載（七五一）割崑山、海鹽、嘉興地置華亭縣，以地有華亭谷而名，歷代因之。（詳嘉慶一統志卷八二松江府一）。民三改松江縣，今屬江蘇省。又，亦指浙江嘉興縣。（詳世說新語尤悔。）
⑥玉樹。六朝事迹：「寶林寺有琪樹，在法堂前，即本草之南天燭；唐李紳詩序：『琪樹垂條如弱柳，結子如碧珠，三年子可一熟，每歲生者相續，一年綠，二年碧，三年紅。』」。

十七、雁

學名 *Anser albifrons*，大型游禽。鳥綱、雁鴨科、雁鴨目。形略似家鵝，或較小。嘴扁平、寬厚，末端所具嘴甲亦較寬闊，色微黃，嚙緣有較鈍的櫛狀突起。雌雄羽色相似，多數種類背呈淡灰褐或茶褐色、遍布斑紋，腹白。頸、翼皆長，足、尾較短。羣居水邊，主食嫩葉、細根、種子，間亦啄食農田穀物。羽、肉均可取用。鳴聲嘹亮，羣飛時自成「一」或「人」字形，索食、就眠，必有警卒。秋南飛，春北去，故稱候鳥，亦謂之知時鳥。我國常見者有鴻雁、豆雁、白額雁等。

雁，金文作「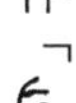」、小篆作「」；說文段注云：「此與鳥部鴈別。鴈从鳥為鵝；雁从隹為鴻雁。禮，舒鴈當作『舒雁』①，謂雁之舒者，以別於真雁也。舒雁謂之鴈，猶舒鳧謂之鶩也。經典鴻雁字多作『鴈』。毛傳曰：『大曰鴻，小曰鴈。』按：鴻，大也，非鳥名。」說文通訓定聲：「雁，雁鳥也。从隹从人，厂聲云云，按大曰䲨②，小曰雁。雁隨陽飛，有行列，近人道，昏禮士相見禮用之，故从人云云。雁木落南翔，冰泮北徂，順陰陽往來，婦從夫似之也云云。又，儀禮士相見禮下：『大夫相見以雁。』注：『取知時、飛翔有行列也。』」

綜上所述，雁又有陽鳥之稱；古人遂將其定位為信禽也。書禹貢：「彭蠡既豬③，陽鳥攸居。」孔傳④：「隨陽之鳥，鴻鴈之屬。」孔穎達疏：「此鳥南北與日進退，隨陽之鳥，故稱陽鳥。」唐梁獻（?—?先天時，任倉部員外郎）王昭君詩：「一聞陽鳥至，思絕漢宮春。」清顧炎武海上詩之二：「秦望⑤雲空陽鳥散，冶山⑥天遠朔風迴。」王蘧常彙注：「書禹貢偽孔傳⑦云：『陽鳥，隨陽之鳥，鴻雁之屬。』」⑧

①禮記內則：「舒鴈翠。鵠鴞胖。」又儀禮聘禮：「出，如舒鴈；皇，且行。」釋曰：「此出廟內之外，行步如鵝，又舒緩於愉愉也。」

②鴻，或體作「䲨」。

③彭蠡，今鄱陽湖。豬，聚。水合聚也。通「瀦」。

④孔安國尚書傳簡稱孔傳。

⑤指秦望山。在今浙江杭州西南。傳秦始皇東巡時，曾登此山以望南海，故名。按：當時，立有秦望碑。史記秦始皇本紀：「三十七年上會稽，祭大禹，望於南海，而立石刻頌秦德。」

⑥在今江蘇六合縣東北。相傳西漢吳王劉濞在此鑄錢，故名。詳讀史方輿紀要卷二十、二十一。

⑦即孔安國尚書傳。凡十三卷。舊題西漢孔安國撰。經後人考證，實係魏晉時人偽托之作。東晉時，豫章內史梅賾奏獻朝廷，立於學宮。南朝齊姚方興又獻舜典孔傳一篇，另加經文廿八字。唐孔穎達奉詔撰尚書正義，以偽孔為宗。南宋朱熹、明梅鷟等二人先後提出質疑，清閻若璩、惠棟相繼辯證，終定為偽書。

⑧陽鳥尚有一說，指「鶴」。南朝宋浮丘公（？—？東晉末、劉宋間人。）相鶴經：「鶴者，陽鳥也，而遊於陰。」（說郛卷一五）

十八、雉

雉，ㄓˋ。鳥綱、鶉雞目，雉科。形似雞，亦稱雉雞。又有疏趾、仙雞、野雞、原禽等別名。雄雉體長近○・九公尺。羽毛華麗，頸下有一顯著白色環紋。足後有距。雌雉較小、尾亦較短，無距，全身砂褐色，具斑。善棲於蔓生草莽的丘陵。入冬，前往遷息山腳草原與田野間。以穀類、漿果、種子與昆蟲為食。善走而不能久飛。其分布幾遍全大陸。亞種分化甚多，我國分布最廣者稱環頸雉（phasianus colchicus torguatus）。自豫南與秦嶺向南遍布。雉肉味美；尾羽可作飾羽之用。禮記曲禮下：「凡祭宗廟之禮，……雉曰疏趾。」疏：「趾，足也。雉肥則兩足開張，趾相去疏也。」北宋陸佃（？—？，景祐、政和間人，卒年六十一；孫陸游。）埤雅卷六：「雞雉醜，指間無幕，其足疏，故曰疏趾也。」清人呂仲則雅稱雉曰仙雞（詳家禮大成卷三）廣雅釋鳥：「野雞，雉也。」史記封禪書：「其神或歲不至，或歲數來也。……集于祠城，則若雄雞，其聲殷①云，野雞夜雊②。……」集解：「如淳曰：『野雞，雉也。呂后名雉，故曰野雞。』」漢書郊祀志：「其聲殷殷③云，野雞夜鳴，以一牢祠之，名曰陳寶。」唐韓愈諱辯：「諱呂后名雉為野雞。」事物紀原蟲魚禽獸部野雞：「野雞即雉也。自漢呂后稱制，避其諱故也。漢高后紀注：『后諱雉之，字野雞。』顏師古曰：『呂后名雉，字娥姁，故臣下諱雉。至唐高宗諱治，又帝小字雉奴，故相承避至今也。』西晉潘岳（二四七—三〇〇）射雉賦：「恐吾遊之晏起，慮原禽之罕至。」注：「爰曰：『原禽，雉也。』」事物異名錄禽鳥上雉：「山堂肆考：『雉性不處下濕，故一名原禽。』」

①ㄧㄣˇ。形容聲音振動之狀。

②ㄍㄡˋ。（雉）鳴。詩小雅小弁：「雉之朝雊，尚求其雌。」又，禮記月令季冬之月：「鴈北

鄉，鵲始巢，雉雊雞乳。」

③ㄍㄡˋ ㄍㄡˋ。參①。

十九、鷹

鳥綱，鷹科部分種類的通稱。一般指鷹屬（Accipiter）的各種鳥類。嘴彎曲且銳，四趾具鉤爪。性猛，肉食，晝間活動。恆棲息於山林或平原等處。如雀鷹（Accipiter nisus nisosimilis）①、蒼鷹（Accipiter gentilis sehvedowi）。鷹，一名征鳥。禮記月令：「（季冬之月）征鳥厲疾。」孔疏：「征鳥，謂鷹隼②之屬也。」南朝梁沈約宿東園詩：「驚麏去不息，征鳥時相顧。」文心雕龍風骨：「是以綴慮裁篇，務盈守氣，剛健既實，輝光乃新，其為文用，譬征鳥之使翼也。」③

①俗稱鷂（ㄧㄠˋ）。

②ㄙㄨㄣˇ。鷹與雕。鶽，同「隼」。

③一說征鳥指雁。呂氏春秋季冬：「征鳥厲疾。」陳奇猷校釋：「征當讀『出征』之征。征鳥即指鴈言。」

二十、鸜鵒

學名*Psittacula*，俗稱鸚哥，別名慧鳥。鳥綱、鸚鵡科。種類甚多。頭圓，嘴大而短，上嘴呈鉤狀，基部具蠟膜。羽色華麗，有白、赤、黃、綠等色。足外趾可向前轉動，適於攀緣。舌肉質柔軟，經訓練，能模仿人言的聲音。主食果實。多棲息於熱帶森林中，營巢於巖洞或樹穴。分布於南美洲、澳洲與我國華南等地。我國常見者為緋胸鸚鵡（P. alexamdri fasciata）體長約卅公分。主要分布於滇南、桂省西南與海南島，為留鳥。供觀賞。禮記曲禮上：「鸚鵡能言，不離飛鳥。」東晉郭璞山海經圖贊：「鸚鵡慧鳥，栖林啄蘂。」

二十一、孔雀

學名*Pavo cristatus*。鳥綱、雞形目。體似雉而大，翼短小，雄者壯麗，尾有長羽，能開張呈扇狀。雌體小，尾羽短。羣棲熱帶森林。唐李郢（？—？大中十七年進士）孔雀詩：「越鳥青春好顏色，晴軒入戶看呫衣。」本草綱目卷四九禽四孔雀：「〔釋名〕：越鳥。時珍曰：『孔，大也。李昉呼為南客。梵書謂之摩由邏。』」以產南方而名。又稱越禽。唐武元衡（七五八—八一五）韋令公時孔雀詩：「荀令①昔居此，故巢留越禽。動搖金翠羽②，飛舞碧梧陰。」

①荀彧（一六三—二一二）。東漢潁川潁陰人。字文若。獻帝時，曾為尚書令，故稱荀令，又稱荀令君。後漢書、三國志皆有傳。

②猶言尾羽張合也。

二十二、杜鵑

鳥綱、杜鵑科各種類的通稱。有時專指杜鵑屬（Cuculus）各種。古又作子嶲、子規、鶗鴂、催歸、杜宇、怨鳥周燕、陽雀①。樹棲攀禽。體形、羽色多樣，具對趾型足。部分種類不自營巢，產卵於多種雀形目鳥類巢中，由巢主孵卵育雛。雛出殼後，推出巢主雛鳥而獨受哺育。多主食昆蟲，尤嗜毛蟲，如松毛蟲，故為益鳥。在我國分布甚廣。如：鷹鵑（亦稱鷹頭杜鵑 Cuculus sparverioides sparverioides）夏季出現於長江流域及其以南地區。於雲南、海南島常終年留居。四聲杜鵑（Cuculus micropterus micropterus）華東各地夏候鳥或旅鳥。於海南島為留鳥。大杜鵑（亦稱郭公、布穀。Cuculus canorus canorus）夏幾遍兩岸各地。小杜鵑（Cuculus poliocephalus poliocephalus），夏季幾遍布華東，於長江中、下游及其以北地區為夏候鳥。西晉左思蜀都賦：「碧出萇弘之血，鳥生杜宇之魄。②」唐王維送楊長史赴果州詩：「別後同明月，君應聽子規。」白居易琵琶引：「其間旦暮聞何物？杜鵑啼血猿哀鳴。」

①本草綱目禽三杜鵑：「時珍曰：『蜀人見鵑而思杜宇，故呼杜鵑。說者遂謂杜宇化鵑，誤矣。鵑與子嶲、子規、鶗鴂、催歸諸名皆因其聲似，各隨方音呼之而已。其鳴若曰不如歸去。諺云：陽雀叫、鶗鴂央，是矣。禽經云：江左曰子規，蜀右曰杜宇，甌越曰鴛鳥。服

虔注漢書以鶤鳩為伯勞，誤矣。名同物異也。……。』」巂，ㄐㄩㄢ。鶗鴂，ㄊㄧˊ ㄐㄩㄝˊ。鶤，又作「鶗」。

②杜宇，古蜀帝名。西漢揚雄蜀王本紀：「杜宇……乃自立為蜀王，號曰望帝。」又十三州志云：「當七國稱王，獨杜宇稱帝於蜀，……望帝使鼈冷鑿巫山治水有功，望帝自以為德薄，乃委國禪鼈冷，號曰開明，遂自亡去，化為子規。」

二十三、卵

卵，雅稱玉彈（ㄩˋ ㄉㄢˋ，詳家禮大成卷三）。甲文闕，金文作「」，小篆作「」。讀ㄌㄨㄢˇ，又讀ㄌㄨㄛˇ。金文、小篆字形略同，象魚卵自魚腹取出後之形，本義作「魚子」解（詳說文釋例）。王筠謂：「魚本卵生，顧既生之卵如米，其自腹剖出者，則有膜裹之如袋，而兩袋相比，故作『』以象之，外象其膜，內象子之圓也。」惟徐灝以為：「卵之言䜌䜌然也；蓋本作『』，象形，卵殼外渾圓而內缺（按指氣室言）故造字象其缺中有點，卵黃也。二元者，卵生不一也。今字中畫逕出者，取字形茂美耳。」後說亦通，楷書因隸變字形。卵，今有二義①，其一為蛋之通稱。凡魚、鳥、蟲類之卵皆稱之。國語魯語上：「獸長麑䴠②，鳥翼鷇③卵。」韋昭注：「未孚（孵）曰卵。」荀子議兵：「以桀詐堯，譬之若以卵投石④，以指撓沸。」淮南子本經訓：「覆巢毀卵，鳳皇不翔。」「卵」，日人稱「玉子」；國人亦有稱「玉彈」者，蓋取其雅也⑤。

①另一義作「睪丸」解；外腎曰卵。靈樞經卷三經脈：「故脈弗榮則筋急，筋急則引舌與卵。」

②ㄋㄧˊ ㄧㄠˇ。鹿子曰麑，麋（ㄇㄧˊ）子曰䴠。

③ㄎㄡˋ。生哺曰鷇，未乳曰卵。

④喻弱不強敵。成語「以卵擊石」之詞源。與「卵與石鬥」義通，詳易林卷四艮之損。

⑤日文漢字詞「卵」、「玉子」，均讀作「たまご」，通稱鳥、蟲、魚等的蛋，亦特指雞蛋而言。另，玉彈，本指玉製彈丸，恆用以喻啟明星。南宋楊萬里羲娥謠：「素娥西征未歸去，簸弄銀盤浣風露。一丸玉彈東飛來，打落桂林雪毛兔。」

二十四、剛鬣

禮記曲禮下：「凡祭宗廟之禮，牛曰一元大武①，豕曰剛鬣②。」孔穎達疏：「豕肥則毛鬣剛大也。」唐李翺（七七四—八三六）陵廟日時朔祭議：「謹以一元大武、柔毛③、剛鬣、明粢④、薌萁⑤、嘉蔬⑥、醴齊⑦、敬修時享，以申追慕，尚享！」北宋文瑩（？—？錢塘宋僧）玉壺清話卷一：「敬以玉帛⑧、一元大武、柔毛、剛鬣、明粢、香萁⑨、嘉薦⑩、醴齊、備茲禋瘞⑪，用伸報本。」

①元，謂牛頭。武，足跡。牛肥則腳大，腳大則跡大。古祭祀時，所備的牛隻尊稱一元大武。

②剛，堅硬。鬣，ㄌㄧㄝˋ。畜獸頸項部位的鬃毛。古祭祀時，所備豬隻的專稱。

③古供祭祀所用肥羊。孔疏云：「若羊肥，則毛細而柔弱。」

④古祭祀所用穀物。禮記曲禮下：「稷曰明粢。」孔疏：「稷，粟也。」明粢，亦作「明齍」（周禮秋官司烜氏），亦作「明齊」（儀禮士虞禮）。

⑤高粱。薌，ㄒㄧㄤ。通「香」。

⑥祭祀所選用飽滿、完好的稻穗。

⑦醴酒，即甜酒。

⑧瑞玉、縑帛。二者為古祭祀、會盟等常用的珍貴禮品。周禮春官肆師：「立大祀，用玉帛、牲牷；立次祀，用牲幣；立小祀，用牲。」又，左傳哀公七年：「禹合諸侯於塗山，執玉帛者萬國。」

⑨參考⑤、

⑩泛稱祭品。詳儀禮士冠禮、儀禮少牢饋食禮。

⑪祭祀天地。禋，ㄧㄣ。指祭天。將玉帛、牲體等置諸柴火上焚燒，升煙以祭。瘞，ㄧˋ。指祭地。禮畢，將牲體、玉帛之遺體、灰燼埋于地以享。

二十五、太牢

大戴禮記曾子天圓：「諸侯之祭，牛，曰太牢。」在此，專指牛為太牢。惟古祭祀，多以牛、羊、豕，三牲具備，謂之太牢。莊子至樂：「具太牢以為膳。」成玄英疏：「太牢，牛羊豕也。」抱朴子道意：「若養之失和、伐之不解，百痾緣隙而結、榮衛竭而不悟，太牢三牲，曷能濟焉。」清史稿禮志一：「太牢：羊一、牛一、豕一。」

二十六、少牢

舊時祭禮所用的犧牲，牛、羊、豕三全謂之太牢，前已述及；僅用羊或羊、豕二牲時，稱少牢。禮記王制：「天子社稷皆太牢，諸侯社稷皆少牢。」左傳襄公二十二年：「祭以特羊①，殷以少牢。」杜預注：「四時祀以一羊，三年盛祭以羊、豕。殷，盛也。」東晉陶潛祭程氏妹文：「淵明以少牢之奠，俯而酹②之。」清趙翼陔餘叢考太牢少牢：「國語『鄉舉少牢』注：『少牢，羊、豕也。』則羊與豕俱稱少牢矣。其不兼用二牲而專用一羊或一豕者，則曰特羊、別豕。可知太牢不專言牛，少牢不專言羊也。」惟，一說以羊為少牢乃舉羊以賅豕。大戴禮記曾子天圓：「大夫之祭牲，羊曰少牢。」孔廣森補注：「少牢，舉羊以賅豕。」

①專用一羊，餘參本文後段。
②祭奠時，以酒灑地。讀ㄌㄟˋ。

二十七、中牢

豬、羊二牲亦合稱中牢。漢書昭帝紀：「……詔曰：『……有不幸者，賜衣被一襲①，祠②以中牢。』」顏師古注：「中牢即少牢，謂羊豕也。」

①衣一套曰一襲。在此，謂衣、被全一套也。

②ㄘˊ。春祭。詩小雅天保：「禴祠烝嘗，于公先王。」鄭玄注：「春曰祠，夏曰禴（ㄩㄝˋ），秋曰嘗，冬曰烝。」

二十八、地羊

犬，別稱地羊。本草綱目獸一狗：「犬，齊人名地羊。或云為物苟且，故謂之狗……俗又諱之，以龍釋狗，有烏龍、白龍之號。」事物異名錄畜獸犬：「事物紺珠：『狗，一名義畜，一名家獸。』」

二十九、駑駘

馬，謙詞作駑駘。駑，ㄋㄨˊ。劣馬。禮記雜記下：「凶年則乘駑馬，祀以下牲。」駘，ㄊㄞˊ。亦指劣馬言。楚辭九辯：「卻騏驥而不乘兮，策駑駘而取路。」

三十、蹇蹄

驢，ㄌㄩˊ。Donkey。哺乳綱、奇蹄目、馬科。屬草食性動物。成驢高九十～一三五公分，毛灰或灰褐，鬃毛短少，鼻、腹呈白色。耐力極大，能負重物，性極溫馴；惟反應，速度等均不及馬遠甚。雌馬與雄驢交配，可生騾子。騾無生育能力，亦為山岳地帶不可或缺的耐力牲畜。蹇蹄，ㄐㄧㄢˇ ㄊㄧˊ。原指劣馬。唐李賀呂將軍歌：「廄中高桁排蹇蹄，飽食青芻飲白水。」古人亦用以借指驢。（清呂仲家禮大成卷三）

三十一、小贏

贏，ㄌㄨㄛˊ。同「驘」。騾之別體字。楚辭九歎惜賢：「同駑贏與椉駔①兮，雜斑駮②與闒茸③。」王注：「馬母驢父，生子曰贏。」因亦稱騾曰小贏。

①ㄗㄤˇ ㄗㄨˇ。駿馬。
②ㄅㄢ ㄅㄛˊ。雜色。
③ㄊㄚˋ ㄖㄨㄥˊ。劣。不肖。

三十二、家貍

貓，異名家貍。本草貓：「〔釋名〕：『家貍。』」時珍曰：「格古論①云一名烏圓②。或謂蒙貴即貓，非也矣。」貓，俗作「猫」。貍，俗作「狸」。唐段成式（?—八六三）酉陽雜俎續集卷八支動：「貓，一名蒙貴，一名烏員。」

①全稱格古要論，凡三卷。明曹昭撰，四庫列於子部雜家類。

②唐段成式作「烏員」。

卷十三、水鮮

一、鯉

別稱文魚①、文鯉②、赤鱓③。學名 *Cyprinus carpio*。硬骨魚綱、鯉科④。體延長，稍側扁，長達一公尺左右。軀體青黃色，尾鰭下葉紅色。口下位，有鬚兩對。背鰭、臀鰭具硬刺，最後一刺的後緣有鋸齒。棲息水的底層，雜食性。我國除西部高原外，各地淡水皆產。生長快，活動力強，耐高溫與污水，屬重要養殖魚。我國養鯉已有兩千四百餘年之歷史，目前世界各地都有養殖。飼養品種甚多，常見者有㈠鏡鯉，皮膚光滑，僅背、腹部與側線部有少數大型鱗片。㈡革鯉，皮膚綠黑、無鱗。㈢荷包鯉，體短、頭大，腹部圓突，含脂豐富。㈣錦鯉，體色純紅、純橙，或紅白、橙白相雜，有黑白斑，供觀賞用。詩陳風衡門：「豈其食魚，必河之鯉？」

①楚辭九歌河伯：「乘白黿逐文魚，與女遊兮河之渚。」王逸注：「言河伯遊戲，遠出乘龍，近出乘黿，又從鯉魚也。」洪興祖補注：「陶隱居云：鯉魚形既可愛，又能神變，乃至飛越山湖，所以琴高乘之。」三國魏曹植洛神賦：「騰文魚以警乘，鳴玉鸞以偕逝。」前蜀

花蕊夫人宮詞之一二一：「嫩荷香撲釣魚亭，水面文魚作隊行。」

②唐李公佐謝小娥傳：「或一日，春擸文鯉兼酒詣蘭。」

③見呂仲輯家禮大成卷三。鯶，ㄏㄨㄣˊ。

④鯉科（Cyprinidae）為硬骨魚綱中種類最多的一科。約有二七五屬一、六〇〇種，我國約有五百餘種。

二、鰱

亦稱鱮、白鱮。學名*Hypophthalmichthys molitrix*。硬骨魚綱、鯉科。體側扁，較高，長達一公尺餘。銀灰色。頭小、鱗細、腹色白，口中大，眼下側位。腹面、腹鰭均具肉棱。胸鰭後端伸達腹鰭基底。棲息水中上層，以海綿狀鰓耙濾食浮游植物。性活潑，善跳躍。三齡成熟；可人工繁殖，為我國最重要的淡水養殖魚類。分布於各大水系。東晉郭璞江賦：「魚則江豚海狶，……，鯪鰩鯩鰱。」本草綱目鱗三鱮魚：「〔釋名〕鰱魚。時珍曰：『酒之美者曰釀。魚之美者曰鱮。陸佃云：鱮好羣行相與也，故曰鱮。相連，故曰鰱。傳云：魚屬連行是矣。』」事物異名錄水族鰱：「山堂肆考：鱮魚似魴而長，北土呼為白鱮，徐州人謂之鰱。」

三、鰣

古稱鰣，ㄕˊ。亦稱時魚①。學名 *Macrura reevesii*。硬骨魚綱、鯡②科。體側扁，長達七十公分，銀白色。上頷中間有一缺刻，下頷中間有一突起。腹部具棱鱗。主食浮游生物。分布於我國、朝鮮半島與菲律賓沿海。春夏之交，溯江產卵，長江、富春江、西江等河流中均有。初入江時，體內脂肪肥厚，肉味最為鮮美，屬名貴魚類。北宋梅堯臣時魚詩：「四月時魚逴③浪花，漁舟出沒浪為家。」明劉基（一三一一—一三七五）送李子庚之金陵詩：「春酒盈缸清似水，時魚帶子白於銀。」

①本草綱目鱗三鰣魚：「初夏時有，餘月則無，故名。」

②ㄈㄟ。

③ㄔㄨㄛˋ。超越。

四、鱸

古稱銀鱸，美稱玉花鱸；產於淞江者曰四鰓魚①。學名 *Lateolabrax japonicas*。硬骨魚綱、鮨②科。體側扁，長達六十公分。口大，下頷突出。銀灰色，背部、背鰭有小黑斑。棲息近海，亦進入淡水。性凶猛，以魚蝦等為食。為常見食用魚類。東晉干寶（？—三三六）搜神記卷一：「公（曹操）曰：『今既得鱸，恨無蜀中生薑耳。』」南宋方岳（一一九九—一二六六）送胡兄歸岳詩：「風飽橫江③十幅蒲，秋聲正有玉花鱸。」

①本草綱目鱗三鱸。
②ㄧˋ。
③亦稱橫江浦，在今安徽和縣東南。與南岸采石磯隔江對峙，古為要津。

五、鮇

ㄨㄟˋ。西晉崔豹古今注魚蟲：「魚子曰鯤①，亦曰鯤，亦曰鮇，言如散稻米也。」本草綱目鱗四魚子：「〔釋名〕：鮇、鱶②。」臺灣海峽水域入冬烏魚集結，漁民捕獲後，將雌魚魚腹剖開，取出魚卵，利用陽光與東北季風，曝晾乾燥後，採真空包裝，可保存相當期限，稱烏魚子。洗淨去膜，腌以薑、酒約一小時，烘乾後切片，佐以生蘿蔔片、蒜片，其味甘美；惟不宜多食。詩衛風碩人：「鱣鮪發發，葭菼揭揭。」疏：「鱣可蒸為臛，又可為鮓，魚子可為醬。」禮記內則：「濡魚卵，醬寔蓼。」疏：「卵謂魚子，以魚子為醬，濡亨其魚，又實之以蓼。」唐皮日休種魚詩：「移土湖岸邊，一半和魚子。」明高啟（一三三六——一三七四）西塢詩：「松風吹壁鶴鵒隨，梅雨過溪魚子生。」

①ㄎㄨㄣ。
②ㄧˇ。鮇鱶若合為一詞，則作「初出卵之小魚」解。正字通魚部：「南海諸郡，八九月收魚

子，著草中，裹縣（懸）竈煙上，二月雷發，取草浸池塘，旬日出如科斗（蝌蚪），謂之鮢鱁。」

六、赤鯮

學名 *Dentex tumifrons*，一作赤章，英文 Yellowback seabream。屬鯛科。體側扁，呈卵圓形。魚體鮮紅色、背部顏色較深，腹部呈銀白。除腹鰭外，各鰭膜呈淡紅色且有黃色斑紋，尾鰭凹形。生活於五〇至二五〇公尺大陸棚，幼魚偶而進入河口區活動，對淡水略具忍受力，成魚則移棲於沙泥底質之淺海區活動。肉食性，以小魚及小型底棲動物為主要食物。每年早春及秋季為繁殖期。分布於印度—西太平洋熱帶海域，包括臺灣南、北及西部海域。為經濟性食用魚，漁民大多以拖網捕取。標準體長有四型：a型九四公釐，b型一四一公釐，c型一五八・四公釐，d型二二〇・八公釐。

七、嘉鱲

一作加臘、加蚋，又稱正鯛。學名 *Pagrus major*，英名 Red seabream。屬鯛科。體側扁，呈卵圓形。魚體鮮紅色，近背部散布若干藍色小點為其特徵；惟死後藍點逐漸消失。各鰭膜皆呈紅色，尾鰭凹形，末端後緣呈黑色。生活於十至二百公尺大陸棚，幼魚偶而進入潟湖區活動，成魚在較深海域，每隨季節改變成羣洄游，四至六月，遷移至較淺水域產下浮性卵。肉食性，以小魚及小型底棲無脊椎動物為主要食物。分布於日本至南中國海熱帶海域，包括臺灣南、北及西部海域，亦為經濟性食用魚，標準體長二四〇公釐。

八、馬鮫①

一名鰆②，又稱青箭魚。學名 *Scomberomorus commerson*。屬脊椎動物亞門硬骨魚綱。體細長，狀頗似鰺、鯖或鮪，味近鯧，體略側扁，兩頷齒強大，向內彎曲，胸甲退化，鱗片全身同樣大小，側線呈波紋狀，體色白、背鉛青色，有（暗）黑斑。以社交而生，故又稱社交魚。羣居深海，捕食小魚，又能跳出水面數尺。平時，游外海，產卵季至近海；其種類甚多，大小體色微異，盛產於臺灣近海者曰馬加鰆，體之上部呈深藍，頭及背前方，綠色光澤閃耀，肉白且細，並富油脂，味厚美，鮮食、焗煎均佳。

①ㄇㄚˇ ㄐㄧㄠ。

②ㄔㄨㄣ。

九、蟳

ㄒㄩㄣˊ。學名 *Charybdis japonica*。海蟹之一。即蝤蛑①。俗稱青蟹、梭子蟹，一名日本蟹。正字通蟲：「蟳，青蟳也。螯似蟹，殼青，海濱謂蝤蛑。」甲殼綱、蝤蛑科。頭胸甲橫卵圓形，寬約九公分；表面隆起，前側緣左右各有六銳齒。螯足強大，不甚對稱；步足各節背、腹緣皆具剛毛；第四對步足扁平似槳，適於游泳。腹部密被軟毛。棲息於有水草或泥沙之淺海海底，或潛伏石下。分布於我國沿海、朝鮮半島與日本。為重要食用海產蟹之一。同屬種類甚多。南宋曾慥類說卷六引海物異名記蟹名虎蟳：「海蟹之大者，有虎斑文②，蟹之謂蟳者，以其隨波塭淪③。」明謝肇淛（一五六七—一六二四）五雜俎物部一：「閩中蛑蝤④，大者如斗，俗名曰蟳。其螯至強，能殺人。」

①ㄐㄧㄡ ㄇㄡˊ。
②即虎斑紋。古，「班」通「斑」、「文」通「紋」。
③ㄧㄣ ㄌㄨㄣˊ。猶沈浮。塭，通「湮」。
④即蝤蛑。

十、蟹

ㄒㄧㄝˋ。甲殼綱，十足目，爬行亞目，短尾部動物之通稱。學名 *Brachyura spcrab*。頭胸部背面蓋以頭胸甲，腹部扁平，緊貼於頭胸部腹面。胸部有附肢八對。（前三對為顎足，最前端一對成鉗狀。後五對為螯足與步足）。腹部附肢：雌性四對，用以附著卵子；雄性二對，作為生殖肢。多數棲于海中，少數生活於淡水或鹹淡水中，部分種水陸兩棲或陸棲。種類甚多。常見者有河蟹、梭子蟹、青蟹……。某些種類為寄生蠕蟲之中間宿主，如：溪蟹。本草綱目介一蟹：「蟹，橫行甲蟲也，外剛內柔，於卦象離。骨眼蜩腹，蠗腦鱟足，二螯八跪，利鉗尖爪，殼脃而堅，有十二星點。雄者臍長，雌者臍團。腹中之黃①應月盈虧。其性多躁，引聲噀②沫，至死乃已。」

河蟹（Eriocheir sinensis）。通稱「螃蟹」，亦稱「毛蟹」、「絨螯蟹」。甲殼綱、方蟹科。頭胸甲方圓形，一般長達六至七公分以上，褐綠色。螯足強大，密生絨毛；步足長而側扁。穴居江河湖蕩泥岸內。秋末冬初成蟹遷移至淺海中交配繁殖。卵於翌年三至五月孵化。蟹苗自海中遷入淡水，發育而成幼蟹。為大陸地區主要經濟蟹類，南北沿海各地均產，長江流域產量尤大。肉味鮮美。除捕撈蟹苗放養外，已進行人工繁殖與飼養。

梭子蟹（Portunus trituberculatus）亦稱「蝤蛑」、「槍蟹」。甲殼綱、蝤蛑科。頭胸甲寬大，兩側具長棘，略成梭形。暗紫色，有青白色雲斑。螯足長大，第四對步足扁平似槳，適于游泳。常羣棲淺海海底。分布於大陸地區沿海，朝鮮半島與日本。可供食用。為大陸產量最大之海產蟹類。

青蟹（Scylla serrata）。亦稱「鋸緣青蟹」。甲殼綱、蝤蛑科。頭胸甲短而較寬，兩側無長棘，青綠色，長九公分。螯足不對稱；第四對步足扁平似槳，適于游泳。喜食腐肉，亦食甫脫殼之蟹類與藻類植物。棲息於溫暖且鹽度較低之淺海。分布於浙江及其以南沿海；日本、越南、澳洲與印度洋、紅海等處亦產。為重要食用海產蟹類之一。可人工養殖。

溪蟹，甲殼綱。一種終生棲息淡水之小型蟹。頭胸甲近圓形，步足不扁平。直接發育。分布於熱帶、溫帶之山區溪流與小河，白天隱藏石塊下，故俗稱石蟹。種類甚多。常見者如華溪蟹（Sinopotamon），是肺吸蟲之中間宿主，食時宜煮熟。

①指蟹黃。螃蟹體內的卵巢與消化腺。橘黃色，味鮮美。北魏楊衒之（？—？約卒於北齊初）洛陽伽藍記景寧寺：「菰稗為飰，茗飲作漿，呷啜蓴羹，唼嗍蟹黃，手把荳蔻，口嚼檳榔。」范祥雍校注：「蟹黃，即蟹膏。」榮按：蟹，亦作「蝑」。南齊虞悰（？—？元嘉、永明間人）食珍錄：「賀季白有青州蟹黃。」用鮮菌與精米調成主食，曰菰稗為飰。飰，同飯。蓴，ㄔㄨㄣˊ。水葵。葉、莖柄有黏液，可以作羹。呷啜，ㄒㄧㄚˊ ㄔㄨㄛˋ。嘗飲也。唼嗍，ㄕㄚˋ ㄕㄨㄛˋ。吃（食）。荳蔻，即豆蔻。又名草果。

②ㄒㄩㄣˋ，又讀ㄙㄨㄣˋ。巽沫，噴口沫。

附：無腸公子

蟹的別名。亦省作「無腸」。抱朴子登涉：「辰日，……稱無腸公子者，蟹也。」唐唐彥謙（？—八九三？）蟹詩：「無腸公子固稱美，弗使當道禁橫行。」元耶律楚材（一一九〇—一二四四）再用張敏之韻：「一扈持竹葉，左手把無腸。」清查慎行（一六五〇—一七二七）食蟹有感詩：「無腸憐若輩，多足自能肥。」

蟹（Brachyura spcrab），甲殼綱、十足目、爬行亞目，節肢短尾部動物的通稱。體分頭胸部與腹部。頭胸部背面覆以頭胸甲。腹扁平、緊貼頭胸部腹面。胸部有附肢八對（前三對稱顎足、後五對分別為螯足與步足）。腹部附肢：雌四對，用來附著卵子。雄兩對，為生殖肢。蟹多棲於海中，少數生活於淡水或鹹淡水中，有些水陸兩棲或陸棲。種類甚多。常見者有河蟹、梭子蟹、青蟹……。某些種類為寄生蠕蟲的中間宿主，如溪蟹等是。我們常說的「螃蟹」，是河蟹的通稱，也叫做毛蟹、絨螯蟹。甲殼綱、方蟹科。頭胸甲呈方圓形，一般長六至七公分上下，褐綠色。螯足強大、密生絨毛；步足長且側扁。穴居江河湖泊的泥岸內。秋末冬初，成蟹移至淺海中交配繁殖。卵於翌年春夏間孵化。蟹苗自海中遷入淡水，發育而成幼蟹。是一種重要經濟水鮮。其肉味鮮美。一般採捕撈蟹苗放養的方式生產，多年來已開發人工繁殖飼養的技術。

螃蟹本作「旁蟹」。北宋陸佃埤雅卷二釋魚云：「旁行，故今里（俚）語謂之旁蟹。」旁行，即橫行。

十一、水雞

亦作「水鷄」。蛙。南宋趙令畤（一〇五一——一一三四）侯鯖錄卷三：「水雞，蛙也。水族中厥味可薦者。」元高文秀（?—?至元間曾出仕。）黑旋風第二折：「今日造化低，惹場大是非。不如開了店，只去吊①水雞。」本草綱目蟲四鼃②：「〔釋名〕長股。田雞、青雞、坐魚、蛤魚。……時珍曰：『鼃，好鳴，聲自呼。南人食之，呼為田雞。云肉味如雞也。

……〔集解〕……陶氏所謂土鴨，即爾雅所謂在水曰黽③者是也。俗名石鴨。所謂蛤子，即今水雞是也。閩蜀浙東人以為佳饌。』時珍曰：『田雞、水雞④、土鴨，形稱雖異，功用則一也。四月食之最美，五月漸老，可采入藥。……。』」清李調元南越筆記蛤：「蛤生田間，名曰田雞。」

①弔，俗作「吊」，ㄉㄠˋ。有「提」、「提取」等義。

②ㄨㄚ。亦作「鼃」。蛙。莊子秋水：「子獨不聞乎埳井之鼃乎？」釋文：「本又作蛙。」

③ㄇㄥˇ。金線蛙。爾雅釋魚：「鼁鼀、蟾諸，在水者黽。」注：「黽，耿黽也，似青蛙，大腹，一名土鴨。」鼀，ㄑㄡ。蟾蜍，又稱鼁鼀（ㄘㄨˋ ㄑㄡ）、鼀𪓰（ㄑㄡ ㄕˋ）、癩蛤蟆……。

④水雞，亦為鳥名。棲息水邊，能報曉，故稱。一名秧雞。和漢三才圖會水禽類水雞：「按：水雞大如鳩，而頭、背、翅皆有蒼黑斑，帶黃赤色，眼上有白條。觜（嘴）蒼而長，頷胸之間白、有白黑斑，尾短腳長，淡黃。夜鳴達旦，聲如人敲戶，蓋在水邊告晨，故名水雞。」唐杜甫閬水歌：「巴童蕩槳歌側過，水雞銜魚來去飛。」

十二、蝦

ㄒㄧㄚ。學名*Macrura sp.*。節肢動物門、甲殼綱。分頭、胸、腹三部，長尾，有長短觸角二對。鹹、淡水皆有產，食小蟲。有草蝦、龍蝦、斑節蝦……等多種。

草蝦（peuaeus monodon），產於淡水，殼基青黑色，體長四至五公分，腹部每一體節上均有較黑之環，前二足比其體為長，故又稱長臂蝦。可食用，臺灣地區已人工繁殖成功二十餘年。

龍蝦（palinurus vulgaris），甲殼綱、十腳目。體長而壯，長約十公分，體色青紫，步足強健，善於海底爬行，腹足即其泳足，已退化，故不善游水；頭端有細且長之觸角二對、眼一對，各具一短柄，口在頭部腹側，口下方有鰓腳三對用以攝食。棲居溫熱帶岸邊岩石中，臺灣沿岸有產；且亦已人工繁殖成功。

斑節蝦（penaeus monodon）甲殼綱、十足目①。體色青黑、有黑褐與白色斑點，尾有藍、黃二色條紋。體長約二十公分。前三對步腳之前端呈鉗狀。為肉味極鮮美之飼養水產。

本草綱目鱗三蝦：「鰕音霞，俗作蝦。入湯②則紅色如霞也。」楚辭九懷通路：「鯨鱏③兮幽潛，從蝦兮遊陼④。」王逸注：「蝦，小魚也。」唐韓愈祭鱷魚文：「潮之州，大海在其南，鯨鵬之大，蝦蟹之細，無不容歸，以生以食。」元方回（一二二七—一三〇七）秋晚雜書詩之九：「鹹潮生薑門⑤，蝦蜞⑥以為旨⑦。」

①十腳目，亦稱十足目。

②論語季氏：「孔子曰：『見善如不及，見不善如探湯。』吾見其人矣，吾聞其語也。……」正義：「探湯者，以手探熱。」湯，熱水。滾水。開水。孟子告子上：「冬日則飲湯，夏

日則飲水。」

③ㄒㄩㄣˊ。魚名。俗作「鱘」，即鱘魚。

④ㄗㄨˋ。水濱。西漢司馬相如（前一七九—前一一八）子虛賦：「且齊東陼鉅海，南有琅邪，觀乎成山，射乎之罘。」

⑤猶云蘆類植物。門，類也。西晉張華遊獵篇：「榮辱渾一門，安知惡與美。」

⑥本作「蜝」。ㄑㄧˊ。水蛭。螞蝗。集韻平之：「蜞，蟲名，水蛭也。通作蜝。」明顧起元（一五六五—一六二八）客座贅語紀蟲：「（蟲）在水中者曰蜞，又曰蛭，俗曰馬蝗。」

⑦猶美味。論語陽貨：「食旨不甘，聞樂不樂。」

十三、蚌

ㄅㄤˋ。亦作「蜯」。學名 *Anodonta chinensis*。軟體動物、斧足綱。殼呈長橢圓形，長約三〇公分，殼內有珍珠層，或能產珠。肉黃白色，有二肉柱，棲於淡水；亦稱河蚌、無齒蚌。爾雅釋魚：「蚌含漿。」注：「蚌即蜃①也。」清郝懿行（一七五七—一八二五）義疏：「說文：『蚌，蜃屬。』按月令注：『大蛤曰蜃。』晉語注：『小曰蛤，大曰蜃。』是蜃為蛤屬，許（慎）以釋蚌，亦通名耳。」

易說卦：「（離）為鼈，為蟹，為蠃②，為蚌，為龜。」東漢張衡南都賦：「巨蜯函珠，駮瑕③委蛇④。」東晉郭璞江賦：「瓊蚌晞曜⑤以瑩珠，石蚿⑥應節而揚葩。」本草綱目介二蚌：「蚌與蛤同類而異形。長者通曰蚌，圓者通曰蛤，故蚌从丰、蛤从合，皆象形也。後世混稱蛤蚌者非也。」

①參蛤條。
②同「螺」。ㄌㄨㄛˊ。
③巨蝦。「駮」本作「駁」。「瑕」與「蝦」古字通。
④亦作委佗、逶迤、委移、透遲、威遲、威夷……。有多義。在此，意謂伏地而進。史記蘇秦列傳：「嫂委蛇蒲伏，以面掩地而行。」
⑤向日。謂曝於日中。
⑥亦作「石蜐」。ㄕˊ ㄐㄧㄝˊ。形如龜腳，得春雨則生花，花似草華。清鈕琇觚賸廣東月令：「三月：杜若芳，石蜐揚葩。」

十四、蠔

ㄏㄠˊ。牡蠣，別名蠔，亦稱「蚵」①。學名 *Ostrea gigas*。屬軟體動物門、斧足綱。體有二殼，因行著生②生活，左殼退化呈平扁狀、右殼長約五公分左右，高九公分，殼頂長而稍曲；殼表面淡黃色，有紫色放射線數條，內面色白，肉柔軟，閉殼肌一枚。棲淺海沙底，以左殼著生礁上。味佳可食用，臺灣西部海域有產。唐韓愈初南食貽元十八協律：「蠔相黏為山，百十各自生。」

①ㄎㄜˋ。

②ㄓㄨㄛˊ ㄕㄥ。依附而生。

十五、蜆

ㄒㄧㄢˇ。學名*Corbicula leana*，軟體動物門、瓣鰓綱、蜆科。介殼圓形或心臟形，表面黑褐色有輪狀紋，內面紫色、有光澤。淡水產，我國南北各地均產。肉可食，殼研粉可入藥。隋書劉臻傳：「性好噉①蜆，以音同父諱，呼為扁螺。」事文類聚後集卷三四引宋魏泰東軒筆錄：「曾魯公好放生，以蜆、蛤之類人不放，而活命之多也。」清趙翼題嶺東物產圖詩：「嗜蜆或改名②，食蠔矢弗若。」

①ㄉㄢˋ。同「啖」。吃。

②參前引劉臻傳。

十六、蛤

ㄍㄜˊ。即蛤蜊（ㄌㄧˊ）。學名*Mactra veneriformis*。屬軟體動物門、斧足綱①。殼橢圓形，殼徑約二六公釐，色黑，表面有許多環紋與黑點。產於溫帶海邊，肉可食。有文蛤、玄蛤、青蛤等。國語晉語九：「雀入于海為蛤，雉入于淮為蜃。」注：「小曰蛤，大曰蜃②。皆介物，蚌類。」

文蛤（Meretrix lusoria），軟體動物門、雙殼目貝類之一，分布於東南亞淺海域，棲息於海水漲退線至水深六公尺左右泥沙中，貝殼成三角形，肉味美。

玄蛤（Tapes philippinarum），軟體動物瓣鰓類。棲於海濱泥沙中，殼色茶褐，形略呈三角形，長約三公分，殼表有多色斑紋，產於東南亞。

青蛤（Cyclina sinensis），斧足綱、簾蛤科。殼近圓形，長約五公分，殼項突出，尖端向前方彎曲。殼面極凸出。無放射肋；頂端同心生長線細密，腹面生長線則粗且突出。殼面恆為黃色、邊緣呈紫色；內面白色或淡紅色，邊緣有小齒。棲息淺海泥沙中。我國沿海、韓國、日本均產。肉味鮮美。殼供藥用。為貝類養殖對象之一。

①河蚌、蛤蜊等的肉足，通常側扁呈斧狀，故稱斧足。斧足綱即雙殼綱。

②ㄕㄣˋ。亦作「蜄」（玉篇）。

附：蝦子

蝦，ㄒㄧㄚ；又讀ㄏㄚˊ。音異，義亦有別：

蝦子，ㄒㄧㄚ ˙ㄗ。指蝦。

蝦子，ㄒㄧㄚ ㄗˇ。指蝦卵。乾製後橙黃色，味鮮美，可作調味之用。近人魯迅彷徨幸福的家庭：「什麼菜？菜例不妨奇特點。滑溜裏脊、蝦子海參，實在太凡庸。我偏要說他們吃的是『龍虎鬬』(i)。」

蝦子，亦作「蛤子」。讀作ㄏㄚˊ ˙ㄗ。本草綱目蟲四鼃：「〔集解〕引陶弘景曰：『凡蜂、蟻、鼃、蟬，其類最多。大有青脊者，俗名土鴨，其鳴甚壯；一種黑色者，南人名蛤子。」事物異名錄昆蟲下蛤子引宋寇宗奭本草衍義：「青蛙，南人呼為蛤子，又名鼃子。」』(ii)」

(i)廣東的貴重大菜。一般以蛇、貓為主要食材；非盛大宴席不輕易出此道菜。

(ii)餘參蛤。

十七、河豚

古稱鯢①、胡兒、鯸鮐②，亦稱鯸鮔③……。硬骨魚綱、魨科④魚類的俗稱。體呈圓筒形，牙愈合成牙板。背鰭一，無腹鰭。無鱗或有刺鱗。有氣囊，能吸氣膨脹。種類甚多，生活於海中，若干亦進入淡水。我國沿海均產。肉鮮美，唯肝臟、生殖腺與血液含毒素，經處理後，始可食用。腌製後俗稱烏狼鯗⑤。卵巢可解河豚毒，供醫藥用；皮可製魚皮膠。常見者有蟲紋東方魨（**Fugu vermicularis**）、弓斑東方魨（**F. ocellatus**）與暗色東方魨（**F. obscurus**）……。廣雅釋魚：「鯸鮔，鮰也。」清王念孫（一七四四—一八三二）疏證：「鶘夷即鯸鮔之轉聲，今人謂之河豚者是也。河豚善怒，故謂之鮭，又謂之鮰。鮭之言恚，鮰之言訶。」

唐段成式酉陽雜俎續集支動：「鯸鮧魚，肝與子俱毒，食此魚必食艾。艾能已其毒，江淮人食此魚必和艾。」段公路（？—？乾符前後）北戶錄橄欖子：「陳藏器云：『其木主鯢魚毒。』此木作楫，撥著鯢魚皆浮出。⑥」明屠本畯（？—？）閩中海錯疏鱗下：「鯢，鮭也，一名胡兒，一名鯸鮐，一名河豚。」本草綱目鱗四河豚魚：「〔釋名〕鯸鮧，一作鯸鮐、鰗鮧、鯢魚一作鮭、嗔魚、吹肚魚、氣包魚。」清方文品魚上品鯢：「鯢，即河豚，其體圓而腹似豬，故名。」西晉左思吳都賦：「王鮪鯸鮐，鮣鱕錯⑦。」補筆談異事：「規魚，浙東人所呼；又有生海中者，腹上有刺，名海規吹肚魚，南人通言之，以其腹脹如吹也。」⑧

①ㄍㄨㄟ。

②ㄏㄡˊ ㄊㄞˊ。

③ㄏㄡˊ ㄧˊ。

④魨，ㄊㄨㄣˊ。魚名。即河豚。魨科，亦稱河豚科。豚，ㄊㄨㄣˊ。或作「㹠」、「豘」。小猪（豬）也。

⑤鯗，ㄒㄧㄤˇ。俗字作「鮝」。乾魚通稱鯗。烏賊鹹乾者名明鯗，淡乾者名脯鯗。南宋王應麟困學紀聞卷四：「陸廣微吳地記云：『闔閭思海魚而難於生致，治生魚鹽漬而日乾之，故名為鯗。』」清方以智通雅動物：「鮣、鮐、鮭，皆今之河豚也。背青黑，腹白，觸物即怒，亦曰烏狼。」

⑥謂取橄欖子木做船槳，可用以誘捕河豚。櫂，ㄓㄠˋ。船槳。

⑦王鮪、鯸鮐、鮣、鱕鯌，皆魚名。周禮天官獻人：「春獻王鮪。」鄭玄注：「王鮪，鮪之大者。」東漢張衡東京賦：「王鮪岫居，能鼈三趾。」西晉陸機（二六一—三〇三）擬古詩擬行行行重行行：「王鮪懷河岫，晨風思北林。」鮪，ㄨㄟˇ。吳都賦劉淵林注：「鮣魚，長三尺許，無鱗，身中正四方如印。」鮣，ㄧㄣˋ。龜，指海龜。鱕鯌，ㄈㄢ ㄘㄨㄛˋ。又名鮫魚（本草綱目鱗四）。同前引注云：「鱕鯌，有橫骨在鼻前如斤斧形。東人謂斧斤之『斤』為鱕，故謂之鱕鯌，魚二十餘種，此其尤異者。此魚所擊，無不中斷也。鯌子朝出求食，暮還入母腹中，皆出臨海。」按：魏晉時江東方言呼闊斧為番，以指魚骨，又从魚、作「鱕」。又，一切經音義作「鯌魚」（卷二六）。

⑧河豚，一魚多名。有：鯢（魚）、鮭、魺（ㄍㄜˊ）、規魚、胡兒、鯸鮐、鯸鮔、鯸鮧（魚）、鰗鮧、嗔魚、吹月土魚、氣包魚、海規吹肚魚。正稱、俗名計十餘種。

附：魚生

生魚膾。將鮮活魚切成薄片，洗淨血腥，加蒜、薑、醋等佐料而成。本草綱目鱗四魚膾：「魚生，劊切而成，故謂之鱠①。凡諸魚之鮮活者，薄切，洗淨血腥，沃②以蒜、齏③、薑、醋五味食之。」清李調元南越筆記魚生：「粵俗嗜魚生。以鱸④、以鱮⑤、以鰽白⑥、以黃魚⑦、以青鱭⑧、以雪鮯⑨、以鯇⑩為上。鯇又以白鯇⑪為上。以初出水潑剌者，去其皮劍，洗其血鮏⑫，細劊之為片，紅肌白理，輕可吹起，薄如蟬翼，兩兩相比。沃以老醪⑬，和以椒芷，入口冰融，至甘旨矣，而鰣⑭與嘉魚⑮尤美。」近人郭沫若今昔集日本民族發展概觀：「……又例如日本人吃的生魚謂片，所謂『灑西米』（Sashimi）『刺身』，其實就是潮州一帶所吃的魚生⑯。」

①ㄎㄨㄞˋ。「膾」的異體字。切細之肉絲曰膾。

②猶澆。

③ㄐㄧ。供調味之薑、蒜等細末。

④ㄌㄨˊ。學名 *Lateolabrax japonicus*。硬骨魚綱、鱸科。體側扁，長達〇・六公尺。口大，下頷突出。銀灰色，背部、背鰭均有小黑斑。棲息近海，亦進入淡水。性凶猛，以魚、蝦為食。我國沿海均產。屬常見食用魚類。

⑤ㄏㄠ。即鰌（ㄑㄡ）。（廣雅釋魚）。「鰍」異體作「鰌」。硬骨魚綱、鰍科魚類之統稱。體側扁。口小，鬚三至六對。鱗細小或退化。側線不完全或消失。鰾退化，前部包於骨質囊內，後部細小，游離。種類多.，在此，指花鰍（Cobitis taenia）或長薄鰍（Leptobotia elongata）等而言。

⑥鰽，ㄑㄡˊ。鱭（ㄐㄧˋ）魚別名鰽。本草綱目鱗三鱭魚：「集解引異物志：『鰽魚仲夏從海中泝流而上。長尺餘，腹下如刀，肉中細骨如鳥毛。』」清李調元然犀志魛魚：「魛魚，一名鱭魚，又名鰽魚，即鮆魚也。」李元（？—？清季人）蠕範物體：「鰽，魛也，鮆也，鱭

也，鯊也，蔑刀也，望魚也，側薄似刀，細鱗白色，吻上有二硬刺，腮下有長鬣，腹下有硬角，近尾有短鬣，飲而不食，子多而肥，大者長尺餘。」榮按：以其色白，又稱鱭白。

泝，ㄙㄨˋ。同「溯」。魛，ㄉㄠ。鮆，ㄐㄧˋ。鬣，ㄌㄝˋ。魚類嘴旁等部位的小鰭。

⑦大黃魚（pseudosciaena crocea）、小黃魚（pseudosciaena polyactis）通稱黃魚。前者又稱大黃花、大鮮。硬骨魚綱、石首魚科。體延長，側扁，長約四〇—五〇公分。金黃色。尾柄細長。椎骨二五—二七枚。平時棲息較深海域，四—六月向近海洄流產卵，產後分散於沿岸索餌，以魚、蝦為食。秋、冬又向深海區遷移。鰾能發聲，漁民常借此以測魚群數量。分布於南海、東海與黃海南域。為我國重要經濟魚類之一。供鮮食或製成黃魚鯗。鰾可製膠。後者又稱黃花魚、小鮮。硬骨魚綱、石首魚科。體型酷似大黃魚，但尾柄較短、鱗較大，椎骨廿八—卅枚。長約二十餘公分，仍為金黃色。冬季在深海越冬，春季洄游沿岸，三—六月間產卵，以糖蝦、毛蝦與小型魚類為食，秋末重返深海。鰾亦能發聲。主要產於東海南域與黃海、渤海等水域，朝鮮半島西海岸仍可見及，亦為我國重要經濟魚類之一。供鮮食或製成鹹乾品；鱗可製魚鱗膠、珍珠素；鰾可製魚鰾膠；精巢可製魚精蛋白。

⑧體色帶青，故稱。

⑨魿，ㄌㄥˊ。體色白，故名。東漢楊孚（？—？）異物志：「南方魚多不肥美，惟魿魚為上，大者長二尺，作鱠炙，尤香而美。」唐劉恂（？—？晚唐乃健在）嶺表異錄卷下：「魿魚，如白魚而身稍短，尾不偃，清遠江多此魚，蓋不產于海也。廣人得之多為膾，不腥而美，

諸魚無以過也。」近人徐珂（一八六九—一九二八）清稗類鈔飲食粵人食魚生：「粵俗嗜魚生，以嘉魚，以鰽魚，以黃魚，以青鱭，以雪鯩，以鰣，以鱸，以鰲，以鯇。」鰲，ㄠˋ。鯇，ㄏㄨㄢˇ。同「鯇」。

⑩ㄏㄨㄢˇ。草魚。體略呈圓筒形，青黃色，生活于淡水。為我國主要養殖魚之一。宋書謝靈運傳：「魚則鰻鱧鮒鱮，鱒鯇鰱鯿。」清屈大均（一六三〇—一六九六）廣東新語鱗語魚：「廣州地多池塘，所畜者鰱、鱅、鯇、鯩、鯽。」徐珂清稗類鈔動物鯶：「食草，亦謂之草魚，又作鯇。」鰻，ㄧㄡ。鱧，ㄌㄧˇ。鮒，ㄈㄨˋ。鱮，ㄒㄩˋ。鯿，ㄅㄧㄢ。鱅，ㄩㄥ。鯶，ㄏㄨㄣˋ。

⑪體色較白之鯇，曰白鯇。

⑫鮏，ㄒㄧㄥ。魚腥。北宋趙叔向（？—一一二六；宗室。）肯綮錄俚俗字義：「鐵臭曰鉎，魚臭曰鮏。」清屈大均廣東新語鱗語魚生：「鯇又以白鯇為上，以初出水潑剌者，去其皮劍，洗其血鮏，細劊之為片。」

⑬醪，ㄌㄠˊ。濁酒。本義酒釀，即汁滓混而為一之酒也。

⑭ㄕˊ。學名 *Macrura reevesii*。古稱「魱」（ㄏㄨˊ）。硬骨魚綱、鯡科。體側扁，長可達七〇公分，色銀白。上頷中間有一缺刻，下頷中間有一突起。腹部具棱鱗。主食浮游生物。分布於我國、朝鮮半島與菲律賓沿海。春、夏之交，溯江產卵，長江、富春江、西江等河流均可見及。甫入江時，體脂肥厚，肉味最為鮮美，乃名貴魚類也。鯡，ㄈㄟˋ。

⑮即卷口魚（ptychidio jordani），古稱「鮇」（ㄨㄟˋ）。硬骨魚綱、鯉科。體前部亞圓筒形，

後側扁，長達二十餘公分。體呈暗褐色。鬚兩對、粗長。吻褶發達，裂如纓狀，具許多瘤狀小突起。棲息水域底層，屬雜食性魚類。產於西江流域與臺灣。可供食用。

⑯生魚片，日文漢字作「刺身」，讀作サシミ（さしみ）。飯團生魚片漢字作「握壽司」。

卷十四、蔬果

一、葱

ㄘㄨㄥ。說文作「蔥」，雅稱伯菜。學名 *Allium fistulosum*。石蒜科，多年生草本。葉中空成管狀，上綠下白，高二公尺許。種類很多，主要有大葱，植株較高大，用種子繁殖。作香辛料的葱，植株則較矮小，分蘗力強，用分株或鱗莖繁殖，有胡葱、細香葱、樓葱等。葱，味辛，主要作蔬菜，亦入藥。淮南子說山訓：「君子之於善也，猶采辛者見一芥掇之，見青葱則拔之。」本草綱目菜一葱：「〔釋名〕芤、菜伯、和事草、鹿胎。〔集解〕葱莖白、（氣味）辛、葉溫、根鬚汁並無毒。（主治）作湯治傷寒寒熱、中風面目浮腫。……」臺灣地區以宜蘭縣三星鄉所產者最富盛名。

二、薑

學名 *Zingiber officinale*。亦稱生薑。被子植物、薑科 Zingiberaceae。多年生草本，作一年生栽培。鬚根不發達。根莖肥大，呈不規則塊狀，灰白或黃色，有辛辣味。地上莖高六十至七十公分許。葉披針形，互生。花下有綠色苞，層層包圍，花黃色，唇瓣紫色，散布白點。

在溫帶通常不開花。喜陰濕溫暖，忌乾旱、霜凍；蔬菜用薑宜栽植于壤土或黏土。原產印度尼西亞，我國華中、華南普遍栽培。根莖作蔬菜、香辛料，並供藥用。本草綱目菜部菜一生薑：「〔釋名〕時珍曰：『按許慎說文薑作彊，云禦濕之菜也。王安石字說云：薑能彊禦百邪，故謂之薑。』初生，嫩者其尖微紫，名紫，或作子薑，宿根謂之母薑也。……（氣味）辛，微溫，無毒。……（主治）久服去臭氣，通神明，歸五臟，除風邪寒熱傷寒，頭痛鼻塞，欬逆上氣，止嘔吐、去痰下氣，去水氣滿、療欬嗽時疾。……。」

生薑與肉桂合稱薑桂，性皆辛辣；因用以喻性情剛彊不移。宋史晏敦復傳：「況吾薑之性，到老愈辣。」

三、蒜

亦稱「大蒜」①、「葷菜」②。學名 *Allium sativum*。百合科。多年生宿根草本，作一二年生栽培。葉狹長、扁平，淡綠色，肉厚，表面有蠟粉。自莖盤中央抽生花莖（即蒜薹③）頂端花序，花形成小鱗莖（氣生鱗莖），俗稱「天蒜」，亦可供繁殖用。地下鱗莖由灰白色的膜質外皮包裹，內有小鱗莖，叫蒜瓣④，由莖盤上每個葉腋中的腋芽膨大而成。依鱗莖皮色不同分紫皮種與白皮種；按蒜瓣大小不同分大瓣種與小瓣種。性耐寒，幼苗期與蒜頭生長期喜濕潤。一般用蒜瓣繁殖。蒜頭、蒜苗、蒜薹均作蔬菜；蒜頭中含大蒜素，可供藥用。中醫用作散寒化濕、殺蟲解毒藥。性溫、味辛，主治感冒鼻塞、肺虛久咳、泄瀉、痢疾諸症。

鱗莖含揮發性大蒜辣素，具抗菌、抗滴蟲等作用，除用以治菌痢、阿米巴痢疾外，亦用以治肺結核、鈎蟲、蟯蟲、滴蟲等諸病。

①玉篇：「葫，大蒜也。」因大蒜自西域傳入，故名。急就篇卷三：「芸、蒜、薺、芥、茱萸，香。」注：「蒜，大、小蒜也。皆辛而葷。」大蒜，根莖俱大而瓣多；小蒜，根莖俱小而瓣少。

②道家以韮、薤、蒜、芸薹、胡荽為五葷。佛家以大蒜、小蒜、興渠、慈葱、茖葱為五葷。

③又作「蒜苔」、「蒜台」。蒜的花莖。嫩時可食。廣羣芳譜蔬一蒜：「乾蒜薹鹽腌，三日曬乾，元滷煎滾，煤過又曬乾，蒸熟，磁罐盛之，久留不壞。」嫩蒜薹，又稱蒜苗、蒜條。東晉王羲之吳興鮓帖：「今付北方脯二夾，吳興鮓二器，蒜條四千二百。」清潘榮陛（？—？）帝京歲時紀勝五月時品：「小麥登場，玉米入市。蒜苗為菜，青草肥羊。」

④今漢語「蒜頭」，漳、泉、臺、廈，仍沿稱「蒜瓣」。

四、韭

ㄐㄧㄡˇ。亦作「韮」。韭菜，雅稱「豐本」①。學名 *Allium tuberosum*。百合科。多年生宿根草本。葉細長扁平且柔軟，色翠綠。分蘖力強。夏、秋抽花莖，頂端集生小白花，傘形花序。種子小，黑色。依供食用部分不同分根韭、葉韭、花韭②與葉花兼用韭等類型。經軟化栽培成韭黃③。性喜冷涼氣候。播種或分株繁殖。原產地中國，南北各地普遍栽培作蔬菜。種子供藥用，主治腰膝痠痛、小便頻數、遺尿、帶下等症④。詩豳風七月：「四之日其蚤，獻羔祭韭。」西晉潘岳閑居賦：「菜則葱韭蒜芋，青芬紫薑，……白薤⑤負霜。」唐杜甫贈衛八處士詩：「夜雨剪春韭，新炊間黃粱⑥。」清顧貞觀（一六三七—？）灌園詩：「早韭和露茁，晚菘⑦凌霜翻。」

①禮記曲禮下：「凡祭宗廟之禮，韭曰豐本。」集韻：「其根本豐盛也。」呂仲家禮大成卷三：「韮，豐木。」顯係誤植。

②漳、泉、臺、廈之人呼為「韭菜花」。

③中央遷臺初期，今臺北市雙園區東園國小附近農圃仍幾全為韭黃園；該區於十九世紀中葉至二十世紀卅年代屬茉莉生產區，茉莉花採收、乾燥後，交大稻埕茶郊烘製花茶（今稱香片）。民國四十年代，改培植韭黃，以應內地渡臺者之需。

④本草綱目菜一韭，集解。

⑤薤，ㄒㄧㄝˋ。學名*Allium chinense*。俗稱「藠頭」，亦稱「鴻薈」。百合科多年生宿根草本。鱗莖可食。

⑥粟的一種，穗大毛長，穀米俱粗於白粱，收子少，不耐水旱，食之香美逾於諸粱，號為竹根黃。（政和證類本草卷二十五）

⑦崧，ㄙㄨㄥ。別稱黃芽菜。

五、芹

ㄑㄧㄣ。詩小雅采菽：「觱沸檻泉，言采其芹。」呂氏春秋本味：「菜之美者……雲夢之芹。」芹菜（Apium graveolens）俗稱「旱芹」、「藥芹」、「蒲芹」。傘形科。一二年生草本。基出葉為二回羽狀複葉；葉柄發達，中空成實，葉綠白或綠黃，有特殊香味。傘形花序；花小，白色。性喜冷涼，不耐炎熱，春夏播種。葉柄作蔬菜；種子作香料。本草綱目菜一水斳：「〔釋名〕芹菜。水英。楚葵。弘景曰：『斳字俗作芹字。』」唐韓愈陪杜侍御遊湘西兩寺因獻楊常侍詩：「澗蔬煮蒿芹，水果剝菱芡。」

六、茼蒿①

學名 *Chrysanthemum coronarium var. spatiosum*。俗稱蓬蒿；閩南、臺灣俗稱冬蒿②。菊科。一二年生草本。葉倒披針形，葉緣缺刻深或淺，色淡綠，有香氣。頭狀花序單生于枝頂，舌狀。花黃或白色。瘦果形小，稍長，褐色。性喜冷涼，春、秋皆可栽培。我國南北各地普遍栽培。嫩莖、葉作蔬菜。本草綱目菜一茼蒿：「〔集解〕時珍曰：『茼蒿八九月下種，冬春采食。肥莖、花葉微似白蒿，其味辛甘，作蒿氣，……此菜自古已有，孫思邈載在千金方菜類，至宋嘉祐中，始補入本草。今人常食者。……（氣味）甘辛、平、無毒。（主治）安心氣、養脾胃、消痰飲、利腸胃。』」

民國卅三至卅四年間，日軍於太平洋戰爭中已成困獸之搏，物質匱乏，即使部隊亦有斷炊缺糧之苦。時，臺東機場駐有「神風特攻隊」。有隊員某發現機場附近長滿野生茼蒿，莖較瘦，葉亦呈披針形，摘採洗淨，川燙佐醬以食，較人工栽培者尤脆美可口，一時飛行員爭相摘採，遂有飛機菜之稱。今知本溫泉附近餐廳，仍有此道菜。邇來，以人工栽培，偶於市場販售。

①ㄆㄨㄥˊ ㄏㄠ。

②臺灣地區多於冬天採食，故有此稱。

七、芫荽

ㄩㄢˊ ㄙㄨㄟ。學名 *Coriandrum sativum*。又名胡（葫）荽，俗稱「香菜」。傘形科。一二年生草本。基出葉為奇數羽狀複葉，小葉卵形，葉柄為綠色或淡紫色。春夏間開白或淡紫色花，複傘形花序。性喜冷涼，忌炎熱。有特殊香味。果實可提製芫荽油；莖葉作蔬菜。中醫以全草入藥，功能解表，透發痲疹。本草綱目菜一胡荽：「〔釋名〕香荽。胡菜。蒝荽。時珍曰：『荽，許氏說文作葰。云薑屬，可以香口也。……張騫使西域，始得種歸，故名胡荽。今俗呼為蒝荽。……。』」榮按：芫荽，於嘉祐本草始著錄，餘參政和證類本草卷廿七。元秦簡夫

（？—？，元末之人）東堂志第三折：「賣菜也，青菜、白菜、赤根菜、芫荽、胡蘿蔔、葱兒呵。」

八、菜豆

通稱四季豆，俗稱雲豆、芸豆、隱元豆①。學名*Phaseolus valganis*。豆科，一年生草本。蔓生或矮生。葉為具有三片小葉之複葉，小葉呈菱形。總狀花序②，花色白、黃、淡紅或淡紫。莢果斷面扁平或近圓形，一般綠或黃色，亦有具斑紋者。種子紅、白、黃、黑或斑紋彩色。性喜溫暖。我國多數地區皆可春、秋二季栽培。嫩莢作蔬菜，或以成熟種子食用。又，種子亦可入藥，有利尿、消腫等作用。

①日人稱四季豆為隱元豆（いんげんまめ），蓋由隱元傳入日本，故名。隱元，俗姓不可考，本名隆琦，明僧。後光明天皇（日本第一一〇代天皇，御名紹仁）承應三年（一六五四）渠應邀赴東瀛傳教，明曆五年（一六五九）創萬福寺於京都之郊，為日本黃檗宗之祖。（日高僧傳卷四十五、井上光貞等詳說日本史頁二〇〇）

②亦稱混合花序。

九、扁豆

一作「藊豆」、又名「鵲豆」、「蛾眉豆」。雅稱劍豆。學名 *Dolichos lablab L.*。豆科，一年生纏繞草質藤本。三出複葉，項生小葉呈寬三角形狀卵形；側生小葉較大。花白色或紫紅色。莢果倒卵狀長橢圓形。種子扁橢圓形，黑褐、茶褐或白色。喜溫暖潤濕、耐熱。一般春播秋收。原產於印度、印度尼西亞；兩岸各地均有栽種。嫩莢或種子作蔬菜。中醫以白色種子、種皮與花入藥，種子與種皮（稱扁豆衣），主治泄瀉、嘔吐諸症；花治血痢。

十、筍

亦作「笋」，。金文作「」、小篆作「」。甲文闕，金文、小篆形略同。从竹、旬聲。說文：「筍，竹胎也。」乃竹初生時，孕於地下及露於地上兩部分之合稱，故从竹。又，旬本作「十日」解；竹之萌生，成長甚速；約十日便顯著可見，故从旬聲，屬形聲兼會意字（今人高樹藩形音義綜合大字典頁一二四二）。就植物學言：筍，竹之嫩莖、芽。竹鞭節上生的芽，冬季在土中已肥大而可採掘者稱「冬笋」；春季芽向上生長，突出地面者稱「春笋」。夏秋間芽橫向生長為新鞭，其先端幼嫩部位稱「鞭笋」。組織細嫩而無惡味者可作鮮菜、笋乾、鹹笋或罐頭食品。盛產於長江以南及臺灣。可食用者有毛竹笋、淡竹筍、慈竹筍、綠竹筍、麻竹笋等。唐皮日休夏景無事因懷章來二上人詩之一：「水花移得和魚子，山蕨收時帶竹胎。」清朱彝尊（一六二九—一七〇九）普天樂曲：「釣侶詩朋看都在，把封泥酒甕齊開，雞頭竹胎，穀菜餅餤，油菜花薹。」詩大雅韓奕：「其蔌維何，維筍及蒲。」

鄭玄箋：「筍，竹萌也。」唐韓愈題于賓客莊詩：「榆莢車前蓋地皮，薔薇蘸水筍穿籬。」又，和侯協律詠筍：「竹亭人不到，新筍滿前軒。」清孫枝蔚供饌蕭然因憶江都魚味之美詩：「筍即渭川竹，魚非京口鰣。」

十一、竽

ㄩˋ。俗稱「芋艿」、「芋頭」。雅稱蹲鴟。學名 *Colocasia esculenta*。天南星科。多年生草本，作一年生栽培。地下有肉質球莖，呈圓、卵圓或橢圓形。葉片多為盾形、綠色；葉柄長而肥大，呈紅、綠或紫色。佛焰花序，單性花，黃綠色，溫帶地區甚少開花。喜高溫濕潤。用球莖繁殖。原產於東南亞，華南各地栽培較多。球莖與葉柄作菜用；球莖亦可藥用。史記貨殖列傳：「吾聞汶山之下，沃野，下有蹲鴟，至死不饑。」正義：「蹲鴟，芋也。」西晉左思蜀都賦：「交讓所植，蹲鴟所伏。」本草綱目菜二芋：「〔釋名〕土芝。蹲鴟。〔集解〕芋子（氣味）辛、平滑、有小毒。（主治）寬腸胃，充肌膚，滑中。冷啖，療煩熱、止渴。……」

十二、茄

ㄑㄧㄝˊ。學名 *Solanum melongena*。古稱「伽子」，今亦稱「茄子」、俗呼「落蘇」。茄科。一年生草本，在熱帶為多年生灌木。葉互生，卵圓形或橢圓形，呈暗綠、鮮綠或紫綠色。萼片有刺，花淡紫或白色。漿果圓形、扁圓形、倒卵形或長條形，色紫、綠或近白。性喜溫暖。冬春之交或終霜後於露地育苗再行移栽。嫩果供食用，根供藥用。本草綱目菜三茄：「〔釋名〕落蘇。崑崙瓜。草鼈甲。〔集解〕〔氣味〕甘寒無毒。……」酉陽雜俎廣動植草篇：「茄子熟者食之。」初學記卷十九引東漢王褒僮約：「種瓜作瓠，別茄披葱。」

十三、蘿蔔

又名「蘆菔」、「萊菔」，漳、泉、臺、廈呼「菜頭」。學名 *Raphanus sativus*。十字花科。一二年生草本。肉質塊根呈圓錐、圓球，長圓錐、扁圓等形。肥厚多肉，白、綠、紅或紫色。葉大，羽狀分裂或不分裂。總狀花序，花白或淺紫色。性較耐寒。適於壤土或砂壤土生產。原產大陸地區。依生長季節可分春蘿蔔、夏蘿蔔、秋冬蘿蔔、四季蘿蔔等類型。為我國主要蔬菜之一。生蘿蔔富澱粉酶，能助消化。蘿蔔可生食；洗淨、切條，加鹽揉製，晾乾後，可久藏，漳、泉、臺、廈稱菜脯。子可入藥。爾雅釋草：「葖，蘆葩。」疏：「一名蘆菔，今謂之蘿蔔是也。」南宋方岳春盤詩：「萊菔根鬆縷冰玉，蔞蒿苗服點寒綠。」本草綱目菜一萊菔：「萊菔乃根名，上古謂之蘆葩，中古轉為萊菔，後世訛為蘿蔔。」清方文中秋日張東圖見枉小飲有作詩：「相將延頸蟾蜍魄，何以充庖萊菔根。」

十四、冬瓜

學名 ***Benincasa hispida***。葫蘆科。一年生蔓性草本。莖上有茸毛。葉稍圓，掌狀淺裂，葉面、葉背均有毛。花黃色。果呈短圓柱、扁圓或長圓形，大小因品種而異，小者重一、二公斤，大者重十公斤許。皮綠色，被白色蠟粉或無；果肉厚、白色、疏鬆多汁，味淡。種子扁平、白色，有狹翼狀邊緣或無。性喜溫暖濕潤，有一定耐旱力。晚春播種，夏秋採收。原產華南與印度。果實亦稱冬瓜，作蔬菜。種子與外果皮可入藥。本草綱目菜三冬瓜：「〔釋名〕白瓜。水芝。地芝。味甘、微寒，無毒。（主治）小腹水脹、…」廣羣芳譜蔬譜五冬瓜：「冬瓜一名白瓜，一名水芝，一名地芝，一名蔬蓏。」蓏，ㄐㄧˊ。指冬瓜（集韻）。

十五、苦瓜

學名 ***Momordica charantia***。俗稱錦荔枝、癩葡萄。葫蘆科。一年生草本。葉掌狀深裂，綠色，葉背呈淡綠色。雌雄異花同株，黃色。果紡錘成長圓筒，果面有瘤狀突起；果皮有綠、綠白或濃綠等色，成熟時黃赤色。果肉有苦味，故名；瓤鮮紅色。原於印度尼西亞，我國兩廣、臺灣等地栽培較多。可生食或作蔬菜。本草綱目菜三苦瓜：「錦荔枝、癩葡萄。」又：「五月下子，生苗引蔓，莖葉卷鬚，並如葡萄而小……結瓜長者四五寸，短者二三寸，青色，皮上痱瘟①如癩及荔枝殼狀。」清劉獻廷（一六四八—一六九五）廣陽雜記卷三：「衡州②苦瓜，即北方之癩葡萄，江南之錦荔枝也。閩、廣、滇、黔人皆喜食，味甚苦。」

①ㄈㄟˋ ㄌㄟˇ。亦作「痱磊」、「痱癗」。皮外小腫，多泛指小粒塊。唐韓愈嘲鼾睡詩：「木枕十字裂，鏡面生痱癗。」又，參北宋陸佃埤雅卷二釋魚蟾蜍，茲從略。

②在今湖南衡陽。

十六、含桃

櫻桃別稱含桃。禮記月令：「是月（仲夏之月）也，天子乃以雛嘗黍，羞以含桃先薦寢廟。」鄭玄注：「含桃，櫻桃也。」淮南子時則訓：「羞以含桃。」高誘注：「含桃，鶯所含食，故言含桃。」南朝宋鮑照代白紵曲之二：「含桃紅萼蘭紫芽，朝日灼爍發園華。」北宋蘇軾真相院釋迦舍利塔銘：「色如含桃，大如薏苡。」南宋洪邁（一一二三—一二〇二）夷堅三志己吳女盈盈：「（王山）作長歌答之曰：『……鶯啄含桃未嚥時，便會吟詩風動竹。』」

十七、炎果

枇杷異名炎果。南朝宋謝瞻（三八七—四二一）枇杷樹賦：「肇寒葩於結霜，成炎果乎纖露。」

十八、馬乳

本為葡萄的一種。因用以借稱葡萄。唐封演封氏聞見記蜀無兔鴿：「太宗朝，遠方咸貢珍異草木，今有馬乳葡萄一房，長二丈餘，葉護國所獻也。」劉禹錫蒲萄歌：「馬乳帶輕霜，龍鱗躍初旭。」清沈初（一七三五—一七九九）西清筆記紀庶品：「（綠葡萄）取以植於香山，結實甘脆過馬乳。」

十九、玉蛹

蓮子色米白，形似蜂蛹、蠶蛹，因此雅稱玉蛹。無名氏蓮子詩云：「不是荷花窠裏蜜，方成玉蛹未成蜂。」又事物異名錄果蓏蓮子：「按：玉蛹謂蓮子也。」

二十、玉臂

藕，亦稱玉臂龍，省稱玉臂。事物異名錄果蓏藕：「清異錄：崔遠家墅，在長安城南。就中禊池產巨藕，相傳為楔寶，又曰玉臂龍。」

二十一、水晶

西瓜，一年生草本、大型漿果。實圓或橢圓，瓤①有紅、黃、白等色，味甘多汁，其中肉色白者，尤其晶瑩飽滿，昔人恆以水晶代稱之（詳呂仲家禮大成卷三）。本草綱目果五西瓜：「按胡嶠②陷虜記言，嶠征西紇得此種歸，名曰西瓜。則此瓜自五代時始入中國。」新五代史四夷附錄二：「（胡嶠居契丹）始食西瓜，云契丹破回紇得此種，以牛糞覆棚而種，大如中國冬瓜而味甘。」

①ㄖㄤˊ。瓜肉。

②生卒、籍里均不詳，約於後唐至北宋初在世。後晉時任同州郃陽縣令。後晉亡，為遼宣武軍節度使肖翰掌書記。後漢高祖天福元年（九四七），隨肖翰入契丹。翰遭殺害，無所憑依，於契丹滯居七年。後周太祖廣順三年（九五三）逃歸中國。歸後，將其在塞外見聞，撰成陷虜記，詳記契丹民俗、山川、制度，對研究早期契丹史十分珍貴；惜書已佚，新五代史四夷附錄摘引甚詳。

二十二、水栗

菱角，雅稱水栗。唐段成式酉陽雜俎草篇：「芰①，一名水栗，一名薢茩②。」南宋王質（一一二七—一一八九）林泉結契菱角：「花黃中，子外綠中白，四角或兩角。紫者皮薄而肌厚，尤佳。又號水栗。」又，孫奕（？—？，南宋寧宗朝人）履齋示兒編雜記人物異名：「菱曰水栗。武夷記曰：『兩角曰菱，三角、四角曰芰，通曰水栗。』」

①ㄐㄧˋ。

②ㄒㄧㄝˋ ㄍㄡˋ。說文蔆：「芰也。楚人謂之芰，秦謂薢茩。」

二十三、雪液

梨之品種甚多，其中雪梨實大肉細、皮薄質白，汁多且甘，入口即化，故以雪液代稱梨也。（呂仲家禮大成卷三）

二十四、蜜汁

神異經①「南方有甘蔗林，其高百丈，圍三尺八寸，促節多汁，甜如蜜，咋齧其汁，令人潤澤。」故以「蜜汁」雅稱甘蔗。又，異物志②：「甘蔗，遠近皆有，交阯所產特醇好，本末無厚薄，其味至均。……迮取③汁如飴餳④，名之曰糖。」本草甘蔗：「（釋名）：『竿蔗，藷。』時珍曰：『按野史云：呂惠卿言凡草皆正生嫡出，惟蔗側種根上庶出，故字從庶也。嵇含作竿蔗，謂其莖如竹竿也。離騷、漢書皆作柘⑤，字通用也。藷⑥字出許慎說文，蓋蔗音之轉也。』」晉書文苑傳顧愷之：「愷之每食甘蔗，恆自尾至本。人或怪之。云：『漸入佳境。』」

①舊題西漢東方朔撰，西晉張華注，凡一卷。
②東漢楊孚（？—？）撰。

③ㄗㄜˊ ㄑㄩˋ。猶云壓榨取出。

④ㄧˊ ㄒㄧㄥˊ。麥芽糖漿。

⑤ㄓㄜˊ。

⑥ㄓㄨˊ。一讀ㄕㄨˇ、ㄕㄨˋ，

二十五、朱果

本草綱目果二柿集解引事類合璧：「柿，朱果也，大者如楪①，八稜稍扁。」唐韓愈送張道士詩：「霜天熟柿栗，收拾不可遲。」北宋歐陽脩歸田錄卷二：「今唐鄧間②多大柿，其初生澀，堅實如石。凡百十柿以一榠樝③置其中，則紅熟爛如泥而可食。」酉陽雜俎木篇：「俗謂柿樹有七絕：一壽、二多陰、三無鳥巢、四無蟲、五霜葉可翫、六嘉實、七落葉肥大。」

①ㄉㄧㄝˊ。同「碟」。盛食物的小盤。唐白居易七年元日對酒詩之三：「三盃藍尾酒，一楪膠牙餳。」宋史呂蒙正傳：「吾面不過楪子大，安用照二百里哉？」

②今山西翼城與河南郾城間。一說山西翼城與河南鄧縣間。

③ㄇㄧㄥˊ ㄓㄚ。果名。其木葉花實與木瓜相似，但較木瓜大而色黃。（本草綱目果二）

二十六、丹若

酉陽雜俎木篇：「石榴，一名丹若。梁大同中東州後堂石榴皆生雙子。南詔①石榴子大，皮薄如藤紙②，味絕於洛中③。」本草綱目果二安石榴：「若木乃扶桑④之名，榴花丹頳⑤似之，故亦有丹若之稱。」北宋蘇舜欽（一〇〇八—一〇四八）夏意詩：「別院深深夏蕈⑥清，石榴開遍透簾明。」清陳維崧浣溪沙詠橘詩：「髩髴輕軀十八娘，生憎柑子道家粧，石榴裂齒也尋常。」

①今雲南大理。詳新唐書卷二二二上、文獻通考卷三二九。
②紙名。詳嘉慶一統志卷二九六紹興府三土產。
③謂洛陽之中。南史陳慶之傳：「慶之麾下悉著白袍，所向披靡。先是洛中謠曰：『名軍大將莫自牢，千兵萬馬避白袍。』」
④本草綱目木三扶桑：「扶桑產南方，……其花有紅黃白三色，紅者尤貴，呼為朱槿。」
⑤ㄉㄢ ㄔㄥ。火紅色。
⑥ㄉㄢˋ。竹蓆。

二十七、霜朱

橘經霜後，始呈紅色。故以霜朱雅稱之。南朝梁范雲（四五一—五〇三）圓橘詩：「芳條結寒翠，圓實變霜朱。」一本作圓實詩。

二十八、甘液

荔枝雅稱甘液，取其汁多且甘爽之意以名之也。荔枝，亦作「荔支」。西晉嵇含（二六三—三〇六）南方草木狀卷下：「荔枝樹，高五六丈餘，如桂樹，綠葉蓬蓬，冬夏榮茂，青華朱實，實大如雞子，核黃黑似熟蓮，實白如脂，甘而多汁，似安石榴。」北魏賈思勰齊民要術荔支：「廣志曰：『荔支，樹高五六丈，如桂樹，綠葉蓬蓬，冬夏鬱茂，青華朱實。』」唐玄宗寵妃楊玉環雖病齒猶喜啖荔枝；杜牧過華清宮絕句之一：「一騎紅塵妃子笑，無人知是荔枝來。」

二十九、魁圓

龍眼，果名。俗稱桂圓、木彈，雅稱魁圓①、驪珠②、繡水團③等。樹如荔枝，但枝葉稍小。荔枝過即龍眼熟，因恆隨其後，故謂之荔枝奴。閩、粵、臺三省盛產之。東觀漢記卷二二：「南單于來朝，賜御倉及橙橘、龍眼、荔枝。」西晉左思吳都賦：「龍眼橄欖，棎榴禦霜。」太平御覽卷九七三引晉顧微廣州記：「龍眼，子似荔枝，七月熟。」

①魁，有第一、（高）大等義，亦為「桂」字音轉。

②本草綱目果三龍眼。

③北宋陶穀清異錄繡水團：「龍眼金。余但知其名繡水團、川彈子而已。按本草，一號荔枝奴。」

三十、青果

橄欖，別稱青子、青果。南宋史繩祖（？—？寧、理二朝間人）學齋佔畢卷一詩人詠物：「蓋凡果之生也，必青。及熟也必變色，……惟有橄欖，雖熟亦青，故謂之青子。」本草綱目果三橄欖：「此果雖熟，其色亦青，故俗呼青果。其有色黃者不堪，病物也。」北宋蘇軾橄欖詩：「紛紛青子落紅鹽，正味森森苦且嚴。」

三十一、銀杏

本草銀杏：「〔釋名〕：『白果、鴨腳子。』本草綱目果二銀杏：「原生江南，葉似鴨掌，因名鴨腳。宋初始入貢，改呼銀杏，因其形似小杏，而核色白也。今名白果。」明劉基秋日詩：「銀杏子成邊雁到，木犀花發野鶯飛。」

三十二、赤心

棗樹，葉卵形或長圓形。聚傘花序、小花，呈黃綠色，有花盤，多蜜。所結核果（俗稱棗子）呈卵形或橢圓，鮮嫩時黃色，成熟後呈紫紅，故雅稱赤心；味甘甜，可生食，亦入藥。詩豳風七月：「八月剝棗，十月穫稻，為此春酒，以介眉壽。」西晉左思魏都賦：「淇洹①之筍，信都②之棗，雍丘③之粱，清流④之稻。」清潘榮陛帝京歲時紀勝時品：「都門棗品極多，大而長圓者為纓絡棗，尖如橄欖者為馬牙棗，質小而鬆脆者為山棗，極小而圓者為酸棗。又有賽梨棗、無核棗、合兒棗、甜瓜棗。」

①淇，指淇水，源出淇山而得名。洹，ㄏㄨㄢˊ。指洹水，今稱安陽河。淇縣，古朝歌地，以產竹著名。詩衛風淇奧：「瞻彼淇奧，綠竹猗猗。」

②戰國時趙地，西漢景帝時為廣川國，宣帝時改信都國，所屬有信都縣。故城在今河北棗強縣東北。（漢書地理志下。）

③故城在今河南杞縣（詳太平寰宇記卷一開封府。）

④今安徽滁縣附近。

三十三、地豆

落花生省詞作「花生」。典籍便覽：「落花生，藤蔓、莖葉似扁豆，開花落花，一花就地結一果，……。」事物異名錄蔬轂番豆：「物理總論：『番豆名落花生、土露子。二三月種之，一畦不遇數子，行枝取土壓之，開花落土成實，冬後掘土取之，殼有紋，豆黃白色，炒熟甘香，似松子味。』」清檀萃（乾、嘉間人）滇海虞衡志：「落花生，宋元間與棉花、番瓜、紅薯之類，粵估從海上諸國得其種歸種之，呼落花生曰地豆。」榮按：漳、泉、臺、廈等地，稱之為土豆。

三十四、桑實

椹，ㄕㄣˋ。同「葚」。桑樹果實。亦稱桑實。詩衛風氓：「于嗟鳩兮，無食桑葚。」釋文：「葚，本又作椹。」又，椹，亦作「黮」，魯頌泮水：「食我桑黮，懷我好音。」唐柳宗元聞黃鸝詩：「閉聲迴翅歸務速，西林紫椹行當熟。」清厲鶚赤城雜記毛稚黃洪昉思詩：「鳩貪桑實醉，鼠戀豆根肥。」

三十五、旺梨

現代漢語作「鳳梨」，臺語作「旺梨」，前者狀其形，後者言其量。今人不察，恒寫成「旺來」、「旺萊」。「來」、「萊」與「梨」，臺語音相同。大家只知道有「來」，不曉得有「梨」。

鳳梨學名 *Ananas comosus*。一名黃梨，又稱波羅。鳳梨科。多年生常綠草本。莖短，基部生吸芽。葉劍狀、密生，呈螺旋狀排列，自邊緣有刺或無刺區分其品種。花序頂生，由葉叢中抽出，橢圓形，狀似松球（英人稱pineapple，確有其理。）；花無柄、色紫紅。複果肉質，果頂有冠芽。多用吸芽、冠芽等行無性繁殖。性喜溫暖。原產巴西，臺灣北回歸線以南地區亦盛產之。鳳梨具獨特的芳香，有「熱帶水果女王」的美稱。果實去皮，即可食。早期吾臺鳳梨採收後，絕大多數製成罐頭，外銷世界各地。葉纖維可製繩或作紡織、造紙等原料。

卷十五、花木

一、蕙①

香草名。亦稱蕙草、熏草，俗名佩蘭。葉似草蘭而稍細長，暮春開花，一莖八、九朵。香氣如蘼蕪②，古人認為佩之可以避疫。以產於湖南零陵者為最著名，故又稱零陵香。爾雅翼：「一幹一花而香有餘者蘭；一幹數花而香不足者蕙。」楚辭離騷：「余既滋蘭之九畹③兮，又樹蕙之百畝。」唐韓愈孟郊遣興聯句：「朗鑒諒不遠，佩蘭永芬芳。」蕙，雅稱仙友、僊友④。

①ㄏㄨㄟˋ。

②ㄇㄧˊ ㄨˊ。香草名。爾雅作「蘪蕪」。亦名蘄茝（ㄑㄧˊ ㄔㄞˇ），又名江蘺（ㄐㄧㄤ ㄌㄧˊ），即芎藭苗（ㄒㄩㄥ ㄑㄩㄥˊ ㄇㄧㄠˊ）。玉臺新詠古詩之一：「上山采蘼蕪，下山逢故夫。」南齊謝朓和王主簿季哲怨情詩：「相逢詠蘼蕪，辭寵悲團扇。」

③ㄨㄢˇ。二十畝為畹（王逸）；說文以三十畝為畹。

④呂仲輯家禮大成卷三。

二、蘭

學名*Cymbidium goeringii*。亦稱春蘭、蘭花、山蘭、草蘭、朵朵香……。蘭科。多年生常綠草本。根簇生，肉質，圓柱形。葉線形，革質。早春自葉叢間生數花葶，每葶頂開一花，花淡黃綠色，清香。原生於華東、華南山坡林蔭下。為盆栽觀賞植物之一。有許多栽培類型。分株繁殖。常見種有建蘭（亦稱秋蘭。Cymbidium ensifolium，以原產於福建而得名）、墨蘭（C. sinense）、蕙蘭（亦稱九子蘭、九節蘭。Cymbidium faberi）、寒蘭（C. Ronren）等。我國養蘭，均早於歐美日等國至少二千餘年，至唐，蘭花已入盆栽培，供人欣賞。兩宋養蘭之風尤其普遍，養蘭學說亦紛紛出現。

古所謂蘭，多指蘭草（亦稱澤蘭）而言。蘭草，一名蕑。多年生草本，全草供藥用。楚辭離騷：「扈江離與辟芷兮，紉秋蘭以為佩。」王逸注：「蘭，香草也。」洪興祖補注：「蘭芷之類，古人皆以為佩也。相如賦云：『蕙圃衡蘭』。顏師古云：『蘭，即今澤蘭也。』本草注云：『蘭草、澤蘭，二物同名。』」蘭，雅稱芳友。三餘贅筆云：「芳友蘭。」又，事物異名錄花卉蘭：「山堂肆考曾端伯以蘭為芳友。」

此外，尚有洋蘭，幾多自歐美引進、培植。本島常見者，有嘉德麗亞蘭（Cattleya spp.）、蝴蝶蘭（Phalaenopsis spp.）、石斛蘭（Dendrobium spp.）、拖鞋蘭（又稱鞋蘭、仙履蘭、兜蘭、芭菲爾鞋蘭、女神之足。Paphiopedilum spp.）、萬代蘭（Vanda spp.）、文心蘭

（又稱舞女蘭、跳舞蘭、跳舞女郎蘭。Oncidium flexuosum）、根節蘭（又稱蝦脊蘭。Calanthe spp.）、東亞蘭（又稱虎頭蘭、、火花蕙蘭、喜母比蘭。Cymbidium spp.）與臺灣葉蘭（又稱一葉蘭。Pleiona formosana）等九種。

三、菊

學名*Chrysanthemun morifolium*。通稱菊花，又名霜傑、治廧、黃花、黃英……等①。菊科（Compositae）。多年生草本。葉卵圓形至披針形，具粗大鋸齒或深裂。秋季開花，頭狀花序，大小、顏色與形狀因品種而異。原產大陸地區，久經栽培，品種甚多，為著名觀賞植物。全球各地普遍栽培。白菊花可供飲料用；黃菊、白菊均入藥，性微寒、味甘苦，功能疏風清熱，平肝明目，主治外感風熱、頭痛、目赤諸症。疏風清熱多用黃菊，平肝明目則用白菊②。東晉袁山松（？—四〇一）菊詩：「寒菊植幽崖，擢穎凌寒飆。春露下染色，秋霜不改條。」南朝宋王筠（四八一—五四九）摘園菊贈謝僕射舉詩：「靈芓挺三脊，神芝曜九明。菊花偏可憙，碧葉媚金英。重九惟嘉節，抱一應元貞。泛酌宜長久，聊薦野人誠。」菊有五美：黃華高懸，准天極也。純黃不雜，后土地也。早植晚登，君子德也。冒霜吐穎，象勁直也。流中輕體，神仙食也③。

①菊傲霜，故稱霜傑。治廧，ㄓˋ ㄑㄧㄤˊ。本作治蘠。爾雅釋草：「蘜，治蘠。」初學記卷二七

風土記云：「日精、治蘠，皆菊之花莖別名也。」此外，菊，尚稱節華（本草本經）、女節、女莖、更生、傅延年、陰成、周盈（本草別錄）、金蕊（本草綱目）。詳本草綱目草四菊。

②同①。

③藝文類聚卷八一。按：專指黃菊言。

四、蓮

爾雅釋草：「荷，芙蕖……其華菡萏，其實蓮，其根藕。」疏：「芙蕖其總名也，別名芙蓉；江東呼荷；菡萏，蓮華也。」又，「荷……其實蓮。」注：「蓮謂房也。」今人稱蓮蓬。

蓮、荷，同物異稱。

蓮的別名有芙蕖、水芙蕖、夫容、芙蓉、草芙蓉、菡萏、水芝、水芸、水旦、澤芝、淨友、溪客、君子花…等。

芙蕖，ㄈㄨˊ ㄑㄩˊ。一說蓮（荷）的總名；一說只指花言，未綻稱菡萏，已開稱芙蕖。三國魏曹植洛神賦：「迫而察之，灼若芙蕖出淥波①。」因其生長於水中，故又稱水芙蕖。

夫容，亦作「芙蓉」。夫，讀作ㄈㄨˊ。西漢司馬相如子虛賦：「外發夫容蔆華②，內隱鉅石白沙。」唐白居易長恨歌：「歸來池苑皆依舊，太液芙蓉未央柳。」為與木蓮③區別，又稱草芙蓉。

菡萏，ㄏㄢˋ ㄉㄢˋ。詩陳風澤陂：「彼澤之陂，有蒲菡萏。」三國魏何晏（一九〇—二四九年）景福殿賦：「菡萏艷翕④，纖縟紛敷⑤。」

西晉崔豹古今注卷下草木：「芙蓉，一名荷華，生池澤中，實曰蓮，花之最秀異者，一名水目、一名水芝，一名水花。」南宋朱熹圭父為彥集置酒白蓮沼上彥集有詩因次其韻呈坐上諸友詩：「共憐的皪水花淨，并倚離披風蓋涼。」

唐蘇鶚蘇氏演義卷下：「芙蓉，一名荷花，生池澤中，實曰蓮。花最秀者，一名水旦，一名水芝，一名水華。」又，廣羣芳譜⑥花譜八荷花一：「荷為芙蕖。花一名水芙蓉，一名水芸，一名澤芝，一名水旦，一名水華。」

事物異名錄花卉荷：「山堂肆考⑦：曾端伯以蓮為淨友。」

南宋姚寬（？—一一六二）西溪叢語卷上：「予長兄伯聲，常得三十客，……杏為豔客，蓮為溪客。」

北宋周敦頤（一〇一七—一〇七三）愛蓮說：「水陸草木之花，可愛者甚蕃……予獨愛蓮之出污泥而不染，濯清漣而不妖；中通外直，不蔓不枝；香遠益清，亭亭淨植，可遠觀而不可褻玩焉。……蓮，花之君子者也。」後，故亦稱蓮為君子花。

①清波。

②蔆，同「菱」。蔆華，菱花。
③木蓮亦有多名。如：地芙蓉、木芙蓉、拒霜等。
④ㄒㄧˋ ㄒㄧ。盛多。
⑤ㄒㄧㄢ ㄖㄨˋ ㄈㄣ ㄈㄨ。一片精細華麗。
⑥康熙二十四年汪灝等受命參照羣芳譜（明王象晉撰）改編、刊正、增益。四十七年，成書，全名御定佩文齋廣羣芳譜都一百卷分十一譜。
⑦明彭大翼撰、張幼學增訂，四十五門、二二八卷，補遺十二卷。大抵薈萃各類書而成。

五、牡丹

學名 *Paeonia suffruticose*。芍藥科。落葉小灌木。葉紙質，通常為二回三出複葉，小葉常三至五裂。初夏開花，花單生，大型，白、紅或紫、黑色。雌蕊生於肉質花盤上。原產大陸地區西北，久經栽培，為著名觀賞植物。根皮稱牡丹皮，性微寒、味苦辛，功能涼血、清熱、散瘀，主治血熱發斑、吐血、鼻衄、勞熱骨蒸、經閉癥瘕、瘡痛、腫痛及腸痛、腹痛諸症。（本草綱目草三牡丹）

牡丹，又稱鹿韭①、鼠姑②、百兩金③、木芍藥、花王。續博物志卷六：「牡丹初不載文字，惟以藥見本草。唐則天以後，洛花始盛，沈宋元白，亦不及也。劉夢得有詠魚朝恩宅牡丹，但云：一叢千朵。……。」事物紀原草木花果牡丹：「隋煬帝世，始傳牡丹。唐人亦曰木芍藥。開元時，宮中及民門競尚之，今品極多也。一說：武后冬月遊後苑，花俱開，而牡丹獨遲，遂貶於洛陽，故今言牡丹者，以西洛為冠首。」本草綱目草三牡丹：「牡丹以色丹者為上，雖結子而根上生苗，故謂之牡丹。唐人謂之木芍藥，以其花似芍藥而宿幹木也。羣花品中以牡丹第一、芍藥第二，故世謂牡丹為花王，芍藥為花相。」唐陸龜蒙偶掇野蔬寄襲美詩：「行歇每依鶗鴂④影，挑頻⑤時見鼠姑心。」

現存最早的牡丹專書為北宋歐陽脩所撰洛陽牡丹記（四庫全書子部九）。該書分三篇，首篇花品序，其次為花釋名與風土記（四庫提要作「風俗記」）⑥。據稱：牡丹名凡九十餘種，宋人多稱者僅三十許種；歐氏錄當時特著者計二十四種，依序為姚黃⑦、魏花⑧、細葉壽安⑨、鞓紅（青州紅）⑩、牛家黃⑪、潛溪緋⑫、左花⑬、獻來紅⑭、葉底紫、鶴翎紅、添色紅⑮、倒暈檀心⑯、朱砂紅、九蘂真珠⑰、延州⑱紅、多葉紫、麤葉壽安、丹州⑲紅、蓮花萼⑳、一百五㉑、鹿胎花㉒、甘草黃、一擫紅㉓與玉板白㉔。另，兩宋迄清尚有張邦基（北宋末、南宋初人，生平事略均不詳。）陳州牡丹記、周師厚（乾興、紹聖間人）洛陽牡丹記、陸游天彰牡丹記、薛鳳翔（明人，生卒年不詳）牡丹八書㉕、余鵬年（清人，乾隆五十一年舉人，生卒年不詳）曹州牡丹譜……等二十餘部，茲從略。

①政和證類本草卷九。

②本草綱目卷十四別錄引陶宏景曰：「今人不識，而牡丹一名鼠姑，……未知孰是。」

③本草綱目卷十四集解引恭曰：「……肉白皮丹，土人謂之百兩金。」

④ㄚ ㄐㄡˋ。鵶，同「鴉」。鵶舅，烏桕。子可榨油，為製燭原料。

⑤不斷地抉剔。

⑥四庫本本文中作「風土記」。

⑦姚，指姚居白。

⑧魏，指魏仁浦。

⑨故城在今河南宜陽縣東南。

⑩ㄊㄥ ㄏㄨㄥˊ。花色似紅鞓犀帶，故名。鞓，皮帶。青州舊治在今山東益都縣。

⑪牛，姓氏，未悉栽者名諱。

⑫和漢三才圖會芳草類牡丹：「歐陽永叔花品錄所載潛溪緋，千葉緋花。」按：潛溪指潛溪寺，在洛陽龍門山後。

⑬亦名平頭紫。千葉紫花，葉密齊如截。

⑭花紅、葉色淺，據傳：張僕射罷相居洛陽，有人獻此花於渠，故名。

⑮花始開，色白；經日漸紅，至其落乃類深紅，故名。

⑯紅花，近萼處色深，至其末漸呈淺白；而深檀點其心。

⑰千葉紅花，葉上有一白點如珠；而葉密蹙其蘂為九叢。

⑱今陝西延安。

⑲舊治在今陝西宜川縣。

⑳多葉紅花，青趺三重形如蓮花萼。

㉑多葉白花。洛花向以穀雨（節氣名）為開候；而此花常至百五日開最先。

㉒多葉紫花，有白點如鹿胎之紋。

㉓多葉淺紅花，葉杪深紅、一點、如人以三指撚之。

㉔單葉白花，葉細長如拍板，其色如玉而深檀心。

㉕作者引廣雅釋草曰白茿，牡丹也。

六、芍藥

學名*Paeonia lactiflora*。芍藥科。多年生草本。塊根呈圓柱形或紡錘形。二回三出複葉。初夏開花，與牡丹相似，大型，有白、紅等色①，雌蕊恆無毛。產於秦、晉、冀、遼、吉、黑各省與內蒙，亦見於西伯利亞。久經栽培，為著名觀賞植物。塊根入藥，人工栽培之芍藥，其根掘出後，刮去外皮加工而成者，稱白芍。性微寒、味苦酸，功能調肝脾、和營血，主治血虛腹痛、脅痛、痢疾、月經不調、漏諸症。野生芍藥，其根掘出後，洗淨，即成赤芍。性微寒、味苦，功能涼血、散瘀，主治瘀血凝滯、經閉、脅痛、赤痢、痛腫、溫病發斑、吐血衄血各症。（本草綱目卷十四）

芍藥，又稱將離②、犁食③、餘容④、鋌⑤，亦諢稱豔友⑥。北宋劉攽（一〇二三—一〇八九）曾撰芍藥譜⑦，詳記揚州所產卅一品種芍藥，並延畫工逐一描繪圖形，書成於熙寧六年（一〇七三）。而後，孔武仲（約一〇四六—約一一〇二）亦著芍藥譜。王觀（？—？，天聖、紹聖間人）據劉作而寫成揚州芍藥譜。明高濂（？—？，萬曆、天啟間人）遵生八箋有花竹五譜，其中之一，稱芍藥譜，論述芍藥之種植與修剪要領。

①花色白者稱金芍藥，花色紅者稱木芍藥。

②唐蘇鶚蘇氏演義卷下：「牛亨問曰：『將離別，贈之以芍藥者何？』答曰：『芍藥一名將離，故將別以贈之。』」清錢謙益德水送芍藥詩：「莫作離騷香草看，楚臣腸斷是將離。」

③羣芳譜芍藥：「一名餘容、一名鋌、一名犁食。」按：「犁」，本作「犂」，今通用「犁」。

④參③。

⑤參③。

⑥三餘贅筆十友：清呂仲輯家禮大成襲用之。

⑦又稱維揚芍藥譜。

七、海棠

學名 *Malus spactabilis*。薔薇科。落葉喬木。葉橢圓狀矩圓形，有緊貼鋸齒。春季開花①，花未綻放時，呈深紅色，開後變為淡紅。果近球形。產於我國，久經栽培，供觀賞。本草綱目果二海紅：「〔釋名〕海棠梨。時珍曰：『按李德裕花木記云：凡花木名海者，皆從海外來，如海棠之類是也。又，李白詩注云：海紅乃花名。出新羅國②甚多，則海棠之自海外有據矣。』〔集解〕時珍曰：『……大抵海棠花以紫錦色者為正，餘皆棠梨耳。海棠花不香；惟蜀之嘉州③者有香而木大。』」南宋陳思（？—？，約開禧、景定間人）撰有海棠譜三卷，上卷記海棠故實，中、下卷錄唐宋諸家題詠海棠之作。唐裴廷裕（？—九〇七年）蜀中登第詩：「蜀柳籠堤煙矗矗，海棠當戶燕雙飛。」北宋蘇軾海棠詩：「東風嫋嫋泛崇光，香霧空濛月轉廊。只恐夜深花睡去，故燒高燭照紅粧。」南宋陸游花時徧遊家園詩：「綠章夜奏通明殿④，乞借春陰護海棠。」

①海棠一名醉春。

②亦稱斯羅、雞林。位朝鮮半島南部三韓東南之辰韓地。都慶州，與高句麗、百濟並立。曾統一朝鮮半島大部，五代時，為王氏高麗（王建）所滅。

③今四川樂山縣。

④神殿名。敦謨明聖保德傳：「張守真朝玉皇大殿，覩其扁曰：『通明』，不曉其旨，因焚香告曰：『通明之誼，切所未喻，敢祈真教！』真君曰：『上帝升金殿，殿之光明照於帝身，身之光明照於金殿，光明通徹，故為通明殿。』」扁，ㄅㄧㄢˇ。亦作「楄」、「匾」。

八、薔薇

薔薇科（Rosaceae），薔薇屬中某些觀賞種類之泛稱。如黃薔薇、香水薔薇、十姊妹、粉團薔薇……等。落葉灌木。莖有刺，葉互生，奇數羽狀複葉。分布於北半球溫帶與亞熱帶。全球各地皆有栽培。扦插、壓條或嫁接繁殖。除栽培以供觀賞外，花、果、根等可入藥①或製香料。薔薇，亦稱蘠蘼、山棘、牛棘、牛勒、刺花②。名玉雞苗③。品類多，花色不一，單瓣或重瓣，綻放時連春接夏。東晉陶潛問來使詩：「薔薇葉已抽，秋蘭氣當馥。」唐高駢（八三一—八八七）山亭夏日詩：「水晶簾動微風起，一架薔薇滿院香。」

①薔薇子（即果），稱營實。味酸、性溫無毒。主治癰疽惡瘡、跌筋敗瘡。根味苦濇，冷、無毒。主治止洩痢腹痛等症。

②詳本草綱目草七營實蘠蘼釋名。

③北宋陶穀清異錄花：「東平城南許司馬後圃，薔薇太繁，欲分於別地栽插，忽花根下掘得一石如雞狀，五色粲然，郡人遂呼薔薇為玉雞苗。」

九、茉莉

學名*Jasminum sambac*。本作耶悉茗花，亦作「末利」、「末麗」、「鬘」①、「鬘華」

②、素馨花，通稱茉莉花。一名雅友。木犀科。常綠攀緣灌木。葉對生，橢圓形或廣卵形。夏季開花最盛，秋季亦開花，花白色，有香氣；有重瓣花類型。原產印度。兩岸各地都有栽培，以廣州、福州、杭州、蘇州與臺灣為最多。屬常見盆栽芳香植物之一。除供觀賞外，花常用以薰製花茶，亦為提取芳香油之主要原料。西晉嵇含南方草木狀上：「耶悉茗花、末利花，皆胡人自西國移植於南海，南人憐其芳香，競植之。」南宋李光（一〇七八—一一五九）四月十四日晚陳列之見顧進涼翫月於東橋之上輒成長句以寫一時風景之勝詩：「影翻鳳尾檳榔葉，香散龍涎茉莉花。」吳曾能改齋漫錄卷十五素馨花：「嶺外③素馨花，本名耶悉茗花。叢脞么麼④，似不足貴；唯花潔白，南人⑤極重之。以白而香，故易其名。婦人多以竹籤子穿之，像生物，置佛前供養。又取乾花浸水洗面，滋其香耳。海外耶悉茗油，時於舶上得之，番酋多以塗身，今之龍涎香，悉以耶悉茗油為主也。」

①ㄇㄢˋ。纓絡。詳一切經音義卷十八。茉莉攀援成長，似纓絡，故稱。
②茉莉，花佛書名鬘華，可飾鬘，故名。詳翻譯名義集卷三百花。
③謂五嶺以南，今兩廣等地。
④雜亂、卑微。脞，ㄘㄨㄛˇ。么，ㄧㄠ。本作「ㄠ」。
⑤華南地區的人。

十、芙蓉

學名 *Hibiscus mutabilis*。即木芙蓉。又稱地芙蓉、木蓮、華木、桦木①，俗稱芙蓉花。錦葵科。落葉灌木，被毛。葉呈掌狀，三至五裂。秋季開花，雅稱拒霜②。花腋生，至枝梢簇集一處，花冠白色成淡紅色。原產大陸地區。栽培供觀賞。花、葉均入藥，葉多作消腫解毒外敷之用，性平、味微辛，主治瘡痛腫痛、乳痛、燙傷諸症。花多作涼血止血藥之用③。南朝陳江總（五一九—五九四）南越木槿賦：「千葉芙蓉詎相似，百枝燈花復羞燃。」北宋蘇軾和陳述古拒霜花：「千株掃作一番黃，只有芙蓉獨自芳。喚作拒霜知未稱，細思卻是最宜霜。」

①本草綱目木三木芙蓉。桦，ㄏㄨㄚˋ。
②同前注；又，其花陰曆八月始綻，耐寒不落，故名拒霜。
③詳①引書集解。

十一、杜鵑

花名。通稱杜鵑花（Rhododendron simsii）亦稱映山紅。一名山（石）榴、又名山躑躅①。杜鵑花科。半常綠或落葉灌木，多分枝。葉互生，卵狀橢圓形，上有疏糙伏毛，下面毛較密。春季開花，花冠闊漏斗形，紅色，二至六朵簇生枝端。果卵圓形，密被糙毛。產於大陸地區長江以南各地與臺灣生在山坡上或栽培。有諸多變種。屬常見觀賞植物，又是酸性土壤的指示植物。詩話總龜卷二一引南宋李頎古今詩話：「映山紅生於山坡欹側之地，高不過五七尺，花繁而紅，輝映山林，開時杜鵑始啼，又名杜鵑花。」唐李白宣城見杜鵑花詩：「蜀國曾聞子規鳥，宣城還見杜鵑花。」南宋楊萬里明發西館晨炊藹岡詩：「日日錦江呈錦樣，清溪倒照映山紅。」②南朝梁何遜七呂：「河柳垂葉，山榴發英。」唐白居易題孤山寺石榴花示諸僧眾詩：「山榴花似結紅中，容艷新妍占斷春。」清曹寅戲題西軒草木詩之二：「甘蕉葉大戎葵醜，或有山榴似火燃。」

①事物異名錄花卉杜鵑。又，本草綱目木二小蘗：「時珍曰：『此與金櫻子、杜鵑花並名山石榴，非一物也。』」

②另參容齋隨筆卷十玉蘂杜鵑。

十二、桃

果木名，又稱仙木①。學名 *Prunus persica*。薔薇科。落葉小喬木。葉闊披針形，具鋸齒，葉基有蜜腺。花單生，淡紅、深紅或白色。核果近球形，表面有毛茸，肉厚汁多，肉色分乳白、金黃、紅色三種。多採嫁接繁殖。原產大陸地區，以華北、華東、西北等地區栽培最多。上海水蜜桃、玉露水蜜桃、白花水蜜桃、肥城桃②、深州③蜜桃……均屬著名品種；臺灣水蜜桃果質亦佳④。果實俗稱桃子，除供生食外，可製成桃脯、罐頭。花色豔門，為重要觀賞樹種。桃核仁、桃花、癟桃乾均入藥。變種蟠桃、油桃，亦栽培以供食用。詩周南桃夭：「桃之夭夭，灼灼其華。桃之夭夭，其葉蓁蓁。」召南何彼禯矣：「何彼禯矣，華如桃李。」魏風園有桃：「園有桃，其實之殽。」衛風木瓜：「投我以木桃，報之以瓊瑤。」禮記月令：「仲春之月，桃始華。」南朝梁簡文帝（五〇三—五五一）詠初桃詩：「初桃麗新采，照地吐其芳。枝間留紫鷰，葉裏發輕香，飛花入露井，交榦拂華堂。若暎窗前柳，懸疑紅粉粧。」任昉（四六〇—五〇八）詠池邊桃詩：「已謝西王苑，復依綏山枝。聊逢賞者愛，栖趾旁蓮池。開紅春灼灼，結實夏離離。」西晉傅玄遺有桃賦。

①北宋陸佃埤雅釋木：「桃，典術曰：『桃者，五木之精，故能厭伏邪氣，服其華令人好色，蓋仙木也。』荊楚歲時記：「謂之仙木云云，桃者，五行之精，厭伏邪氣、制百鬼也。桃實亦名仙果。」（另詳本草綱目果五桃集解）

②山東肥城縣種。

③深州，古晉地，戰國屬趙，今河北深縣。

④桃園角板山、臺中梨山等山地，採人工栽培而成。

十三、李

果木名。實，俗呼李子，亦簡稱李。別名居㗪伽、居陵迦①。學名 *Prunus salicina*。薔薇科。落葉喬木。葉長橢圓形至橢圓狀倒卵形，有鋸齒。花白色。果實圓形，果皮紅、青綠或黃綠。果肉暗黃或綠色，近核部位呈紫紅。核仁含油約四五%。多用嫁接、分株等繁殖。果味酸甜或甜，生食並製成蜜餞；果仁、根皮供藥用②。原產大陸地區，稱紅李（**P. simonii**），一名杏李，初產於北京附近。另有美洲李（**P. americana**），原產地北美。歐洲李（**P. domestica**）原產地高加索、歐洲。我國土種李與美洲李中多數品種自花不孕，須配置授粉樹栽培之。詩召南何彼襛矣：「何彼襛矣，華如桃李。」衛風木瓜：「投我以木李，報之以瓊玖。」小雅南山有臺：「南山有杞，北山有李。」大雅抑：「投我以桃，報之以李。」古辭雞鳴高樹巔：「桃生露井上，李樹生桃傍。蟲來齧桃根，李樹代桃僵。樹木身相代，兄弟還相忘。」三國魏阮籍（二一〇—二六三）詠懷詩：「嘉樹下成蹊，東園桃與李。……」又，「……夭夭桃李花，灼灼有輝光。」南朝梁沈約詠李詩：「青玉冠西海，碧石彌外區，化為中園實，其下成路衢。色潤房陵縹，味奪寒水朱。」隋江總詠李詩：「嘉樹春風早，春風花落新。但見成蹊處，幾得正冠人。當知露井側，復與妖桃鄰。」西晉傅玄並遺有李賦。

①翻譯名義集：「佛經居㗪伽，此云李。」又，本草綱目果一李：「時珍曰：『梵書名李曰

居陵迦。』」

②詳本草綱目果一李、集解、附方等。

十四、杏

果木名。雅稱豔客①。學名*Prunus armeniaca*。種子稱杏仁②。薔薇科。落葉喬木。葉闊卵形或圓卵形，有鈍鋸齒。近葉柄頂端有二腺體。花單生或二至三朵同生，淡紅色。核果圓、長圓、扁圓，果皮多金黃色，向陽部位呈現紅暈，並有斑點。果肉暗黃，味甜多汁。核面平滑無斑孔，核緣厚而有溝紋為其特徵。初夏成熟。性耐寒、喜光、抗旱、不耐澇。樹齡可達百年以上。多用嫁接繁殖。原產大陸地區，西北、華北、東北等地分布最廣。果除生食外，可製成杏乾、杏脯。杏仁可食用、榨油與藥用。花供觀賞。禮記內則：「桃、李、梅、杏、楂、梨、薑、桂。」管子地員：「五沃之土……其梅其杏，其桃其李。」西漢司馬相如長門賦：「刻木蘭以為榱兮，飾文杏以為梁。」西晉潘岳閑居賦：「梅杏郁棣，華實照爛。」北周庾信詠杏花詩：「春色方盈野，枝枝綻翠英。依稀暎村塢，爛熳開山成，好折待賓侶，金盤儭紅瓊。」

①日諸橋轍次（一八八三—一九八二）大漢和辭典卷十：「西溪叢語：『杏為豔客。』」叢「話」誤植為「叢語」。榮按：南宋姚寬（一一〇五—一一六二）所撰西溪叢話，其卷上載：

張敏叔有十客圖，忘其名。予長兄伯聲嘗得三十客。牡丹為貴客、……杏為豔客……。

②甜杏仁為杏（P. Armeniaca）的種子，所含苦杏仁苷的量甚低，炒熟後可供食用。生者亦入藥，性平、味甘。多用以潤肺止咳。苦杏仁為山杏（Prunus armeniaca var. ansu）的種子，含脂肪油的五〇%，並有苦杏仁苷、苦杏仁莓。苦杏仁苷經酶作用水解生成有杏仁香氣的苯甲醛與劇毒的氫氰酸等。性溫、味辛苦甘，有微毒，功能宣肺降氣、潤腸通便，主治外感咳嗽、氣喘、腸燥便秘諸症。應用時不得過量，俾免引發中毒。

十五、萱草

學名*Hemerocallis fulva*。亦作諼草，一名忘憂（草）、鹿葱、宜男、金針花、丹棘。金針菜的一種。百合科。多年生宿根草本。肉質根肥大，長紡錘形，葉叢生，狹長，背面有棱脊。花莖頂端生花六至十二朵；夏秋間綻放，花呈漏斗狀，橘紅或橘黃色，無香氣。春秋行分株繁殖。兩岸各地均有栽種，或野生於濕地。花作蔬，亦供觀賞。萱，說文作「藼」。詩衛風伯兮：「焉得諼草？言樹之背。」傳：「諼草令人忘憂。」釋文：「諼，本又作萱。」三國魏嵇康（二二四—二六三）養生論：「合歡蠲怒，萱草忘憂，愚智所共知也。」西晉嵇含宜男花賦序：「宜男多殖幽皋曲隰，或寄華林玄圃，荊楚之士，號曰鹿葱。」清方駿謨（一八一六—一八八〇）徐州輿地考：「徐州人曝鹿葱以為蔬。」注：「俗名金針菜，省稱金針、黃花。」西晉崔豹古今注卷下問答釋義：「丹棘，一名忘憂草，使人忘其憂也。」

十六、雞冠花

學名 *Celosia cristata*。省稱雞冠①，雅稱秋實②，俗呼洗手花。莧科。一年生草本。葉卵形、卵狀披針形或披針形。夏秋開花，穗狀花序由於帶化現象而呈扁平雞冠狀，有時羽毛狀，一個大花序下面有若干個較小分支；花被片紅色、紫色、黃色、橙色或黃、紅二色相間。品種甚多。栽培供觀賞。花、種子均入藥，前者功能清熱止血，主治赤痢、便血、崩漏帶下各症；種子功能清肝明目，主治目赤腫痛、翳障諸症。本草綱目草四雞冠：「雞冠，處處有之。三月生苗。入夏高者五六尺，矬者纔數寸……六七月梢間開花，有紅白黃三色。黃穗圓長而尖者，儼如青葙③之穗；扁卷而平者，儼如雄雞之冠。」北宋劉敞（一〇一九－一〇六八）雞冠花詩：「秋至天地間，百花變枯草。愛爾得雄名，宛然出陳寶。未甘階墀陋，肯與時節老。赤玉刻縝栗，丹芝謝凋槁。鮮鮮雲葉卷，粲粲凫翁好。由來名實副，何必榮華早。君看先春花，浮浪難自保。」注曰：「此花白露後蓋殷鮮可愛。玉書云：『赤如雞冠。』」南宋孟元老（？－？，北宋季年，南宋初年人）東京夢華錄卷八雞冠花：「雞冠花，汴中謂之洗手花。中元節前兒童唱賣以供祖先。今來山中此花滿庭，有高及丈餘者。……。」吳自牧夢粱錄卷四解制日④：「雞冠花供養祖宗者，謂之洗手花。」

①雞冠，本義謂雞頭上之突起物。因其色赤，古人用以喻赤色之物。三國志魏書鍾繇傳注引

丕與繇書：「竊見玉書，稱美玉白若截肪，黑譬純漆，赤擬雞冠，黃侔蒸栗。」又，作冠名。史記仲尼弟子傳：「子路性鄙，好勇力，志伉直，冠雄雞，佩豭豚。」，又作植物名，以花狀若雄雞之冠而名，餘詳本文。

②呂仲輯家禮大成卷三；另參劉敞雞冠花詩。

③亦稱青葙子、野雞冠、雞冠莧、草決明。莖、葉、子均入藥。詳政和證類本草卷十。葙，ㄒㄧㄤ。

④解制，猶解夏。佛教語。謂僧尼一夏九旬（按：陰曆四月十五日至七月十五日），安居期滿而散去。四月十五日謂「結制」、「結夏」，七月十五日謂之「解制」、「解夏」。餘詳荊楚歲時記、堅瓠續集等書。今臺、閩中元普渡，除備牲禮、蔬果等供品祭祀外，例於供桌前下端置一臉盆盛水、巾並連莖鷄冠花若干支。

十七、罌粟

學名 *Papaver somniferu*。亦稱罌子粟、米囊子、御米、象穀①；別種雅稱麗春②。罌，ㄧㄥ。亦作「甖」。罌粟科。三年生草本，全株無毛。葉長橢圓形或長卵形，基部抱莖，邊緣有缺刻。夏季開花，花大，單生枝頂；花紅、紫或白色。蒴果球形或橢圓形，孔裂。原產於歐洲。果中乳汁乾後稱鴉片（opium），含嗎啡③等生物鹼，有鎮痛、鎮咳、止瀉等作用，但常用能成癮。果殼亦入藥，稱罌粟殼、御米殼，性平、味酸澀，功能斂肺、澀腸、止痛，主治久咳、久瀉、脫肛、胸腹諸痛等多症④。種子含油五〇%。廣羣芳譜花譜二五麗春：「麗春，罌粟別種也。叢生柔幹，多葉有刺，根苗止一類而具數色……頗堪娛目，草花中妙品也。」唐杜甫江頭五詠麗春：「百草競春華，麗春應最勝。」

①詳本草綱目穀二罌子粟釋名。

②麗春，形態多變，花色艷麗，故名。又稱賽牡丹、錦被花。

③Morphine（$C_{17}H_{19}O_3N \cdot H_2O$），鴉片的主要成分。鹽酸嗎啡易溶於水，具麻醉與鎮痛等藥理效果，並有精神性快感作用。由嗎啡引起之急、慢性中毒，謂之嗎啡中毒（Morphine Intoxication）。

④詳①引書集解。

十八、木槿

學名 *Hibiscus syriacus*。錦葵科。落葉灌木。別名椴①、櫬②、蕣、日及③、舜華、藩籬草、朝開暮落花、花奴玉蒸④。葉卵形，往往三裂，有三大脈。夏秋開花，花單生葉腋，花冠紫紅或白，有重瓣品種。產於大陸地區與印度。栽培供觀賞，兼作綠籬。樹皮、花均入藥，前者稱木槿皮，功能殺蟲、療癬，外用治疥瘡、頑癬；後者稱木槿花，主治痢疾⑤。詩鄭風有女同車：「有女同車，顏如舜華。」唐錢起避暑納涼詩：「木槿花開畏日長，時搖輕扇依繩林。」

①ㄉㄨㄢˋ。爾雅釋草：「椴，木槿。」說文作「蕣」。
②ㄔㄣˋ。詳爾雅釋草。
③東晉潘尼（二四七？——三一一）朝菌賦序：「朝菌者，蓋朝華而暮落。世謂之木槿，或謂之日及，詩人以為舜華，宣尼以為朝菌。」按：宣尼，指稱孔子，詳漢書平帝紀。
④詳本草綱目木三木槿釋名。
⑤詳④引書集解。

十九、鳥不宿

凡莖或葉有銳刺，不適於鳥類停歇之植物，均概稱之為鳥不宿。如：㈠枸骨（**Ilex cornuta**），或稱貓兒刺，冬青科常綠灌木或小喬木。㈡銅錢樹（**Paliurus hemsleyanus**），鼠李科落葉喬木。㈢刺楸（**Kalopanax septemlobus**），一名棘楸，五加科落葉喬木等均有此名。

二十、雪華

詩召南摽有梅：「摽有梅，其實七兮。」朱熹集傳：「梅，木名，華白①，實似杏而酢。」本草綱目果一梅：「梅，花開于冬而實熟于夏，得木之全氣，故其味最酸，所謂曲直作酸也。」梅實，亦簡稱梅，可生食，亦用以調味。書說命下：「若作和羹，爾惟鹽梅。」孔傳：「鹽醎梅酸，羹須醎酢以和之。」唐白居易生離別詩：「食蘗②不易食梅難，蘗能苦兮梅能酸。」梅開白色花。唐高正臣（?—?，睿宗時猶健在）晦日置酒林亭詩：「柳翠含煙葉，梅芳帶雪花。」雪花，亦作雪華，為梅實之雅稱。

①梅花除白色外，尚有（正）紅、（橘）紅等色。
②本作「櫱」，ㄋㄧㄝˋ。樹木遭砍去後所生的小芽。

二十一、星精

典術云：「杏者東方歲星之精也。」故雅稱杏實曰星精。杏子，省稱杏。杏實也。禮記內則：「牛脩、鹿脯……桃、李、梅、杏。」鄭玄注：「自牛脩至此三十一物，皆人君燕食所加庶羞也。」清潘榮陛帝京歲時記時品：「杏除香白、八達杏外，有四道河、海棠紅等杏，仁亦甘美。」南宋范成大晚春田園雜興詩之一：「梅子金黃杏子肥，麥花雪白菜花稀。」

二十二、玉華

李實雅稱玉華。源於太平御覽休徵草木：「唐書曰：『二十一年，玉華宮李樹，連理隔澗合枝。』」精註雅俗故事讀本卷下花木：「玉華之李，連理。」榮按：玉華宮位於今陝西省宜君縣西南。元和縣志云：「在縣北四里。貞觀二十年奉敕營造，當時以為清涼勝於九成宮。永徽二年，有詔廢宮為寺，便以玉華為名。寺內有肅成殿，永徽中，奉敕令玄奘法師於此院譯經。每言此寺即閻浮之兜率天也。」杜甫玉華宮詩：「溪回松風長，蒼鼠竄古瓦。不知何王殿，遺構絕壁下。」舊唐書卷三本紀三太宗下：「（貞觀二十一年）秋七月庚子，建玉華宮於宜君縣之鳳凰谷。」新唐書卷二本紀二太宗：「（貞觀二十一年）七月丙申，作玉華宮。」

二十三、蕡實

詩周南桃夭：「桃之夭夭，有蕡其實。」清俞樾羣經平議毛詩一：「蕡者，大也。『有蕡其實』，言其實之大也。」因以蕡實雅稱桃實，並狀其碩大可觀。晉左思蜀都賦：「總莖梠梠，裛葉蓁蓁，蕡實時味，王公羞（饈）焉。」唐賀知章（六五九—七四四）奉和聖製送張說巡邊：「饔人藉蕡實，樂正理絲桐。」

二十四、茼蒿菊

學名 *Arguranthemum frutescens*。菊科。多年生草本。莖直立，叢生。葉互生，羽狀細裂。頂生頭狀花序，自早春至初夏連續開花，白色。不耐寒，原產歐洲。我國廣泛栽培，採扦插繁殖。供觀賞之用。

二十五、松

松科（pinaceae）植物之總稱。屬裸子植物門。常綠或落葉喬木，極少為灌木，常有樹脂。葉扁平線形或針狀，呈螺旋狀互生，或於短枝上成簇生狀。常雌雄同株。球花的雄蕊與具胚珠的珠鱗亦均螺旋互生。雄球花的雄蕊具兩藥囊，雌球花的珠鱗具兩胚珠，珠鱗背面的苞鱗與珠鱗分離。球果卵形至圓柱形，種鱗木質，各有兩種子，種子上端具一膜質翅，甚少無翅。有十屬、二百卅餘種，多數分布於北半球。海峽兩岸有十屬、一一三種、二十九變種。其中有造林與用材樹種如：油松、黑松、雲杉、冷杉、馬尾松等。適合採為園林用樹或行道綠化樹，如白皮松、雪松、金錢松等是。而銀杉為我國特產稀有樹種。松，經冬不彫，樹齡長久，常用以喻堅貞、祝壽考。詩小雅斯干：「如竹苞矣，如松茂矣。」松，盤曲錯節，宛若虯龍。北宋蘇軾（一〇三六—一一〇一）後赤壁賦：「予乃攝衣而上，履巉巖，披蒙茸，踞虎豹，登虯龍，攀棲鶻之危巢，俯馮夷之幽宮，蓋二客不能從焉。」清姚鼐紫藤花下醉歌：「虯龍兩幹拏空立，瓔珞萬條垂倒地。」黃鷟來（？—？）贈陳省齋詩之二：「高松聳深巖，敷根如虯蟠。」古人，亦以「虯龍」、「虯蟠」隱指松者。「十」、「八」、「公」三字含成一「松」字，因稱松為十八公。漢書江表傳：「占者曰：松於文為十八公。」三國志吳書孫皓傳：「二年春二月，以左右御史丁固、孟仁為司徒、司空。」注引吳書曰：「初固為尚書，夢松樹生其腹上，謂人曰：『松字，十八公也。後十八歲，吾其為公乎？』卒如夢焉。」

蘇軾夜燒松明火詩：「坐看十八公，俯仰灰燼殘。」元初馮子振（一二五七—？）撰有十八公賦並序，經收錄於清御定歷代賦彙。

二十六、竹

禾本科（Gramineae）多年生常綠植物之總稱。有木質化或長或短的地下莖。稈木質化，有明顯的節，節與節之間中空。主稈上的葉與普通葉有顯著的區別，通稱籜①，籜葉縮小而無明顯的主脈；普通葉片具短柄，且與葉鞘相連處成一關節，容易從葉鞘脫落。不常開花。兩岸約有三百種，主要分布於長江流域、華南、西南與臺灣等地。常見者有毛竹、剛竹、慈竹、箬竹、淡竹……等。用途極廣，稈可作建材，供造紙或編織用具；幼芽即竹笋（通稱筍）為鮮美的食材。部分種類可為庭園觀賞植物，如：唐竹、龍鳳竹、墨竹、朱竹、紫竹、方竹……②。詩衛風淇奧：「瞻彼淇奧③，綠竹猗猗。」

自古，文人愛竹，詠竹詩作亦相當可觀。茲摘錄蘅塘退士所編唐詩三百首④，以概其餘：孟浩然（六八九—七四〇）夏日南亭懷辛大詩：「荷風送香氣，竹露滴清響。」常建（？—？，長壽、至德間人。）題破山寺後禪院：「竹徑通幽處，禪房花木深。」李白下終南山過斛斯山人宿置酒詩：「綠竹入幽徑，青蘿拂行衣。」又，長干行：「郎騎竹馬來，遶牀弄青梅。」王維桃源行：「遙看一處攢雲樹，近入千家散花竹。」又，山居秋暝詩：「竹喧歸浣女，蓮動下漁舟。」錢起谷口書齋寄楊補闕詩：「竹憐新雨後，山愛夕陽時。」杜甫佳人詩：「天寒翠袖薄，日暮倚修竹。」司空曙（？—？，先天、貞元間人。）雲陽館與韓紳宿別詩：「孤燈寒照雨，深竹暗浮煙。」李頎（？—？，開元、寶應間人。）聽安萬善吹觱篥歌詩：「南山截竹為觱篥⑤，此樂本自龜茲出。」劉長卿（？—七九〇？）送靈澈詩：「蒼蒼竹林寺，杳杳鐘聲晚。」柳宗元晨詣超師院讀禪經詩：「道人庭宇靜，苔色連深竹。」又，漁翁詩：「漁翁夜傍西巖宿，曉汲清湘燃楚竹。」白居易長恨歌：「緩歌慢舞凝絲竹，盡日君王看不足。」又，琵琶行……潯陽地僻無音樂，終歲不聞絲竹聲。……住近溢江地低濕，黃蘆苦竹繞宅生。」李商隱瑤池詩：「瑤池阿母綺窗開，黃竹歌聲動地哀。」

清阮元（一七五四—一八四九）題瀋陽衍慶宮⑥楹聯：「水能性澹為吾友；竹解心虛是我師⑦。」

①ㄊㄨㄛˋ。竹皮。南朝宋謝靈運於南山往北經湖中瞻眺詩：「初篁苞綠籜，新蒲含紫茸。」

②竹，一名霜筠。霜節。唐賈島（七七九—八四三）竹詩：「子猷沒後知音少，粉節霜筠漫歲寒。」北宋歐陽脩漁家傲詞：「風雨時時添氣候，成行新筍霜筠厚。」蘇軾渼陂魚詩：「霜筠細破為雙掩，中有長魚如臥箭。」唐白居易題盧秘書夏日新栽竹詩：「久持霜節苦，新託露根難。」北宋蘇軾谷林堂詩：「檞竹真可人，霜節已專車。」

③水邊深曲處曰奧，讀作ㄩˋ。通「澳」、「隩」。

④蘅塘退士本名孫洙，乾隆間編選唐詩三百首凡六卷，計選錄唐七十五位詩人之詩作三一〇

首，一作三一〇首；無名氏二人除外。有五、七古、七、五律，五、七絕及樂府諸體。

⑤ㄅㄧˋ ㄌㄧˋ。古樂器。又名悲篥、笳管。本出龜茲，後傳入中原。以竹為管，以蘆為首，狀似胡笳。詳文獻通考卷一三八樂考十一。

⑥位瀋陽清故宮鳳凰樓西側。清室入關前，處理政務、接見羣臣，恆使用之。

⑦作者將「竹」予以擬人化；取竹中空有節，如人能存虛心意。

二十七、梅

果木名。學名*Prunus mume*。薔薇科。落葉喬木。葉闊卵形或卵形，有細銳鋸齒。葉柄頂端有腺體二。芽為落葉果樹中萌發最早的一種。花單生或兩朵齊出，早春先葉開放，多白色與淡紅，具清香。核果球形，未熟時色青，成熟時一般呈黃色。味極酸。加工用梅果，恆於未熟前採收，依摘採時果色不同，可分白梅（青白色）、青梅（綠色）、花梅（帶紅色）等類型。梅性喜溫暖濕潤，土壤適應性強。多用嫁接、播種繁殖。原產於大陸地區，多分布於長江以南各地。果實除少量供生食外，可製蜜餞、果醬等。未熟果加工成烏梅。供藥用或以之製作飲料。花供觀賞。詩召南摽有梅：「摽有梅，其實七兮。」書說命下：「若作和羹，爾惟鹽梅。」梅果，通稱梅子。唐寒山無題詩：「羅袖盛梅子，金鎞挑筍芽。」北宋蘇軾雨晴後步至四望亭下魚池上詩：「海棠真一夢，梅子欲嘗新。」陳師道（一〇五三—一一〇一）立春詩：「鳥啼殘雪未成塵，梅子梢頭已著春。」南宋范成大石湖書事詩：「盧橘梅子黃，櫻桃桑椹紫。」

梅，雅稱清友，詳曾慥十友。古來詠梅之作，不勝枚舉，唐宋璟（六六三—七三七年）、南宋朱熹先後撰有花賦遺世。元馮子振（一二五七—？）、韋珪（？—？，至正前後）分別遺有梅花百詠各一卷。

二十八、桂

即木犀。一作「木樨」。木犀科（Oleaceae）。被子植物。常綠灌木或小喬木，葉對生，橢圓形，全緣或上半部疏生細鋸齒，革質。秋季開花，花簇生於葉腋，黃或黃白色，極芳香。核果橢圓形，熟時呈紫黑色。原產大陸地區。久經栽培，變種亦多。常見者有金桂（丹桂，花橙黃）、銀桂（花黃白）與四季桂等。為珍貴之觀賞芳香植物。花可用作食品，糖果等香料或提取芳香油。

本草綱目木一桂、牡桂：「〔釋名〕梫①。」別稱桂花、巖桂、丹桂、九里香，雅稱仙友。」漢書禮樂志：「都荔遂芳，窅窊②桂華③。」顏師古注：「此言都良④薜荔⑤俱有芬芳，桂華之形窅窊也。」唐許渾（七九一？—？）送宋處士歸山詩：「賣藥修琴歸去遲，山風吹盡桂花枝。」北宋梅堯臣和韓子華桂花：「空山桂花多，豔色粲然發。」明王慎中（一五〇九—一五五九）訪空同先生故宅詩：「年年桂花發，人擬子雲⑥居。」唐李治（六二八—六八三）九月九日詩：「砌蘭虧半影，巖桂發全香。」北宋朱敦儒（一〇八一—一一五九）樵歌下菩薩蠻詞：「新窨木樨沈，香遲斗帳深。」南宋楊萬里瑞香花詩：「樹如巖桂不勝低，花叱素馨幽更奇。」清俞正燮癸巳存稿桂：「宋張邦基墨莊漫錄云：『木犀花黃深而大，一種花白淺而小，湖南呼九里香，江東呼巖桂，浙人曰木犀。』」西晉嵇含南方草木狀卷中：「桂有三種：葉如柏葉，皮赤者為丹桂。」唐白居易有木詩之八：「有木名丹桂，四時香馥馥。」清吳騫（一七三三—一八一三）扶風傳信錄：「井上碧梧驚葉落，苑間丹桂瀉香空。」三餘贅筆十友：「宋曾端伯⑦，以十花為十友，各為之詞：荼蘼⑧韻友，茉莉雅友，瑞香殊友，荷花淨友，巖桂仙友，海棠名友，菊花佳友，芍藥豔友，梅花清友，梔子⑨禪友。」

①ㄑㄣˇ。爾雅釋木：「梫，木桂。」注：「今南人呼桂厚皮者為木桂。」

②ㄠˇ ㄨㄚ。坳突起伏貌。

③桂花。

④本作「都梁」，又稱澤蘭。香草名。

⑤ㄅㄧˋ ㄌㄧˋ。香草也。楚辭離騷：「擥木根以結茝兮，貫薜荔之落蘂。」

⑥揚雄字子雲。（公元前五三—公元十八年）。

⑦慥，字端伯。南宋晉江人（？—一一六四年）。

⑧ㄊㄨˊ ㄇㄧˊ。花名。一稱木香。

⑨ㄓ ˙ㄗ。

二十九、檳榔

學名 *Areca catochu*。棕櫚科。常綠喬木。羽狀複葉，小葉先端呈截斷狀。總葉柄三角狀，有長葉鞘。單性花，肉穗花序，雄花生於花序頂端，雌花生於基部。果長橢圓形，橙紅色，花萼宿存，中果皮厚，肉含一種子。花果均具芳香，果供食用。原產於東南亞，我國臺灣、廣東、雲南、福建等省均有栽培。種子名檳榔子，含檳榔鹹與鞣酸。果皮稱大腹皮，種子與皮均可入藥。

西晉嵇含南方草木狀卷下：「檳榔樹，高十餘丈，皮似青桐，節如桂竹。下本不大，上枝不小。調直亭亭，千萬若一，森秀無柯。端頂有葉，葉似甘蕉。條派開破，仰望眇眇，如插叢蕉於竹杪。風至獨動，似舉羽扇之掃天。葉下繫數房，房綴數十實，實

此中國賣檳榔之圖也其人用檀籠內裝安南
海南檳榔沿街售賣每枝用剪夾碎數個買去
零星食之

資料來源：清佚名繪　北京民間風俗百圖（圖九八）
北京圖書館出版社　民 92 翻印

大如桃李，天生棘，重累其下，所以禦衛。其實也味苦澀，剖其皮、鬻其膚，熟如貫之、堅如乾棗。以扶留藤、古賁灰并食，則滑美、下氣、消穀。出林邑，彼人以為貴。婚，族客必先進，若邂逅不設，用相嫌恨。一名賓門藥餞。」左思（二五二？—三〇六年？）吳都賦：「其果則丹橘餘甘，荔枝之林，檳榔無柯，椰葉無陰。……結根比景之陰，列挺衡山之陽。」南史劉穆之傳：「穆之少時，家貧誕節，嗜酒食，不修拘儉。好往妻兄家乞食，多見辱，不以為恥。其妻江嗣女，甚明識，每禁不令往江氏。後有慶會，屬令勿來。穆之猶往，食畢求檳榔。江氏兄弟戲之曰：『檳榔消食，君乃常飢，何忽須此？』妻復截髮市肴饌，為其兄弟以餉穆之，自此不對穆之梳沐。及穆之為丹陽尹，將召妻兄弟，妻泣而稽顙以致謝。穆之曰：『本不匿怨，無所致憂。』及至醉飽，穆之乃令廚人以金柈貯檳榔一斛以進之。」本草綱目果三檳榔：「〔集解〕別錄曰：『檳榔生南海。』弘景曰：『此有三四種。出交州者形大味澀，又有大者名豬檳榔，皆可作藥。小者名蒳子，俗呼為檳榔孫，亦可食。』……（氣味）苦辛、溫澀、無毒。（主治）消穀、逐水，除痰澼，殺三蟲，……治腹脹……。」檳榔又稱檳榔子、檳榔孫、賓門、仁頻、洗瘴丹……等。晚清京師民俗圖錄有賣檳榔圖一幅，是可徵同、光間京師富貴之家，亦有啖食檳榔等習慣。唐李嘉祐（？—？，約開元、大曆間人。）送裴宣城上元所居詩：「水流過海稀，爾去換春衣。流向檳榔盡，身隨鴻鴈歸。草思情後發，花怨雨中飛。想到金陵渚，酣歌對落暉。」（榮按：「流向……盡」，一作「流向……看」。）白居易題郡中荔枝詩十八韻兼寄萬州楊八使君：「奇果標南土，芳林對北堂。……深於紅躑蠲，大校白檳榔。……唯君堪擲贈，面白似潘郎。」北宋蘇軾食檳榔詩：「月照無枝林，夜棟立萬礎。眇眇雲間扇，蔭此八月暑。上有垂房子，下繞絳刺禦。風欺紫鳳卵，雨暗蒼龍乳。裂包一墮地，還以皮自煮。北客初未諳，勸食俗雖阻。中虛畏泄氣，始嚼或半吐。吸津得微甘，著齒隨亦苦。面目太嚴冷，滋味絕媚嫵。誅彭勳可策，推轂勇宜賈。瘴風作堅頑，導利時有補。藥儲固可爾，果錄詎用許。先生失膏粱，便腹委敗鼓。日啖過一粒，腸胃為所侮。蟄雷殷臍腎，藜藿腐亭午。書燈看膏盡，鉦漏歷歷數。老眼怕少睡，竟使赤眥努。渴思梅林嚥，饑念黃獨舉。奈何農經中，收此困羈旅。牛舌不餉人，一斛肯多與。乃知見本偏，但可酬惡語。」明謝肇淛五雜俎人部一：「覺胸間嘈雜不可耐，乃以檳榔末取石榴根東引者，煎湯調服之。暴下如傾，得蟲數斗。」紅樓夢第六四回：「妹妹有檳榔賞我一口吃。」

卷十六、蟲豸

一、桑繭

爾雅釋蟲：「蟓，桑繭。」注：「食桑葉作繭者。即今蠶。」蟓，ㄒㄧㄤˋ。繭，別體字作「蠒」。

二、蛇

蛇，ㄓㄚˋ。水母，俗稱海蜇（ㄓㄜˊ）。玉篇：「蛇，形如覆笠，泛泛常浮隨水。」太平御覽卷九四三沈懷遠南越志：「海岸間而育水母，東海謂之蛇。」

三、蜩

蟬，ㄔㄢˊ。別名蜩，讀作ㄊㄧㄠˊ。詩豳風七月：「四月秀葽，五月鳴蜩。」最大的蟬曰馬蟬。爾雅釋蟲：「蝒，馬蜩。」北宋邢昺疏：「蝒，一名馬蜩，一名馬蟬，蟬中最大者也。」蝒，ㄇㄧㄢˊ。

四、蟌

即蜻蛉。亦作蟌。淮南子說林訓：「水蠆為蟌。孑孓為蟁。」注：「蟌，青蜓也。」蜻蜓，別稱蜻蛉（ㄑㄧㄥ ㄌㄧㄥˊ）。戰國策楚策四：「王獨不見乎蜻蛉乎？六足四翼，飛翔乎天地之間，俯啄蚊虻而食之，仰承甘露而飲之。」蜻蜓，一名白宿。

五、蚕

蚓屬。讀作ㄊㄧㄢˇ。爾雅釋蟲：「螼①，蚓，豎蚕②。」注：「即䖤蟺③也；江東呼寒蚓。」又，蚕，亦讀作ㄘㄢˊ。蠶的異體字（正字通）。

①ㄑㄧㄣˇ。蚯蚓的別名。
②ㄑㄧㄢˇ ㄊㄧㄢˇ。
③ㄨㄢˇ ㄕㄢˋ。蚯蚓別名。又，一名蜿蟺。（蜿同「䖤」）。一名曲蟺。（古今注魚蟲、本草綱目蟲四蚯蚓）

六、蛺

即蝴蝶。說文：「蛺，蛺蜨（ㄐㄧㄚˊ ㄉㄧㄝˊ）也。蝶，本字作「蜨」。南朝梁何遜石頭答庾郎丹詩：「黃鸝隱葉飛，蛺蝶縈空戲。」唐杜甫曲江之二：「穿花蛺蝶深深見，點水蜻蜓欵欵飛。」或謂蝴蝶的一種。古今注魚蟲：「蛺蝶，一名野蛾，一名風蝶，江東呼為撻末，色白背青者是也。」

七、蟁

同「蚊」。漢書中山靖王勝傳：「武帝問對：『夫眾煦漂山，聚蟁成靁。』」顏師古注：「蟁，古『蚊』字。靁，古『雷』字。」蚊，說文作「蟁」。亦作「蚉」、「䘌」。飛蟲，喜齧人。幼蟲生水中，稱孑孓（ㄐㄧㄝˊ ㄐㄩㄝˊ），俗稱水蛆。雌蚊吸血，雄蚊吸草汁，種類甚多。後漢書崔駰傳達旨：「……故英人①乘斯時也，猶逸禽②之赴深林③，蝱④蚋之趣⑤大沛⑥。……。」唐李賢注：「蚋⑦，小蟲。蚊之類。」說文：「秦謂之蚋，楚謂之蚊。」

①智慧、才能超羣者。
②逃逸之鳥。
③茂密的樹林。
④ㄇㄤˊ。蟲名。
⑤ㄑㄩ。趨。
⑥長滿水草的大沼澤。

⑦ㄖㄨㄟˋ。

八、䖟

同「䖟」、「虻」。ㄇㄤˊ，蟲名。種類甚多，有牛䖟、花䖟、食蟲䖟……。莊子天下：「由天地之道，觀惠施之能，其猶一蚉一䖟之勞者也。其於物也何庸！」史記項羽本紀：「夫搏牛之䖟不可以破蟣蝨。」

九、蝨

ㄕ。亦作虱。一種寄生於人畜身體吸食血液的昆蟲。有頭蝨、衣蝨、毛蝨……。淮南子說林訓：「湯沐具而蟣蝨相弔，大廈成而燕產相賀。」用以喻寄生作惡之人或事。

十、螢

ㄧㄥˊ。一種腹部末端有發光器，夜間閃爍發燐光能食害蟲的昆蟲。亦稱夜照、熠燿、熒火、螢火。屬昆蟲綱、鞘翅目，色黑褐，能飛，學名*Luciola vitticollis kies*，今多稱螢火蟲。臺澎地區已列為保育類昆蟲，並積極以人工復育。禮記月令季夏之月：「腐草為螢。」鄭玄注：「螢，飛蟲，螢火也。」古今注魚蟲：「螢火，一名耀月，一名景天，一名熠燿，一名丹良，一名燐，一名丹鳥，一名夜光，一名宵燭。腐草為之，食蚊蚋。」晉書車胤傳：「家貧不常得油。夏月則練囊盛數十螢火以照書，以夜繼日焉。」唐許渾送前東陽于明府由鄂渚歸故林詩：「殷勤為謝南溪客，白首螢窗未見招。」宋葛勝仲（？—？熙寧、紹興間人。）虞美人酬衛卿弟見贈：「三年曾不窺園樹①，辛苦螢窗②暮。」南宋辛棄疾水調頭歌即席和金華杜仲高韻……：「平生螢雪③，男兒無耐五車④何。」劉克莊（一一八七—一二六九）挽陳司直詩之一：「不似鶯花貴公子⑤，宛然螢雪老書生。」元柳貫（一二七〇—一三四二）次韻答鄉友吳立夫見寄之作……詩：「馬韉⑥從幸日，螢案潔餐晨。」

①典出漢書董仲舒傳。

②典出晉書車胤傳。

③螢，指集螢言，餘同②；雪，指映雪讀書。尚友錄卷四：「孫康，晉京兆人，性敏好學，家貧無油，于冬夜嘗映雪讀書。」又，孫氏世錄：「孫康家貧，常映雪讀書，清介，交遊不雜。」

④言書之多也。亦用以稱人博學。莊子天下：「惠施多方，其書五車。」南朝宋鮑照擬古詩之二：「兩說窮舌端，五車摧筆鋒。」

⑤鶯花，借喻妓女。元石德玉（？—？）曲江池第二折：「誰著你戀鶯花，輕生命，喪風塵？」清吳偉業（一六〇九—一六七二）行路難詩之十七：「名都鶯花發皓齒，知君眷眷嬋娟子。」貴公子，謂權宦豪門之子弟。全句意謂：不像「五陵年少」成天廝混於脂粉堆

中。

⑥ㄇㄚˇ ㄐㄢ。襯托馬鞍的坐墊。

十一、蟻

ㄧˇ、蟲名。營羣居生活，種類甚多。爾雅、說文皆作「螘」。禮記檀弓上：「蟻結於四隅。」鄭玄注：「蟻，蚍蜉也。」本作「螘」。爾雅釋蟲：「蚍蜉大螘。」釋文：「螘，本又作蛾，俗作蟻字。經傳螘（ㄧˇ）、蛾二字每混用。」韓非子難勢：「飛龍乘雲，騰蛇遊霧，而龍蛇與螾螘同矣。」蚍蜉，ㄆㄧˊ ㄈㄨˊ。唐韓愈調張籍詩：「蚍蜉撼大樹，可笑不自量。」亦作「蚍𧊅」（ㄈㄨˊ）。南宋陸游小葺村居：「庳溼生蚍𧊅，得煖森翅羽。」蟻之大者，稱螞蟻，本作「馬蟻」。馬，俗作「螞」。今以為蟻之通稱。正字通：「螞，俗字。蚿（ㄒㄧㄢˊ）名馬陸、馬蠲（ㄐㄩㄢ）；蛭（ㄓˋ）呼馬蜞（ㄑㄧˊ）、馬蟥（ㄏㄨㄤˊ），因作螞。」

十二、蛭

蛭，亦即水蛭。環節動物。居池沼或水田中，吸食人畜血液，俗稱馬蟥。爾雅釋魚：「蛭，蟣①。」又，釋蟲：「蛭蝚（ㄖㄡˊ），至掌。」西漢賈誼弔屈原文：「偭②蟂獺③以隱處兮，夫豈從蝦與蛭螾④。」李善注引韋昭曰：「蛭，水蟲食人者也。」

①ㄑㄧˊ。注：「今江東呼水中蛭蟲，入人肉者為蟣。」
②ㄇㄢˋ。背，背向。
③ㄐㄧㄠ ㄊㄚˇ。文選李善注引應劭曰：「蟂獺，水蟲。」史記卷八四賈誼傳索隱引爾雅郭（璞）注：「似蝟，江東謂之魚鮫。」
④蟦，同「蚡」，ㄈㄣˊ。

十三、蜚

ㄈㄟˇ。昆蟲名。俗稱臭蟲，又名床蝨①、床虱②、壁虱、南京蟲。臭蟲，學名 *Cimex*。昆蟲綱、半翅目，臭蟲科。體扁，橢圓形，長約四公釐，紅棕色；頭闊，觸角四節，體內有臭腺、口器刺吸式。能泄放臭氣、刺吸人、雞、兔等血液。白天棲息牆、床、家具等縫隙間，夜晚活動。每年繁殖三至六代。常見者有溫帶臭蟲（C. lectularius）與熱帶臭蟲（C. hemipterus）。

①傳信記云：「終日捫蝨投牀下。」
②虱，本作蝨，虱為俗字，今虱、蝨並行、音義無殊。

十四、蟑螂

屬昆蟲綱、蜚蠊目（Blattaria），通稱蜚蠊①，俗稱蟑螂。又作樟螂，別名蠦蜰②、盧蜰、石薑、負盤、…等。體扁平，黑褐或茶褐色，中等大小。頭小，善活動，觸角長絲狀，複眼發達。翅平，覆蓋於腹部背面；有若干種類無翅，不善飛，但能疾走。不完全變態。產卵於卵鞘內。約有二、二五〇種之多，主要分布於熱帶地區，生活在室內或野外。棲息室內者有東方蠊（Blatta orientalis）、美洲大蠊（Periplaneta americana）。常咬破衣物，自腹部背板兩小孔分泌特殊臭氣，沾污食物，並傳播疾病。地鱉③可入藥。爾雅釋蟲：「蜚，蠦蜰。」東晉郭璞注：「蜰，即負盤，臭蟲。」郝懿行義疏：「此蟲氣如廉薑，故名飛廉；圓薄如盤，故名負盤。今俗人呼之殠般蟲。其大如錢，輕薄如黃葉色，解飛，其氣殠惡。」政和證類本草蜚蠊：「唐本注：『此蟲味辛辣而臭，漢中人食之，言下氣，名曰石薑，一名盧蜰，一名負盤。』」本草綱目蟲三蜚蠊：「〔釋名〕石薑、盧蜰、負盤、滑蟲、茶婆蟲、香娘子。時珍曰：『蜚蠊、行夜、皇螽④三種，西南夷皆食之，混呼為負盤，諱稱為香娘子也。』」清平步青（一八三二—一八九五）霞外攟屑詩話蜚蠦即臭蟲：「朱芹爾雅札記：蠦以言其色，蜰以言其體，負盤以言其形。是蟲，經本名蜚，一名蠦蜚。」近人王國維（一八七七—一九二七）觀堂集林爾雅草木蟲魚鳥獸名釋例下：「案蘆葩、蠦蜰乃苻婁、蒲盧之倒語，亦圓意也。蘆葩根大而圓，蜚形亦橢圓如蘆葩，故謂之蠦蜰，後世謂之負盤，亦以此矣。」⑤

①ㄈㄟˇ ㄌㄢˊ。
②ㄌㄨˊ ㄈㄟˊ。

③學名*Eupolyphaga*。亦稱土鼈、䗪蟲（ㄓㄜˋ ㄔㄨㄥˊ）。昆蟲綱，蜚蠊目、鼈蠊科。體扁中，卵圓形，長二—三公分，棕黑帶光澤。頭小，觸角長絲狀，複眼發達。雄蟲有翅，雌蟲無翅。雜食，夜出覓食。常見者為中華地鼈（E. Sinensis），我國各地均產。可人工飼養。乾燥後雌蟲入藥，性寒、味鹹，有毒，功能破瘀通經，主治血滯經閉、腹痛瘀塊與跌打損傷諸症。另詳本草綱目蟲三䗪蟲集解。按：地鼈與蟑螂，同目異科。

④ㄈㄨˋ ㄓㄨㄥ。

⑤一蟲十稱，蜚蠊（正稱），蟑螂、樟螂（俗稱），蠦蜰、盧蜰、石薑、滑蟲、茶婆蟲（別稱），負盤（混稱）、香娘子（諱稱）。

十五、蟎

ㄇㄢˇ。蛛形綱，蜱蟎亞綱（Acari），真蟎目。體微小，不超過二公釐。頭、胸、腹愈合成軀體，分節不明顯，軀體前端有突出狀口器，稱顎體。角皮極薄，腹面有足四對。分布遍及地下、地上、高山、水域與生物體內外。繁殖速，數量多。種類亦多。其中寄生於人及動物體內者，如疥蟎、毛囊蟎。能傳播疾病者如恙蟎、革蟎，使人患恙蟲病，並能傳染多種病毒（如洛磯山熱、馬賽熱等。上廿紀末已形成蜱蟎學，據研究資料顯示：已記載之蜱蟎亞綱各種類已達三萬餘種之多，估計待記載者尚有近四萬種。其中，甲蟎可作為監測環境污染的生物指標。